生まれながらの犠牲者

ヒラリー・ウォー

自宅で寛《くつろ》いでいた警察署長フェローズへ、事件の報がもたらされる。成績優秀で礼儀正しいと評判の13歳の美少女、バーバラが行方不明になっていると、母親が電話をかけてきたというのだ。彼女が姿を消した前の晩、バーバラは生まれて初めてのダンスパーティに出掛けていた。だがパートナーの少年や学校関係者を調べても、有力な手がかりはつかめない。家出か事故か、それとも誘拐されたのか？地道で真っ当な捜査の果てに姿を見せる、誰もが息を呑む衝撃のラスト——。本格推理の妙味溢れる警察小説の名手として名高い巨匠の、鮮烈な傑作を新訳で贈る。

登場人物

フレッド・C・フェローズ……ストックフォード警察署の署長
シドニー・G・ウィルクス……同署の二級刑事
T・C・アンガー……同署の巡査部長
エドワード・N・ルイス……同署の私服警官
ラファエル……
ヘンダーソン……
ランバート……
ハリー・ウィルソン……同署署員
バーバラ（ボビー）・マークル……失踪した十三歳の少女
エヴリン・マークル……バーバラの母
ピート・ショー……マークル家の斜向《はすむ》かいの住人
ショー夫人……ピートの妻
フィリップ・ノリス……バーバラをダンスに誘った少年
ホバート・ノリス……フィリップの父

ウィリアム・フィンチ……エヴリンの継父

ジェームズ（ジム）・フィンチ……エヴリンの父親ちがいの弟

ジェレミア（ジェリー）・K・バトソン……ジムが勤める会社の社長

ラルフ・ディマルティーノ……灯油配達人

トーマス・ランドラム……百貨店の仕入れ係《バイヤー》

セオドア・ジャロルド……医療用品販売の男

生まれながらの犠牲者

ヒラリー・ウォー
法 村 里 絵 訳

創元推理文庫

BORN VICTIM

by

Hillary Waugh

生まれながらの犠牲者

メイヴィスに

第一章

九時になって番組の合間のコマーシャルが流れだすと、フレッド・フェローズは安楽椅子から立ちあがった。そして、ビールをひと缶取りにアイスボックスに向かいながら「何か飲むかい、セシィ?」と妻に尋ねた。ビールを飲むかと訊かなかったのは、セシィ・フェローズがその味を好まないと知っているからだ。

「ありがとう。でも、けっこうよ」と台所から答えが返ってくると、裏口近くにいたフェローズはアイスボックスの扉をバタンと閉め、ポーチに足を踏みだした。すでに暗くなっていたが、五月の外気は、澄みきっていて芳《かぐわ》しく、心地よかった。彼はしばしその感覚と香りを楽しみ、暖かな台所に引き返してビールを開けると、居間のテレビの前へと戻った。

家の中は静かだった。夫婦の他には十三歳のピーターがいるだけで、彼は奥の部屋で寝支度をしているようだ。ラリーとふたりの娘たちがデートに出掛けている今、ゆっくりと寛《くつろ》ぐことができる。

電話が鳴っているのはぼんやりとわかっていたが、立ちあがる気にはなれなかった。セシィに任せておけばいい。テレビの前は、うとうとしそうなほど快適だ。フェローズはビールをすすりながら、目を開いていようと闘っていた。

気がつくと、扉口にセシィが立っていた。「フレッド、あなたに電話よ。ラファエルから」

フェローズは身じろぎし、ため息をつきながら渋々立ちあがると、ビールを片手に、電話があるラリーの部屋へと入っていった。警察署長たるもの、部下の前では常にしゃんとしていなければならない。彼は、声に滲《にじ》みそうになる眠気を振り払って言った。「フェローズだ」

「署長ですか？」電話の向こうのラファエルの声が遠くに聞こえる。接続がよくないようだ。「家族が行方不明になっているという電話が入りました。署長も知っておきたいのではないかと思いまして」

フェローズは、知っておきたいかどうか確信が持てなかった。「誰がいなくなったって？詳細を聞かせてくれ」

「行方不明になっているのは女の子です。母親が電話をかけてきました」

「歳は？」

「十三です」

「いつから姿を消している？」

「六時前後ではないかと思われます。六時半頃、母親が仕事から帰った時にはすでに家にいなかったそうで、いまだに戻ってこないという話です」

「近所の家にでもあがり込んでいるんだろう。母親は近所に電話をかけたのか？」

「かけたそうです」

フェローズは言った。「なるほど、十三歳の娘か。女友達と、あるいは男友達と、映画を見にいっているにちがいない。書き置きはないのか？」

「何も聞いていません」

「なかったということか。よし、パトロール中の全車両に行方不明者について伝えろ。一台をその家にやったほうがいいだろう。場所は？」

「ケンパー通りです。母親に話を聞きに、今キャシディが向かっているところです。別の車に乗っているチャーノフにも連絡がついています。ランバートとウィルソンには、ふたりが報告を入れてきた時に伝えます。署長のおっしゃるとおり、おそらく書き置きも残さずに映画にでも行ってるんでしょう。十三歳の女の子ですからね。何も考えちゃいないんです」

フェローズも同感だった。「よくいるヒステリックな母親にちがいない。子供が夕食の時間までに戻ってこないと、最悪のことが起こったのではないかと考える。娘が見つかったら知らせてくれ」

ラファエルがそうしますと答えるのを聞いて、フェローズは居間に戻った。ビールを片手に腰をおろし、またテレビを見はじめたが、もう少しも眠くはなかった。

十時に始まった土曜の夜のボクシングの懸賞戦が終わり、ついに十一時のニュースが始まった。いっしょにニュースを見ていたセシィが言った。「なんだか落ち着かないみたいね、フレッド。気になることでもあるの？」

フェローズはうなずいて立ちあがった。「ちょっと本部まで行ってくる」

第二章

フェローズがストックフォードの町役場の地下にある警察本部に足を踏み入れると、受付デスクにラファエルが坐っていた。「署長、まだなんの進展もありません」挨拶代わりに彼が言った。

フェローズは無言のままうなずいた。そして、電話の脇に新しく設置した無線機の前に立つと、送信スイッチを押した。「キャシディか？」

すぐに答えが返ってきた。「チャーノフです、署長。キャシディは娘の家に行っています」

フェローズは、ふたたびスイッチを押した。「そうか。何かわかったことは？」

「何もわかっていません。キャシディが母親から話を聞いているところで、わたしは近隣の住人四名の手を借りて、付近を捜索中です。しかし、娘を見たという者は見つかっていません」

「了解。そのままつづけてくれ」フェローズはラファエルのほうを向いた。「どうも気に入らない。映画はもう終わっているはずだ」

記録簿に『二十三時三十五分』とフェローズの到着時間を書き込みながら、ラファエルがうなずいた。「映画のあと、男友達に連れられてソーダを飲みにいったのかもしれませんよ。今頃、その友達の車で家に向かってるんじゃないでしょうかね」

「十三歳の娘の相手だぞ。車の運転ができる年齢には、至っていないんじゃないか?」

「何か深刻なことが起こっていると考えておられるんですか?」

「どうも気懸《きが》かりだ」フェローズは答えた。「今頃、玄関先で騒ぎを見て驚き、『自分の面倒くらい自分でみられるんだから、誰も余計な心配なんかする必要なかったんだ』とかなんとか喚き散らしているかもしれないが、どうもいやな予感がする。病院には連絡してみたのか?」

ラファエルはうなずいた。「署長に電話をしたあとすぐに。しかし、若い娘が運ばれたということはないようです」

「ケンパー通り付近の住人は、もうみな承知なんだな?」

「そう聞いています。総出で娘をさがしているということです」

フェローズは顎を撫《な》でた。日付が変わる頃とあって、少し髭《ひげ》が伸びている。いくぶん青ざめ、茶色い目の色もいつもより暗く見えた。「ケンパー通りか」彼は言った。「住宅が建ちならんでいる地域ではないな。それに、あたりには森がある。誰か森を捜索しているのか?」

「それについての報告はありません。しかし、おそらく森の中もさがしているでしょう」

フェローズは受付デスクから離れた。「ここにいてもすることはない。向こうに行ってみる。その家の名字と住所を教えてくれ」

記録簿を見て、ラファエルが答えた。「名字はマークル。ケンパー通り二三二番地です」

「二三二番地? 通りのほとんど外れじゃないか。ノーザンポンド道路の近くだ。ああ、ウェッバー川のすぐ近くということだ。わたしがそっちに向かっていると、キャシディとチャーノフに伝えてくれ」

ケンパー通りは、町の中心から五キロほどのびているノースメイン通りの先のブラックロック道路の外れにある。家はたっぷりと距離を置いて建てられ、近くにはよく茂った森もあるにもかかわらず、そこは準郊外地区（郊外よりもさらに離れた場所に位置する高級住宅地）と呼ばれるような地域ではなかった。地盤が緩く、湿地もあって、土地全体がのっぺりしている。建っているのは古い家ばかりだが、その家々がまだ新しかった頃も、住宅の数はたいして多くはなかった。第一次世界大戦後、野心溢れる建築業者たちが、ここは中流向けの土地開発に向かないと気づいて、本格的な開発を始める前に計画を取りやめてしまったせいだ。ほとんどの家は手入れが行きとどいているが、ケンパー通り周辺は垢《あか》抜《ぬ》けた地域とは言えない。

その夜、ケンパー通りはいつもより明かりが灯り、車も多く走っていた。当初警察は、娘はそのうち帰ってくるだろうと考えていたが、近隣の者たちはそこまで楽観視していなかった。娘の姿を消した娘の母親から放たれた質問の言葉と不安が周囲にひろがり、総出での捜索が始められていた。ケンパー通りに入ったフェローズの車は、別の車に三度とめられ、身を乗りだした運転手に娘のことを尋ねられた。記章もつけずに自分のおんぼろプリムスに乗っているせいで、誰も警察署長だとは気づかなかったのだ。

住宅のうしろにひろがる森の中では、通りに近いところからずっと奥に至るまで、そこここで懐中電灯の明かりが揺れ、「バーバラ。おーい、バーバラ」と呼びかける声が、風のない夜気にただよっていた。

ケンパー通りの端近くの北側に建つマークル家は、すぐにわかった。窓が他の家よりも明るかったし、道端には車が列になって駐まっていて、家の裏手のガレージへとつづく未舗装の路地と玄関ポーチ前の芝生に男が三人立っていた。

フェローズはキャシディのパトカーのうしろに車を駐めると、ライトを消してエンジンを切り、通りに降りたった。家に向かって歩きはじめたフェローズに、立っていた男のひとりが近づいてきた。「誰だ？　エドか？」

「フェローズです」署長は答えた。「警察の者です。あなたは？」

男はじっと彼を見た。「フェローズ署長？　ああ、たしかに。おれはピート・ショー。あそこの家に住んでる」男は、斜向《はすむ》かいを指さした。それが、あたりに建つ唯一の家だった。「そこにいるのはビル・カレンとジョー・ウェンゼル。あんたを見て、エド・タラーが戻ってきたのかと思ったんだ。エドは通りの向こうまでさがしにいっててね。何かわかったのかい？」

フェローズは首を振った。「いや、何も。あなた方は？」

「こっちもぜんぜんだ。さっぱりわけがわからない。うちのやつが家の中で、マークルの奥さんに付き添ってる。おれたちは、ずっと外だ。奥さんが動転してるからね。おれはあのふたりと、何が起きてるのか、ボビーはどこに行っちまったのか、知恵を絞ってたところだ」

フェローズは暗闇の中、マークル家からもう一軒の家へと視線を移した。月が雲に陰れている今、この位置にとどいているのは、マークル家の玄関先の電球と、斜向かいのピート・ショーの家の窓の明かりだけ。「娘さんが姿を消してからどれくらい経つのか、ご存じですか？」

フェローズは尋ねた。

「知らないね。そういうことは何も聞いちゃいないんだよ、署長。ビルからの電話で、あの子が行方不明になってることを初めて知ったくらいだ。ビルは、今日ボビーを見たかとおれに訊いてきたんだ。この家が見えるのは、近所じゅうでうちだけだからね。とにかくマークルの奥さんがビルのかみさんに電話をかけてきたらしい。子供が、よくボビーと遊んでたからね。それが二時間ほど前のことだ。マークルの奥さんは何かあったんじゃないかとひどく気をもんでいて、お巡りに――ああ、つまり警察に、電話をかけようとしてるって話だった。それで、うちのやつとビルのかみさんとジョーのかみさんと、あと何人かがここへ来てマークルの奥さんに付き添い、おれたちは車で近所をさがしまわったり、あたりの者に電話をかけたりしてみたんだが、誰も何も知らないみたいだ」彼は肩をすくめた。「とにかく、おれたちは手当たり次第さがしてみた」

ジョー・ウェンゼルが言った。「ああ、ただおれたちには、どこをさがしたらいいのかがわかっちゃいない」

フェローズは、森の中で揺れている懐中電灯の遠い明かりを示して訊いた。「娘さんが森にいると考える理由は？」

「おれの知るかぎり、そんな理由はないね」ピートが答えた。「ジョーも言ったように、おれたちにはどこをさがしたらいいのかわからない。だから、あらゆる場所をさがしてるだけだ。他にどうしようもないからね」

「ウェッバー川もすぐそこだ」

「ああ。だけどあの川はたいして深くないし、流れも急じゃない。それに、あの子は泳ぎが達者でね。溺《おぼ》れたなんて誰も考えちゃいない。男衆が森をさがしてるのは、誰かが——ほら——あの子に悪さをしようとしたんじゃないかと思ってのことだ。そういうことをしようと思ったら、森に連れ込むんじゃないのかね」

「そういうことをしかねない人間に心当たりでも？」

「ないね。断言する。このあたりにそんなやつはいない。十三歳の娘に悪さをする？」

ジョーが言った。「ほんとうにそう言えるのか、ピート？　近頃の子供たちのことだ。何をしでかすか、わかったもんじゃない。おまえのところの坊主だって同じだ」

ピートは喧嘩腰になって答えた。「あの子たちは、おれたちがあの年頃にしてたことをしてるだけだ。強姦なんかするもんか。ここらには、そういうことをしたがってる娘が山ほどいる。いやがる娘に悪さをする必要なんかないんだ」

「そうかね？　スターキィのところの坊主はどうだ？　あのレム・スターキィは？」

「レム・スターキィ？　ああ、あの坊主は他の子供たちとはちがうな」

フェローズは言った。「レム・スターキィというのは？」

「ガス・スターキィの息子だ。変わり者でね。ついでに言えば、ガスだってふつうじゃない。自分はえらく賢いみたいに、大衆の愚かさについて、のべつしゃべりまくってる」

「だが、少なくとも——」ジョーが言った。「ガスは紙人形を切り抜いて遊んだりはしない」

「ああ、だけどあの坊主のほうは、紙人形で遊んでいても驚かないね」

フェローズに向かってビル・カレンが言った。「気にしないでくれよ、署長。スターキィの息子は問題ない。ちょっとばかり変わってるが、害はないんだ」

ピートが言った。「ああ、ちょっかいを出したら、その娘にまっぷたつにされちまうだろうね。あれは男じゃない。女のような意気地なしだ」

ジョーが、かぶりを振った。「やっぱりなんとも言えないな」

「ああ」ピートが鼻を鳴らした。「だが、あの坊主は今度のこととは関係ない。おれの考えを言おうか。ボビーは、おっかさんが嫌ってる男の子と出掛けた。それだけのことだ。帰ってきたら、いやってほど尻を叩いてやる」

「そんなふうに思ってるなら、なぜここにいる？」ジョーが言い返した。

「あの子のおっかさんが心配してる。だからここにいるんだ」

フェローズはその場をあとにして、みすぼらしい家のポーチにあがり、呼び鈴を鳴らした。

第三章

　フェローズが身分と名前を告げると、ドアを開けた肉づきのいい色黒の女はショーの家内ですと名乗り、マークルの奥さんは居間におりますと言った。そのとおり、彼女は居間の古くはあるがきれいにととのえられたソファに腰掛けていた。その目は腫《は》れて赤くなっていて、膝《ひざ》の上でハンカチをにぎりしめている。他に女がふたりいて、ひとりはマークル夫人の傍《かたわ》らに、もうひとりは揺り椅子に坐っていた。コーヒーのセットを載せたトレイが置かれているが、押し黙った女たちのあいだには無力感がただよっていた。

　大きな身体で部屋の入口をふさぐように立ったフェローズは、また身分と名前を告げ、マークル夫人に注意を向けた。「まだ何も？」

　彼女が無表情のまま首を振ると、別の女が答えた。「はい、署長さん。男衆がさがしに出てますが、なんにも見つかってません」

「警官が話をうかがいにきましたか？」

「はい、キャシディさんが。今は男衆といっしょに森をさがしてくだすってます」

　フェローズはマークル夫人の向かいの椅子に腰をおろし、金色のバッジがついた帽子を脚のあいだにぶらさげるように持った。「申し訳ないがマークルさん、いくつかうかがう必要があります」

マークル夫人は自分の思いにとらわれているようで、声も立てずに身を震わせて泣いていた。ショー夫人が言った。「この人はしゃべりませんよ。あたしたちに訊いてくだすったほうがいいかもしれません」彼女はマークル夫人の膝に手を置いた。「奥さん、しっかりするんだよ。そこまで取り乱すことはないだろう。待ってれば、ボビーはじきに帰ってくるからね」

それを聞いて、マークル夫人が口を開いた。まだ若いはずなのに、苦しい生活を強いられているのか、やつれて老けて見える。「いいえ」つぶやくように彼女は言った。「わかってる。ボビーは、もう帰っちゃこない」

「バカなことを言うもんじゃないよ」そう言ったショー夫人の声は、いっそう鋭くなっていた。「そんなことを口にするなんて、とんでもない。ボビーはすぐに帰ってくるさ。そうしたら、今の自分がどれだけ愚かなことを言ったかわかるよ」

「感じるんです。あの子は絶対に帰っちゃこない」マークル夫人はそう言ったあと、ハッとしたようだった。「帰っちゃこないなんて、そんな言葉は使っちゃいけないんだ。ボビーにいつも言われてた。変な言葉を使うなってね」彼女はまた少し肩を震わせた。

フェローズはマークル夫人の色褪《いろあ》せて形の崩れた部屋着と、梳《と》かしてもいない白髪まじりの髪と、やつれた顔に目をとめた。かつてはかなりの美人だったにちがいないが、それはずいぶん昔のことだ。彼はショー夫人に尋ねた。「マークル氏はどちらに?」

「マークル氏なんて人はいませんよ」

「亡くなったんですか？」

ショー夫人は首を振った。「あたしは知りません」彼女はマークル夫人のほうを向いた。「奥さん、しっかりするんだよ。署長さんは、あんたの力になろうとしてくだすってるんだ。質問に答えなくちゃいけないよ。さあ、コーヒーを飲みな」

マークル夫人が、ぼんやりと答えた。「いいえ。コーヒーなんかほしくない」

フェローズもすすめられたコーヒーをことわり、手帳を取りだした。そして、白紙のページを開くと、いちばん上に『失踪』と書いて言った。「お嬢さんのフルネームを教えてください」

「バーバラ。バーバラ・キーン・マークル」

フェローズは、『失踪』の文字のあとに名前を書き込み、その下に『レム・スターキィ――紙人形』と記した。鉛筆をかまえて、彼は訊いた。「マークルさん、最後にバーバラを見たのはいつです？」

「ゆうべです」宙を見つめながら、マークル夫人がうめくように答えた。

フェローズは片方の眉を吊りあげた。「ゆうべ？　今日ではなく？」

「今朝はあの子が起きる前に家を出たんです」

ショー夫人が口を挟んだ。「マークルの奥さんは〈ケイナーズ百貨店〉で働いてるんです。婦人服売り場で売り子をしてるんですよ。そうだろう、奥さん？」

マークル夫人がうなずくのを見て、フェローズは正確にメモをとった。「つまりマークルさん、ゆうべお嬢さんが部屋に引きとるのを見たのが最後だということですね？」

マークル夫人が首を振ると、またも親切なショー夫人が答えた。「ボビーはダンスに行ったんです。初めての正式なダンスパーティにね。あの子が帰ってきた時には、あんたは眠ってたんだよね、奥さん？」

マークル夫人は、またうなずいた。「一度も目を覚ましませんでした」

「そして――」フェローズは言った。「今朝も顔を見なかったんですね？」

マークル夫人は答えた。「見ちゃいません。寝かせておいてやろうと思って……」

「だったら、ゆうべお嬢さんが帰ってきたかどうかもわからないじゃないですか」

「帰ってきました」マークル夫人が、気だるそうに言った。「クロゼットにドレスが吊るしてあるし、部屋で寝たのはたしかです。さっき仕事から戻ってベッドをととのえてやったんです」

「しかし、ゆうべダンスに出掛けたあとは、顔を見ていないんですね？」

「はい」

フェローズはさらにメモをとり、そのダンスパーティがストックフォード・ジュニアハイスクールの体育館で行われた九年生のプロムだったことを、マークル夫人から聞きだした。

「お嬢さんは九年生なんですね？」

「いいえ。あの子は八年生です」

「九年生の男の子に誘われたということですか？」

マークル夫人はうなずいた。「フィリップ・ノリスっていう男の子です」

有力な手掛かりが得られそうだと感じたフェローズは、もっとしゃべらせようと彼女を促した。「マークルさん、昨夜あなたが仕事から戻られたあと、警察に電話をかけるまでに起きたことを、すべて話していただけますか？」

この頃には自制心を取り戻していたものの、記憶をたどりながら話しはじめたマークル夫人の声は、まだ力がなく単調だった。「百貨店の金曜の閉店時間は六時です。木曜は遅くまでやってますけどね。ケンパー通りの角でバスを降りて、そこから自分の車で帰ってきました。中古の小さなフォルクスワーゲン。それを朝、停留所の近くに駐めておくんです。町には車を駐める場所なんかありませんからね。うちに着いたのは六時半頃で、ボビーはお風呂に入ってました。いつもなら、あの時間は夢中で勉強してたもんです。頭のいい子でした。あたしより賢くて、成績はほとんどオールAで――」

ショー夫人が怒りもあらわに遮《さえぎ》った。「頼むよ、奥さん。あの子が死んだかなんかしたような言い方はやめておくれ。言ってるだろう？　ボビーはじきに帰ってくるよ」

「帰っちゃこない」マークル夫人は言い張った。「もう絶対に」

「なぜわかるのさ？」

「そんな気がする」

「バカなことを言うんじゃないよ。『そんな気がする』なんてことがあるもんか」

そこでフェローズが割って入った。「申し訳ないがショーさん、質問をつづけさせてもらえますか？　そのほうが速やかに進む。ええと、マークルさん、バーバラは風呂に入っていたんですね？」

「そうです。勉強もしないでね。あの学校は、うんと宿題を出すんです。あたしたちが八年生の頃は宿題なんてなかったもんだけど、あの子はいつも宿題を抱えてました。とにかく、ゆうべあたしが夕飯にしようと帰ってきたら、あの子はお風呂に入ってたんです。まるで、初めて正式なダンスパーティに出掛けるんだから、勉強なんかしてる場合じゃないとでもいうような態度でね。八年生で誘われてる女の子はそんなにいないんだって、得意になってるようでもありました。あの子を誘ったのは裕福な家の息子でした。父親はニューヨークで働いてるんです。毎日ニューヨークまで通って、たっぷり稼いでるんですよ。その息子ですからね。フィリップが望めば、学校じゅう、どんな女の子だってついていくにちがいありません。そんな男の子に誘われたもんだから、ボビーは舞いあがってました。

夕食にはバスローブ姿でおりてきました。もちろん髪にカーラーを巻いてね。きっと学校から戻ってすぐに巻いたんでしょう。出掛ける時間ギリギリまで、はずしませんでした。

ドレスは、あたしがきれいなのを作ってやりました。買ってやるお金なんかありませんからね。従業員割引を利用して、百貨店で生地を買いました。従業員は、なんでも二割引きになるんです。だから、たいして費用はかかりませんでした。それでも高級品に見えるようなドレスを作ってやったんです。金持ちの息子に誘われて、初めてちゃんとしたダンスパーティに行くんですからね。みすぼらしい安物を着て出掛けるなんて、あの子は我慢できなかったんです。

七時十五分頃に食事が終わって、そのあと支度を手伝ってやりました。それで八時十五分前には、すっかり用意ができてたんです。ダンスは八時から十一時までってことだったから、フィリップが十五分前に迎えにくることになってました。でも、時間になっても彼はあらわれなかった。ボビーはすっぽかされたんじゃないかって、気が気じゃなかったみたいです。

呼び鈴が鳴ったのは八時を過ぎた頃で、ポーチにスーツ姿の男の子が立ってました。あたしは台所からのぞいてただけですけどね。だって、こんなみっともない姿を見られたら――」

フェローズは遮った。「それはご自分の考えですか？　それともバーバラの？」

「ふたりの考えです。それに、フィリップがこのうちにやってきたのは、ゆうべが初めてだったんですからね。中に入れないほうがいいと思ったんです。向こうは大金持ちだけど、こちとら……ああ、うちはつましく暮らしてる。ボビーは、フィリップが来る前にペンキを塗りなおしたりなんかしてほしいと言わんばかりに振る舞ってました。娘がどっかの生意気な金持ちの息子とダンスに行くというだけのためにペンキを塗りなおすなんて、そんな余裕はありません。だけどあの子には、それがわかっちゃいないようでした」

フェローズは言った。「あなたはバーバラがダンスに行くことに賛成だったんですか？」

マークル夫人は、手の中のハンカチをにぎりしめた。「特に賛成してたわけじゃありません。ダンスに行くような歳には、まだなってませんでしたからね。なんで、九年生になるまでもう一年待てなかったのか、あたしにはわかりません。だけどボビーは、あのフィリップっていう男の子に誘われて舞いあがってたんです。行くなとは、とても言えませんでした。でも、あの子が恥をかかないように、自分の服やなんかを買おうとまでは思いませんでした。ああいう金持ちの子の目は、欺《あざむ》けやしません。その服が新しかろうと古かろうと、吊るしか誂《あつら》えものかパりで買ったものか、ひと目でわかるんです。

だから、あたしは台所から見てたんです。向こうからも見えてたかもしれないけど、かまいません。少なくとも本人の望みどおり、ボビーにドアを開けさせてやったんですからね」

ショー夫人が言った。「奥さん、そんなひねくれた言い方をするもんじゃないよ。女の子がどんなものか、あんただってわかってるだろう？　初めてのダンスやなんかは、女の子にとってうんとだいじなんだからね。すべてが完璧であってほしいと望むのがふつうだよ。誰だって、男の子の目によく映りたくて必死なんだ」

「あたしはちがう。さっきから言ってるとおり、あたしは人の目にどう映ろうとかまわない。それに、ひねくれてるわけじゃない。あたしにだって若い時代はあったんだ。だから、女の子が男によく見られようとしてどんなことをするかは、わかってる。ただ、そこまでするに値する男なんていやしない。ボビーにはそれがわかっちゃいなかったんだ。どっちにしても、じきに思い知らされることになったにきまってる」

そこに〝たとえ、まだ思い知らされてなかったとしても〟という意味が込められているのは明らかだった。フェローズは、ふたりの女がかすかに恐怖の色を滲《にじ》ませて目を合わせるのを見た。

しかし、マークル夫人は気づいていなかった。気づくはずがない。彼女はハンカチをにぎりしめて、ぼんやりと絨毯《じゅうたん》を見つめていたのだ。「それで——」彼女が言った。「あの男の子は、箱に入ったコサージュを持ってきたんです。クチナシのコサージュでした。ランくらい贈ってくれたってよさそうなもんなのに、クチナシ一輪。二輪でさえなかった。それでもボビーは、部屋いっぱいの花をプレゼントされたみたいに振る舞ってました。男の子から花をもらうなんて初めてだったから、うれしくて有頂天になってたんです。ボビーは玄関の鏡の前で、ケープにコサージュをつけました。そのあと、ふたり揃《そろ》って玄関を出て、ポーチの階段をおりていきました。ボビーを見たのは、あれが最後です」

フェローズは言った。「男の子の姿はよく見えましたか？」

マークル夫人はうなずいた。「はい。踵《かかと》が高めのパンプスを履いたボビーよりもいくらか上背があって、髪はウェーブのかかったブロンドで、スーツの上に黄土色の軽そうな外套《がいとう》を着てました。あの年頃のほとんどの男の子たちとちがって、ぎごちなさなんか少しも感じられませんでした。とにかく精一杯、紳士らしく振る舞おうとしてるみたいでした。ボビーにコサージュをわたす時にちょっとお辞儀をしてみたり、ケープを着るのを手伝ったりしてね。ボビーがコサージュをつけるのも手伝いたいみたいでした。でも、そこまであの子に馴れ馴れしくされたら、金持ちの息子だろうとなんだろうと、あたしが出ていっていやってほど頭を殴ってやったでしょうね」

フェローズは言った。「あなたは金持ちを信頼していないようですね」

「たっぷりお金を持ってたら、信頼できる人間である必要なんかないでしょう」

「しかし、フィリップは紳士的に振る舞っていたんですね？」

「はい。申し分ないくらいに。ボビーのためにドアを押さえたり、階段をおりるときに腕をとったり、その他にもいろいろとね。ボビーのことを女王様みたいに扱ってました」

「ダンス会場までの交通手段は？」

「車です。それ以外にありますか？」

「しかし、フィリップ・ノリスは運転できる歳にはなっていない」

「別のカップルと四人で出掛けると言ってました。でも、誰の車に乗っていったかなんて、あたしは知りません。タクシーだったのかもしれないしね」

フェローズはうなずいて、手帳にメモをした。「ふたりが家を出たのが八時十五分頃。それからあなたは何をしました？」

「夕食のあと片づけをして、ボビーのワンピースを繕《つくろ》って、そのあと髪を洗ってベッドに入りました」

「ベッドに入った時間は？」

「十時半頃です」

「それから朝まで一度も目を覚まさなかったんですか？　お嬢さんが帰ってきた気配にも気づかなかったと？」

「なかなか眠れませんでした」マークル夫人は答えた。「それで、睡眠薬を二錠飲んだんです。そのあとのことは何もわかりません」

「それから？」

マークル夫人は気だるそうに答えた。「起きたのは六時半で、コーヒーを淹《い》れてから身支度をし、朝食をとって八時に家を出ました。八時半には百貨店に着いてなければならないんです。開店するのは九時だけど、準備がありますからね」

「お嬢さんの部屋をのぞいてみなかったんですか?」

彼女は答えた。「ドアが閉まってたんです。開けたりはしませんでした」

ショー夫人が言った。「署長さん、わけがわかりませんよ。ボビーがいなくなったのは今夜だっていうのに、なんでゆうべのことばかり訊きなさるんです?」

「いつバーバラが姿を消したのか、わかっていません。なぜ姿を消したのかもわからない。だから話を聞く必要があるんです」

「ゆうべのダンスが今度のことに関係してると、そうお考えなんですか?」

「なんとも言えません」フェローズは、ショー夫人から娘の母親に視線を戻した。「マークルさん、お嬢さんがあなたにことわりもなく出掛ける理由に心当たりはありませんか?」

マークル夫人が首を振ると、フェローズはさらに尋ねた。「お嬢さんは、素直なお子さんですか?」

「はい。甘やかしてたとは思います。でも、いい子でした。あたしに何も言わずにどこかに行ってしまうような子じゃありません。だから、あの子の身に何かが起きたにちがいないんです」

「あなたとお嬢さんの仲は?」

「うまくいってました」

「しかし、あなたには迎えにきた男の子の前に出てほしくないと、お嬢さんは思っていた」

「ショー夫人が言ったように、男友達と付き合いはじめた女の子が、そんなふうに望むのは自然なことです」

「バーバラは、生まれて初めて正式なダンスパーティに出掛けた。それなのに、あなたはお嬢さんが無事に帰ってくるまで起きていようとも、ダンスの話を聞いてやろうともしなかったんですね？」

マークル夫人は言った。「一日じゅう立ちっぱなしで働いて、翌日も六時半に起きて、また立ちっぱなしで働かなくちゃならないんです。どうしたら夜中の十二時、一時まで起きてられるっていうんです？」

「ダンスは十一時に終わると聞きましたが」

「そうです。でも、子供たちはまっすぐになんか帰っちゃきません。少なくとも、あたしはそうでした。子供たちのすることは、わかってます。何かを食べに、どっかに寄るんです。プロムの夜は、音楽が終わると同時に終わるわけじゃありません」

「しかし、翌朝になっても、部屋をのぞいてお嬢さんの無事をたしかめようとさえしなかったんですね？」

「そんなことをしたら、ボビーが目を覚ましてしまうかもしれないでしょう。あたしだって、家に帰ったあの子に起こされたくはありません。それに、ドアが閉まってるってことは、あの子が部屋にいるっていうしるしです。子供にかまいすぎるのはよくないって思ってるんです。ボビーは、歳のわりにしっかりした子でした。分別もありました。なんでも自分できちんとできる子だったんです」

「なるほど」フェローズは言った。「しかし今、お嬢さんは姿を消してしまった」

「でも、ゆうべはちゃんと帰ってきたんです」マークル夫人は、身がまえるように言い張った。

「ゆうべのことは何も関係ありません。なんのためにこんなことを訊くんですか?」

「お嬢さんが自分の時間をどう過ごしていたのか、どんな男友達と付き合っていたのか、何に興味を持っていたのか、何を考えていたのか、あなたがどのくらいご存じなのかと思いましてね」

マークル夫人は「ああ」と言って、また沈み込んでしまった。そして、ゆっくりとした口調で答えた。「たいして知っちゃいませんでした」

「なんでも話し合う仲良し親子というわけではなかったんですね?」

マークル夫人は、かすかに首を振った。「そんな親子じゃなかった。なんでも話し合う親子なんて、どこにもいないでしょう。それに――」身がまえるような口調に戻って、彼女はつづけた。「ボビーを育てるために、うんと働く必要があったんです。夫は、あの子が一歳になる前に出ていきました。それからは、あたしひとりであの子を育てなくちゃならなかったんです。ボビーが小さいうちは、家にいてあの子の面倒をみながら働けるように、洗濯やアイロンがけや縫い物なんかを引き受けて暮らしを立ててました。そして、ボビーがひとりでなんでもできる歳になると、〈ケイナーズ百貨店〉で働きだしたんです。夜以外、あの子とはろくに顔も合わせませんでした。でも、あの子のために働いてたんです。まちがってたとは思いません。あたしはボビーを立派に育てました。あの子はやさしくて、かわいらしくて、けっこう愛想もよかった。なんでもひとりでやらせてたおかげで、どんなことだってうまくできたし、分別も備えてました。あんな娘は他にいやしません。最高の娘だったんです」

ショー夫人が泣きそうになりながら、必死の口調で訴えた。「奥さん、頼むからボビーのことを過去形で話すのはやめておくれ！　おっかないことが起きてるみたいに聞こえるじゃないか！」

マークル夫人の顔に打ちひしがれたような表情が浮かぶのを見たフェローズは、彼女がしゃべりだす前に言った。「お嬢さんの特徴を教えていただけますか？」

答えはじめたマークル夫人の口調は、また独り言のようになっていた。「はい。身長は百六十センチで、体重は五十キロ。金髪で――」ゆっくりとそこまで話したところでまた泣きだした彼女が、くぐもった声で言った。「テレビの上のあの写真に写ってるのが、ボビーです」

フェローズは、腰をあげてテレビの前に進んだ。それは写真立てに収められた2L判の肖像写真で、首を傾けてほほえんでいる女の子が写っていた。片方の頬に笑窪《えくぼ》を浮かべた、母親似のとびきりの美少女。マークル夫人も、かつては美しかったにちがいない。フェローズが写真を手に取って、その顔を記憶しようとしていると、ソファに坐ったままマークル夫人が言った。

「十二歳の誕生日のすぐあとに撮った写真だから、もう一年以上前のものです。今はそんなふうじゃありません。髪も長くのばしてるし、そんなに子供っぽくありません」

フェローズはうなずいた。写真の女の子は、胸が膨《ふく》らみはじめたばかりといった感じで、若い女性というより子供の顔をしている。彼は写真を置いて言った。「最近の写真はありますか?」

マークル夫人は、ないと答えた。「学校で年鑑用の写真を撮ってれば別だけど。もしかしたら、他の子供たちと写ってる写真が、学校にあるかもしれません。ボビーは新聞部員で、ホームルームの書記もしてました。学校で写真を撮ってるかもしれません。でも、わかりません」

不意に呼び鈴が鳴り、全員が凍りついた。マークル夫人はかすかに口を開いたまま宙を見つめ、他の女たちは目を見合わせている。最初に動いたのはフェローズだった。彼は振り向き、廊下へと足を踏みだした。しかし、玄関ドアのカーテンつきの小窓から外をのぞいた瞬間、呼び鈴の音を聞いたときにおぼえた期待がはずれたことを知った。そこに立っていたのはキャシディで、他には誰もいなかった。

第四章

「何かわかったか?」ドアを開けながらフェローズは訊いた。

キャシディは首を振りながら中に入ってきた。「森では何も。娘は、まだ帰っていないんですね?」

「ああ、連絡もない」時計を見たフェローズの顔には、深刻な表情が浮かんでいる。「十二時半だ。どこに出掛けたにしても、帰っているはずの時間だ」彼はそこで声を落とした。「ご婦人方を不安がらせないように気をつけろ。しかし、マークル夫人にバーバラの部屋を見せてもらう必要がある。それはきみに任せる。家を出たときにバーバラが何を着ていたか、突きとめるんだ。スーツケースがなくなっていないか調べてくれ」

キャシディを従えて居間に戻ったフェローズは、マークル夫人に意向を伝えた。ショー夫人が言った。「行方不明事件として手配なさるんですか?」

「そのつもりです」フェローズは答えた。「だから、バーバラが何を着ていたか知りたいんです。マークルさん、ノリス家の息子さんの住まいをご存じですか?」

「バンガロー道路だったと思います。父親の名前はホバート・ノリスです」

電話を貸してほしいと頼んだフェローズは、食堂に案内された。そして、電話帳を繰《く》り、バンガロー道路五七番地に住んでいるホバート・ノリスを見つけると、その番号をダイヤルした。呼び出し音が鳴るとほぼ同時に、男が応答した。署長は遅い時間に電話をかけたことをまず謝った。「昨夜、ご子息のフィリップが学校のダンスパーティに、バーバラ・マークルという女の子を連れていかれたことはご存じですか？」

「知っています」

「ちょっとお目に掛かれませんか？　お宅はマークル家からそう遠くないようだ」

「何かあったんですか？」

「バーバラが姿を消してしまったんです」

電話の向こうから沈黙が流れてきた。それからノリスが言った。「わかりました。どうぞお越しください。うちはジョンクィル・レーンとローズツリーのあいだ。南側です。明かりをつけておきますよ」

居間に戻ったフェローズに、ショー夫人が言った。「ノリス家の人間が何か知ってるとお思いなんですね？」

フェローズは、かすかに笑みを浮かべた。「何かわかるといいんですがね」彼はキャシディにうなずいた。「また戻ってくる。そのときに、何がわかったか聞かせてもらおう」そう言って署長は家を出た。

芝生の上に男が六人集まって、捜索の結果について低い声で話し合っていたが、フェローズはくわわらなかった。車に乗り込んでエンジンをかけた彼は、Uターンして最初の角を左に曲がり、ホリー通りを少し走ると、右折してバンガロー道路に出た。彼は車を走らせながら無線のスイッチを入れた。まだラファエルが任務に就いていて、新しい知らせは何もないと告げた。

「きみの他に誰がいる?」フェローズは訊いた。

「ラーナーとダニエルズが夜勤に入っています」ラファエルは、十二時にやって来た警官の名前をあげた。「それに、四時から十二時までのシフトの者たちも残らせています」

「シフトが終わった者たちは帰していい」フェローズは言った。「しかし車は二台ともパトロールに出し、受付デスクにはひと晩じゅう人を置いてくれ。補助警官を呼び出して一台を任せろ。デスクに着かせるのはラーナーがいい。車は補助警官のペブルだ。それを手配したら、きみは帰ってくれ」

「了解です、署長。通信終わります」

フェローズはマイクを置き、バンガロー道路の外灯が灯った家のほうに車を寄せた。マークル家から二キロ半ほどしか離れていないし、どちらもストックフォードの同じ北部に位置するのに、あたりの様子はまったくちがっていた。このあたりは厳しい規制のもとに開発された、準郊外居住者と呼ばれる金持ち連中が暮らす地域で、二万五千ドルから四万五千ドルクラスの家が建ちならんでいる。ノリス邸は白いランチハウスで、芝生はきれいに刈り込まれていて雑草などまったく生えていない。車寄せの門柱灯が玄関先の外灯同様に明かりを放ち、道路と敷地の境には牧場の柵を思わせるフェンスが延びている。

フェローズは車寄せに車を駐めると、板石を敷いた小径《こみち》をたどって玄関へと向かった。玄関のあたりで待っていたのか、チャイムが鳴るとほとんど同時にノリスが署長を迎え入れた。ノリスは四十代前半の物柔らかな感じの美男子で、黒っぽいズボンにシャツを着ていた。「署長さんですね？」握手を交わしながら、彼は言った。「お目に掛かれて光栄です」

フェローズは深夜の訪問について改めて詫びたが、ノリスはまったく気にしていないようだった。趣味のいい居間に署長を案内しながら、彼は言った。「うちはみんな宵《よい》っ張りでね。電話をいただいたときは、まだ忙しく仕事をしていたくらいです」

きちんと片づいた豪華な設《しつら》えの部屋に足を踏み入れたフェローズは、自分の服にマークル家のゴミがついていまいかと不安になった。彼はクリーム色のソファに腰をおろし、オレンジとブルーのクッションの位置を調整した。「どんなお仕事をなさっているんですか？」

「割《レイアウト》りつけを考えたり、スケッチのようなものを描いたりしています。広告代理店でアートディレクターをしていましてね。さて、それはともかく、ゆうべ息子がダンスに誘ったお嬢さんのことを聞かせてください」

フェローズが手短に概要を話すのを、ノリスは真剣に聞いていた。署長が話しおえると、彼は尋ねた。「それがうちとどう関係あるんでしょう？　昨夜、フィリップは十二時半には帰宅していました。まちがいありませんよ。パーティの話を聞いてやろうと思って、書斎から出てきたんですからね」

「息子さんは、あなたに話を？」

「しました。と言っても、十四歳の子供が親に聞かせてもいいと考える範囲の話ですがね。ダンスはいい感じで、とても楽しかったと言ってました」

「息子さんは、相手の女の子をどう思っていたんでしょうか？」

「さあ、どうでしょう。パーティに誘ったわけだから、好意を持っていたんじゃないですか。まさか、息子が何か知っているとか、何かしたとか、思っているわけじゃないでしょうね？」

フェローズは首を振った。「そんなことは思っていません。ただ、その娘さんが、いつ家を出たのかがわからないというのが問題でしてね」

「しかし、あなたがおっしゃったようにドレスが部屋にあったというなら、出ていったのは今日のいつかということになる」

「そうともかぎりません。服を着替えて、ゆうべまた出掛けた可能性もあります」

「フィリップは、いっしょに出掛けてはいません」

「わかっています。しかし、その女の子と息子さんは、他のカップルと四人でパーティに出掛けたそうです。それに、もうひとり運転手役の誰かがいた可能性もあります。心当たりはありませんか？」

「ありません。フィリップが名前を口にしたのはたしかですが、思い出せません。しかし、歳上の男の子に送り迎えをしてもらったと聞いています」彼はそこで間を置き、それから言った。

「よくわかりました。フィリップを起こしたほうがよさそうだ」

「そうしていただけると助かります」フェローズは言った。

父親に連れられて居間にあらわれたフィリップは、眠そうな目をして、パジャマの上にバスローブを羽織っていた。ノリスが言った。「息子です。こちらは警察の署長さんだ。バーバラ……ええと、なんといったかな？　そう、マークルか。バーバラ・マークルについて、おまえに訊きたいことがあるそうだ」

　フィリップは、かすかにまばたきをした。ほっそりとした美少年で、天然のウェーブがかかった金色の髪はくしゃくしゃになっている。訪ねてきたのが警察署長だと知っても、バーバラの名前を聞いても、特に驚いた様子は見せなかったが、身がまえているのはたしかだ。彼は椅子に坐り、またまばたきをした。「どうぞ訊いてください」そう言った声は、落ち着いていた。

「バーバラ・マークルの居所を知らないかね？」フェローズは尋ねた。

　今度は反応を見せた。「居所？　家にいないんですか？」

「マークル夫人は、丸一日バーバラの姿を見ていない。ゆうべバーバラは、今日の予定について何か言ってなかったかい？」

「悪いけど、思い出せません。ボビーがいなくなったってことですか？」

「そういうことだ。彼女がどこに行ってしまったのか、突きとめようとしているところでね。きみが助けになってくれればと思ってるんだ」

　誠実さが感じられる声で、フィリップが言った。「助けになれればうれしいけど、ボビーの居所は知りません」

　次にフェローズはダンスパーティについて尋ね、フィリップはそれに答えた。大成功と言えるすばらしいパーティで、大勢が集まっていたということだった。

「バーバラは楽しそうだった？」

「すごく楽しそうでした」

「別のカップルといっしょに出掛けたそうだね。そのふたりの名前は？」

「ダン・ライマーズと、彼の相手のマーサ・オコーナーです」

「誰が運転を？」

「ダンの兄さんのトミーです。十七歳なんで」

「バーバラが他の男の子に特に興味を示したということは、なかったかい？」

「そんなことはありませんでした」

フェローズは言った。「立ち入ったことを尋ねるのは気が引けるのだが、きみとバーバラの関係について知りたい。きみたちは互いをどう思っているのかね？」

フィリップの頰が、かすかに赤くなった。「彼女のことは、まだよく知らないんです。いっしょに出掛けたのは、ゆうべが初めてでしたから。学校ではよく見かけるし、時々話したりもしますけど」

「彼女はきみに……なんというか、熱をあげているのかな？」

「好意を持ってくれてるとは思います」

「きみのほうは？」

フィリップは唇を舐《な》めた。「ぼくは彼女をダンスに誘いました」

「つまり、ふたりのあいだに合意のようなものはないんだね？」

「ありません」

「バーバラには他に好きな子がいるんだろうか?」

「わかりません。そんなことはないと思うけど……。ボビーは、あまり外出しないんです。お母さんがすごく厳しいんだって言ってました。だから、これまでダンスになんか行ったこともなくて、今回もお母さんの許可をとらなくちゃならなかったんです」

「彼女にキスをした?」

フィリップはまた赤面し、父親に視線を向けた。そして、ようやく答えた。「車の中ではしませんでした」

「それではどこで?」

「玄関先で。おやすみを言った時に」

「一度だけ?」

フィリップは唇を舐めた。「はい」そう答えたあと、彼はつけくわえた。「車の中で友達が待ってましたから」

フェローズがうなずいて素早くメモをとるのを見た若者が、自分のロマンスが紙に記されることに気まずさをおぼえたことはまちがいない。署長は顔をあげずに言った。「車の中で誰がどこに坐ったか、教えてほしい。行きと帰りと両方ね」

「後部座席に、マーサを真ん中にしてダンとぼくが坐りました。ボビーは、ぼくの膝《ひざ》に乗ってたんです。それが行きです。ダンスのあと軽く食事をしにいった時は、マーサがダンの膝に乗ってました。帰る時もそのままでした」

「誰もトミーの横には坐らなかったのかね？」

「はい」

「それについて、トミーはなんと？」

「車に乗ってる時は何も言いませんでした。ほんとうは、ぼくたちの送り迎えなんかしたくなかったんです。だけど、ダンのお父さんも車を出すのはいやだったみたいで……。あとでダンから聞いたんだけど、トミーは映画に行きたかったんです。車で映画に行くには、ぼくたちの送り迎えを引き受けるしかなかった。トミーは映画が終わってから迎えにきて、ぼくたちを〈フレンチ食堂〉まで送ってくれたんです。場所はご存じでしょう？　パーティのあと、他のみんなといっしょに何か食べにあの店に寄ろうってことになって」

「きみたちが食べているあいだ、トミーは何をしていたのかね？」

「トミーも何か食べてました。でも、いっしょには坐りませんでした。知り合いを見つけて、その男の子といたみたいです」

「つまり、きみたちの仲間には入りたくなかったということだね？」

「はい。それどころか、ぼくたちの運転手役を押しつけられてすごく怒ってたみたいです。ダニーから聞いたんですけど、赤ん坊のお守りをしてるところを見られたら友達にバカにされるって、言ってたそうです」

この線ではもう訊くことはないと判断したフェローズは、少年を解放した。息子が部屋を出ていくのを見とどけてから、ノリスがしゃべりだした。「署長、あなたが何を考えているのか、さっぱりわかりません」彼は言った。「息子が何も知らないのは明らかだと思いますがね。あの子はけっして何もしていません」

フェローズは立ちあがった。「何もかも調べる必要があるんです」彼は言った。「認めましょう。息子さんが、特にあの女の子を誘ったという事実に興味を引かれたのは事実です。同級生というわけでもないし、社会階級もちがいますからね」

「社会階級？　十四歳の子供に、社会階級など何の意味があるというんです？　その女の子はきれいだった。だからフィリップは彼女に惹かれた。あの子にとっては、それだけのことです」

「あなたにとってはどうなんですか？」

「そういう付き合いを、わたしがどう思っているか？　誰と出掛けようと、それは息子の自由です。付き合う人間の選択について、教えようとはするかもしれません。しかし、それを学ぶかどうかは本人次第です」

「今回の息子さんの選択に異議はなかったと？」

ノリスは言った。「署長、わたしは階級間に障壁を築くのはまちがっていると考えています。息子を公立の学校に入れたのは、あらゆる種類の人間に出逢ってほしかったからです。どうやらその女の子の家は、うちほど金持ちではないらしい。しかし、成績は八年生の中でトップだと聞きました。容姿同様、頭もいいということだ。会ったことはありませんが、わたしの知るかぎり、息子はすばらしい選択をしたと思っています」

フェローズはうなずいた。「わかりました、ノリスさん。ありがとうございます。今の話を聞いて、心のうちの疑いが消えました」

ノリスは皮肉っぽい笑みを浮かべた。「何を疑っておられたんですか？　息子が、同じ階級の女の子にはできないことをしたくて、いわゆる下層階級の女の子を連れだしたのではないかと疑っていた？」

「そのようなことです」

「十四歳で？」

「できないことはないでしょう、ノリスさん」

「たとえできたとしても、かろうじてというところでしかありません。それに経験がないのはたしかだ」

「いちかばちか、というところでしょう」フェローズも認めた。「しかし、そういうことも起こり得る。この件で、そんな可能性を見逃したとしたら、わたしは自分の仕事を怠ったことになります」

フェローズを送って玄関に向かいながら、ノリスが言った。「なるほど、よくわかりました」そして、フェローズが外に足を踏みだすと、さらに深刻な口調でつけたした。「その娘さんを見つけてあげてください。無事で戻られるよう祈っています」

「わたしもです」フェローズは言った。そして、車に向かって歩きだすと、今度は独りごちた。「わたしもそう祈っている」

第五章

フェローズが戻った時には、隣人たちの車はマークル家の前から消えていて、パトカーが一台残っているだけだった。時刻は午前二時二十五分。署長は腕時計を見ながら呼び鈴を鳴らしてドアを開けた。そして、家に足を踏み入れると、ショー夫人が居間の入口に出てきて言った。

「ああ、署長さんでしたか。何かわかりましたか?」

「まだ何も」署長は夫人の横を抜けて居間に入った。ソファの前の低いテーブルには、まだコーヒーのセットが載っていたが、そこにいたのはショー夫人だけだった。フェローズがあたりに目を走らせると同時にベルが鳴りだし、ショー夫人が電話へといそいだ。「勘弁してほしいですよ」彼女が言った。「ひっきりなしにかかってくるんですからね!」

フェローズは、ショー夫人が電話に応えて「はい……いいえ……まだ何も聞いてませんけど……」などと言っているあいだ、テレビの前に歩み寄り、その上に飾られたバーバラの写真を今一度手に取ってみた。成績は八年生のトップだったというが、うなずける。知性を感じさせる表情といい、形のいい額《ひたい》といい、隙のない眼差しといい、いかにも賢そうな顔をしている。その笑顔は、陰ひとつなく無邪気そのもの。フェローズが顔立ちから判断するかぎり、十二歳のバーバラは、クスクス笑いながら友達と秘密を分かち合ったり、女友達と――もう少しすると、これが男友達に変わるのだが——何時間も長電話をしたりする、まったくふつうの女の子だった。この写真を撮った時と現在とのあいだに、妙なことが幾度も起きていないかぎり、彼女はふつうの十三歳になっているはずだ。胸をときめかせながら初めての正式なダンスパーティに出掛け、招待された数少ない八年生のひとりであることに密かな優越感をおぼえ、自分ほど運に恵まれなかった女友達に何もかも——彼がなんと言ったか、自分がどう答えたか、みんなが何を着ていたか、そしてもちろんおやすみのキスのことも——すべて残らず、しゃべりたくてたまらなかったにちがいない。

電話を終えたショー夫人が戻ってきた。「マークルの奥さんは、今夜うちで寝てもらいます」彼女が言った。「ここにひとりで置いとくわけにはいきませんからね」

「すばらしい配慮だ」フェローズは言った。「マークル夫人も心強いでしょう。ところで、夫人はどこに？」

「まだあのお巡りさんといっしょに、ボビーの部屋で洋服なんかを調べてます」

フェローズは、玄関を入ってすぐのところにある階段をのぼっていった。狭い部屋ばかりだが、二人家族には多すぎるくらい部屋がある。一階には居間と食堂と台所と玄関の間があり、二階には寝室が三部屋とバスルーム。階段を上がったすぐのところ、台所の真上に位置する寝室がボビーの部屋になっていた。引き抜かれた箪笥《たんす》の抽斗《ひきだし》と、扉が開いたままのクロゼット。ベッドの上にはスカートやワンピースやブラウスがひろげられ、マークル夫人とキャシディがそれをかきわけるようにして調べていた。

「何がわかった?」目をあげたキャシディに、フェローズは訊いた。

「これは簡単にはいきませんよ」キャシディが言った。「スーツケースは持ちだしていません。マークルさんがそうおっしゃってます。しかし、何を着て出掛けたのかはわからないそうです」

「お嬢さんがいつ出ていったのか、それについてはどうなんです? 今夜、ベッドをととのえたとおっしゃいましたね? ほんとうにゆうべベッドで眠った跡があったんですか? 上掛けがめくれていただけだったということはありませんか?」

神経を尖らせて真っ青な顔をしているマークル夫人が、落ちてきた白髪をかきあげて答えた。

「たしかに眠ったようでした。寝具がくしゃくしゃになってましたからね」

「だとすると、ゆうべのうちに出ていった可能性はほとんどない。それがわかっただけでも、少し助かります。さて、お嬢さんが何を着て出掛けたかわからないとは、どういうわけなんです?」

「何がなくなってるのか、わからないんです。だから、どうにもなりません。あの子が何を持ってたかなんて、あたしは知らないんです」

「何を持っていたか知らない?」フェローズは穏やかな声で訊き返した。

マークル夫人は、つらそうな表情を浮かべて答えた。「ここにあるものはみんな見おぼえがあるけど、他に何があったか思い出せないんです。ほら――」彼女は、まずベッドの上の衣類を、それからクロゼットに吊るされた服を示した。「ボビーは、すごくたくさん服を持ってたんです。かぞえてみました。ええと、スカートは何枚ありましたっけ、キャシディさん?」

「六枚です」

「そう、スカートが六枚。それにワンピースもずいぶん持ってたし、ブラウスなんかはどれだけあったかわかりません」

フェローズはベッドの上の衣類に目を向け、それからクロゼットの前に行き、服が掛かったハンガーを一本ずつゆっくりと繰《く》っていった。バーバラの衣装は、少なくともフェローズのふたりの娘の服を合わせたくらいあった。「これがパーティに着ていったというドレスですか？」長めのスカートにたっぷりとギャザーが入った、花柄のタフタ地のドレスをラックから外して、署長が訊いた。

「そうです」

フェローズはそれを掲げて、バーバラの体形を確認した。身長百六十センチ、体重五十キロ……なるほど、そんなところだろう。「美しいドレスだ。あなたが縫ったんですね？」

「はい。以前は、縫い物だって洗濯だって、その他のどんなことだってやってましたから。そんなドレス、買ったら百ドル以上します。似たようなのが、〈ケイナーズ百貨店〉で百二十五ドルで売ってるのを見ました。柄《がら》はちがうけど、素材とデザインは同じです」

「マークルさん、あなたはお嬢さんを甘やかしすぎているんじゃありませんか？」

「どういう意味です？」彼女は、フェローズの言葉が理解できないようだった。

「お嬢さんにずいぶんお金をかけているようだ。まだ育ち盛りの子供だというのに、バーバラはありとあらゆる種類の服を持っている」

「いつも〈ケイナーズ百貨店〉で買うんです。割引が利くから」

「それにしても、たいへんな衣装持ちだ」

「あたしには、あの子しかいないんです。他の誰にお金を使えっていうんです?」

フェローズはドレスを元に戻すと、ベッドの上の服に注意を向け、そこにあるものを手に取って調べはじめた。どれも上質。バーバラは、かわいらしくて賢かっただけではなく、クラス一と言ってもいいほどのお洒落《しゃれ》な女の子だったにちがいない。そんな上等の服を着ている彼女が、こんなみすぼらしい家に住んでいるとは、学校じゅう誰ひとり思わないだろう。それもマークル夫人が娘の服に金をかける理由のひとつなのだろうと、フェローズは考えた。彼女は娘に大きな望みをかけているのだ。

それでも、こんなに服があるというのは厄介だ。何がなくなっているかをマークル夫人が特定できないとなれば、失踪当時にバーバラが何を着ていたか、捜索する者たちに伝えることができない。

「マークルさん、お嬢さんはどんな格好をしていた可能性が高いですか?　セーターとブラウス?」

マークル夫人は肩をすくめた。「どこに出掛けたかによります」

「なくなっているワンピースは?　思い出せませんか?」

「ここにある以外のワンピースなんて、おぼえてません。ここにあるものしかわかりません」

「クリーニングに出しているものは?」

「わかりません」

「お嬢さんは、土曜日にはたいてい何を着ていましたか?」

「ブラウスとスカートです」

キャシディが言った。「ひと抽斗にセーターが六枚入っています。バーバラは、なんでも六枚──少なくとも六枚──持っているようです」

「靴はどうなんです、マークルさん? お嬢さんは、何足靴を持っています?」

マークル夫人は少し考え、それから答えた。「ローファーが一足とスニーカー。スニーカーは二足あったはずです。それからサドルシューズが二足。一足は茶色と白のコンビで、もう一足は茶色と黒です。それにブーツとダンス用の靴とパンプス。パンプスは何足あったかわかりません。ワンピースに合わせてあるんです」

フェローズはキャシディに向かって言った。「靴のリストは作ったのか?」

キャシディは、しばし下唇を噛んだ。「すべて見ました。しかし書きとめてはいません」

「賢いやり方とは言えないな、キャシディ。服のリストもできていないようじゃないか。マークル夫人の世話をすることだけが、きみの仕事ではなかったはずだ。この部屋にあるものは、すべてリストにする必要がある。まず靴から始めてくれ」

キャシディはうなずき、クロゼットへといそいだ。そして、奥のほうに置かれたラックを改めて引っ張りだした。そこにはどこへ行くにも困らないほど、ありとあらゆるタイプの靴が収まっていた。フェローズは、それを見てかぶりを振った。「さあ、マークルさん。他にどんな靴があったか、思い出せますか？」

今、マークル夫人はベッドの端に腰掛けて、膝《ひざ》のあいだで手をにぎりしめ、うつろな目でラックを見つめている。「思い出せません」気だるそうに彼女が言った。「さっきも考えてみたけど、わからないんです」

「もう一度、考えてみてもらえませんか？　お嬢さんを見つけたいんです。それには、あなたの助けが必要です」

「そんなことしたって、役になんか立ちゃ……いいえ、役には立ちません」彼女はそう言いなおしながら、ワックスがかかった床に目を落とした。化粧台前の小さな椅子の下に、手作りらしき小ぶりのラグが敷かれているのを除けば、床は剝《む》きだしだ。「ボビーは、もう二度と帰っちゃきません」

「あなたは初めからずっとそう言っている」マークル夫人に向けたフェローズの声は、少し険しくなっていた。「何か理由があるんですか？　われわれに話していないことが、何かあるんですか？」

彼女は首を振った。「いいえ、理由なんてありません。ただ、そんな気がするんです。何をしたって無駄だって、わかるんです」

「そんなふうに諦めてはいけない」フェローズは厳しい口調でたしなめた。そして、彼女の肩を揺すってつづけた。「失踪した人間のほとんどが見つかっているという事実を、ご存じないんですか？　お嬢さんが無事だと信じていい理由はいくらでもあるのに、それがわからないんですか？」

何を言っても無駄だった。マークル夫人は顔をあげようともしない。裸の腕に涙がひと粒こぼれ、それが腕の裏側へと伝い落ちていく。フェローズはあとずさり、しばらく彼女を見つめていた。メモをとっていたキャシディが、身を起こして言った。「署長、われわれにはマークル夫人の助けが必要です。バーバラの持ち物の中で何がなくなっているのか、ぜひとも思い出してもらう必要があります」

フェローズは、身振りでキャシディを黙らせた。「きつく迫りすぎたようだ」署長は腕に手を添えるようにして、マークル夫人をベッドから立たせた。「あなたにとって、今日はひどい一日だった。ショー夫人が自宅にあなたを連れて帰ると言って、下で待っています。われわれが荷造りしましょうか？」

首を振ったマークル夫人は、まだ涙を流していた。「いいえ」両手を脇に垂らしてうつむいたまま、彼女が小さな声で答えた。「自分で支度します」

フェローズが腕を放すと、夫人はゆっくりと歩きだした。「ひどすぎる」彼女は言った。「こんなことになるなんて、神様は残酷すぎます」

フェローズが見つめる中、彼女はうなだれて肩を落としたまま、暗い廊下へと足を踏みだし、隣にある自室へと入っていった。その老女のような動きを追うフェローズの目には、苦悩の色があらわれていた。

ようやくドアが閉まると、フェローズはため息をついた。「もう、こんな時間だ。マークル夫人も眠る必要がある」キャシディに向かって署長は言った。「あの人が向かいの家に落ち着いたら、この家は封鎖する。リストが完成したら、わたしのデスクに載せておいてくれ。朝のうちに目をとおしたい」

「わかりました。見張りを立てるんですか？」

フェローズはうなずいた。「そうするつもりだ。二時間交替で、補助警官に見張らせる。わたしは下に行って、無線でラーナーと話してくる。きみはリスト作りをつづけてくれ。マークル夫人を送ったら、すぐに戻ってくる」

第六章

翌朝、フレッド・フェローズは八時十五分に本部に着いた。しかし、バーバラ・マークルに関する新たな報告は何も入っていなかった。マークル夫人の家の前には、あれからずっと見張りを立たせているが、家に近づいた者はいないという。ストックフォードの町を休みなく巡回している二台のパトカーも、十三歳の女の子の姿を認めてはいない。高速バス会社の終夜営業所にも注意を呼びかけていたが、切符を買おうとした若い娘はいなかった。州警察からも、近隣の八州からも、なんの知らせもとどいていない。

フェローズは受付デスクに着いていたラーナーから報告を受けると、ストックフォード署の副司令官とも言うべき、シドニー・G・ウィルクス二級刑事に電話をかけた。ぐっすり眠っているところを起こされたウィルクスは電話口でうなり声をあげたが、相手が誰だかわかると、声のくもりがいくぶん晴れた。

「休みの日に起こしてすまない」フェローズはまず謝り、それから状況を説明した。そして、「まだなんの手掛かりもつかめていない」と結び、そのあとで言った。「そんなわけだから、できるだけ早くこっちに来てほしい。することが山ほどある」

署長に似て、こうした事件を我が事と捉えがちなウィルクスは、もう完全に目覚めていた。

「着替えて、すぐに向かいます」

「コーヒーを用意しておくよ」これは、いそげという意味だ。

「ドーナツとデニッシュと、どっちがいい？」

「どちらでも」ウィルクスはそう答えて電話を切った。

八時から四時の勤務を割り当てられている者たちは、すでに顔を揃《そろ》えていた。フェローズは彼らの注意を引き、デスクからクリップボードを取りあげると点呼を始めた。「ヘンダーソン。ホーガス。ケットルマン。ルイス。マニィ。ウェイド。アンガー巡査部長」

そしてそのあと、いつもどおり素早く徹底的に服装検査が行われたが、いつもどおり全員が完璧だった。今フェローズの前にいる者たちはみな、この警察に長く勤めている。常に清潔さを保ち、身なりをととのえておくよう、署長から強く求められてきた彼らにとって、そうしたことは習慣となって身についているのだ。「割り当てについてだが――」署長は言った。「行方不明者が出ている。若い娘だ。時間がかかるかもしれないが、見つかるまで、それがわれわれの仕事となる。日常業務や、教会周辺の交通整理や、パトロールは、補助警官に任せることにする。いつもどおり、アンガーが受付デスクに着いて、記者の対応にあたる。それ以外の者は、わたしが特に許可を与えた場合を除き、相手が誰であろうとマスコミに情報を漏らしてはならない。誰かに何か訊かれたら、知らないと答えろ。アンガーかわたしに訊いてくれと言えばいい。マスコミに情報を提供していいのは、アンガーだけだ。提供してかまわない情報は、わたしからアンガーに伝える。マスコミに情報が漏れたせいで、面倒が起きたことは何度かある。

そんな失態は、もうけっして演じてはならない。『今、何時だ?』と訊かれても、『今日は何曜日だ?』と訊かれても、知らないと答えるんだ。きみたちは、何についても何も知らない。いいな? ここまでで質問は?」

ヘンダーソンが尋ねた。「マスコミが興味を持つと署長はお考えのようですが、その子は有力者か何かの娘なんですか?」

「いや、そういうことではない。しかし、行方不明になっているのは十三歳の女の子だ。若い娘が失踪したと聞いたら、新聞記者どもは興味津々で耳をそばだてる。その娘が未成年となればなおさらだ。去年のドナルドソン事件ほどではないだろうが、記者がやってくることはまちがいない。他に質問は?」

もう質問はなさそうだと見ると、フェローズは言った。「ウィルクスが来たら、割り当てを決める。アンガー、すぐに電話をかけて補助警官を集めてくれ。ラーナーが名簿を持っている。ただし、ソコロフは今、娘の家の見張りに立っていて、オニールには聖マリア教会付近の交通整理に出てもらっている。そして、コヴァックスとマセレリには、あとの時間を割り当ててある。それ以外の者たちに連絡をとって、日常業務を任せるために二名、その他にパトカーを運転できる者を二名、呼びだしてくれ」

アンガーと交替してデスクを離れたラーナーに、フェローズが言った。「デイヴ、引き継ぎがすんだら、ミルクと砂糖入りのコーヒーを一リットルと、ドーナツを六個買ってきてくれ。それできみの仕事はおしまいだ。アンガー、ソコロフの見張りは九時までということになっている。そこから四時までの見張りを頼める補助警官を、ふたりさがしてくれ。わたしの許可なしには、誰もあの家に出入りさせるな」

「わかりました、署長」

コーヒーを買いに出たラーナーが戻る前に、ウィルクスがあらわれた。うっすらと伸びた無《ぶ》精髭《しょうひげ》を見れば、髭を剃る間も惜しんで駆けつけてきたことがわかる。地下にある横手の扉から入ってきた彼は、まだメインルームに残っていた者たちを見まわした。「なるほど――」フェローズに向かって彼は言った。「全員をフル回転で働かせているようだ」

「きみを待っていたんだよ、シド。きみを待っていたんだ」

「もっと早く呼んでくれればよかったのに」

フェローズは笑みを浮かべた。「できるだけ眠らせてやりたくてね。次にいつベッドに戻れるか、わからないからな」

「ずいぶんと楽しそうだ。まずは話を聞かせてください」

フェローズはテーブルの角に尻を載せた。そして、他の者たちが手帳を開いて集まってくると、バーバラ・マークルについて説明を始めた。まず、九年生のプロムに出掛けるバーバラを見たきり、母親は娘の姿を目にしていないという事実を告げ、バーバラが十二時半に車で送られて帰宅したことを話し、そのあとドレスを脱いでベッドに入った形跡はあるものの、この三十二時間、誰にも目撃されていないのだと言った。

ラーナーがコーヒーを持って戻ると、署長は話を中断して代金を払い、自分とウィルクスのために茶色い液体を容器からカップに注いだ。「さて――」署長は言った。「すでに捜査を開始しているが、ほとんどの仕事は手つかずのままだ。キャシディがバーバラの服などを調べ、部屋に残されているものをリストにしたが、それについてもするべきことはまだまだある。リストを見てわかるのは、バーバラが何を持っていたかということだけで、性格などは読み取れない。バーバラがどういう娘だったのかがわかれば、その身に何が起きたのか、おそらく説明がつく。したがって、それを突きとめる必要がある」フェローズは指をさして言った。「ヘンダーソン、きみはバーバラの学校をあたってくれ。中学に出向いて、校長と話すんだ。教師たちにも会って、バーバラが誰と仲がよかったか聞きだしてほしい。それがわかったら、何人か応援をまわすから、手分けをして子供たちから話を聞いてくれ。

ケットルマン、きみには近所の聞き込みをしてもらう。向かいのショー家を除く、近隣すべての家を一軒残らずあたってくれ。できるかぎり大勢から話を聞け。娘についてだけでなく、母親についても家族についても聞きだすんだ。あの母娘の素性を詳しく知りたい。そして、もうひとつ。他から離れて建っている一軒家にひとりでいる、器量よしの若い娘というのは、格好の獲物になりやすい。だから、余所者《よそもの》が付近をうろついていなかったか、それも調べてほしい。あのあたりの住人でない者――つまり、セールスマン、無宿者、商店の配達係の若者、新聞配達の少年、検針員――とにかく余所からやってきた者全員だ。そいつがあのあたりでどれだけ知られていようと、付近にどれだけ頻繁《ひんぱん》に出入りしていようと関係ない。名前が知りたい。できるだけ多くの名前を聞きだしてきてくれ。

ホーガス、それにウェイドとマニィ、きみたちにはあの家の裏手の森の捜索を任せる。手掛かりがあったとしても、ゆうべの捜索で、おそらく踏みつぶされてしまっただろう。それでも、日射しの中、そのやり方を心得ている者たちの目で見てきてほしい。全体を慎重に調べてくれ。ウェッバー川は、特に念入りに頼む。土手を丁寧に調べろ。人が落ちた跡がないか、さがすんだ。

ルイス、きみはライマーズ兄弟に会ってきてくれ。ダンとトミーだ。金曜日の夜、バーバラとフィリップ・ノリスは、もうひと組のカップル――ダンとマーサ・オコーナーという女の子といっしょに、トミーの運転する車に乗ってパーティに出掛けた。その夜のことを兄弟からできるだけ聞きだしてほしい。それに、きのう一日、ふたりが何をしていたかも知りたい。バーバラ・マークルについてだけでなく、兄弟のアリバイも知る必要がある。フィリップには、わたしが会ってきた。だから、きみが話を聞くのは、ライマーズ兄弟だけでいい。それが終わったら、レム・スターキィという若者について探ってくれ。ケットルマンの聞き込みでも何かわかるかもしれないが、レム・スターキィについては複数からの報告がほしい。ついでに、父親についても調べるんだ。この父子は、付近で変わり者扱いされている」

フェローズは部下を見まわし、割り当てが理解されたことをたしかめた。「さて、もうひとつ」彼は言った。「今から二十四時間以内に手掛かりをつかめないようなら、捜索用のビラを作ることになるだろう。そのための写真が必要だが、最近撮られたものが手に入っていない。近所の誰かが持っていないか、訊いてみてくれ。スナップ写真でも、何人かで写っているものでも、なんでもいい。ヘンダーソン、学校でも尋ねてみてくれ。八年生の年鑑用に撮ったものがあるかもしれない。金曜日の夜のパーティで何枚か写した可能性もある。会場にカメラマンが来ていたんじゃないのか？

そして、どこに行こうとしっかり目を開けておけ。バーバラは十三歳だ。髪は金色で、身長百六十センチ、体重五十キロ。おそらくスカートにセーター姿だと思われるが、オーバーオールを着ているかもしれないし、ワンピースでめかし込んでいる可能性もある。何を着ていても不思議ではない。とにかく目を光らせていろ」

話を終えたフェローズは、質問がないと見ると合図をして言った。「よし、注意を怠るな。十三歳の娘が姿を消すなど、あってはならないことだ。バーバラ・マークルは、ぜひとも見つけだしたい」

フェローズとウィルクスは、ぞろぞろと出ていく六人を見送った。そのあと、フェローズの目からゆっくりと炎が消えた。コーヒーを揺らして一気にそれを飲み干し、カップを乱暴にテーブルに置くと、険しい表情を浮かべて彼は言った。「よし、シド。まず新聞社に電話をして、記事を書かせる。それから出発だ。われわれが調べるのは、あの家と母親だ」

第七章

フェローズ署長とウィルクスは、マークル夫人がゆうべ泊まったショー夫妻の家に向かったが、その場に着いても、署長は玄関ポーチのほうには行かなかった。芝生を横切って裏にまわり、家の横手の壁沿いに這わせた視線を、斜向《はすむ》かいの家にまでのばしている。そのあと彼はウィルクスがいる玄関ポーチに立ち、呼び鈴を鳴らした。

「何をしていたんです?」ウィルクスが知りたがった。

「たしかめてみたんだ。ここからでは、森が邪魔になってマークル家のガレージにつづく路地は見えない。家にいるショー夫人には、あの家の前に駐めた車は見えないということだ」

ショー夫人がふたりを招き入れ、今いるのはマークル夫人と自分だけだと話した。「ピートは、仕事で搾乳《さくにゅう》場に行ってます。息子もいっしょにね。ふたりとも、今日は休みじゃないんです」

「息子さんは、おいくつですか?」フェローズは尋ねた。

「十九です。でも、なぜそんなことを?」

「ただの好奇心からですよ」

台所からマークル夫人があらわれた。真っ青な顔をしているが、自宅に戻る許可がおりずに戸惑っていることを除けば、落ち着いているように見えた。フェローズはウィルクス二級刑事を紹介し、誰もお宅に入ることは許されていないのだと説明した。「手掛かりが見つかるかもしれませんからね」

「手掛かり？　手掛かりって、なんの？」

「お嬢さんの身に何が起きたのかを知る手掛かりです」

マークル夫人は言った。「意味がわかりません。さっぱりわかりません」

「言葉どおりの意味です」署長は言った。「あなたとの話が終わったらすぐに、二級刑事とわたしとでお宅に行ってきます。われわれが家の中を調べおえたら、どうぞご自宅に戻ってください」

今朝のマークル夫人の声にはかすかに哀れっぽいひびきが感じられ、目の下にはくまができていた。「あたしとの話？　何を話そうっていうんです？　知ってることは、もうみんな話しました」

「たしかに、最後にバーバラを見た時のことはうかがいました。しかし、他にもいろいろある。われわれがそれについて話しているあいだ、ウィルクス二級刑事が別の部屋でショー夫人から話をうかがいます。ショー夫人に異存がなければね」

ショー夫人に異存はなかった。彼女がウィルクスをしたがえて台所へと姿を消すと、署長は腰をおろし、こういう場合に不可欠な手帳を取りだした。それを見ていたマークル夫人は、渋渋ながら椅子に坐った。「まだ話すことがあるなんて、やっぱり思えません」

「バーバラについて、何もかも把握しておきたいんです」フェローズは答えた。「余暇に何をしていたのか、知り合いにどんな男がいたのか……。子供ではなく、大人の男のことです」

「あの子に大人の男の知り合いなんていませんでした」

「ショー家のご主人は？　それに息子さんはどうなんです？」

「ああ、もちろん知ってました。あの子は、ここで育ったんですから」

「他には？」

マークル夫人にもわかってきたようだった。もちろん、近所の男たちのことは知っていた。たしかなことはわからないが、おそらく言葉を交わすこともあっただろう。それに中学には校長もいるし、用務係もいるし、その他にも男性職員がいる。しかし、これも推測の域を出なかった。「あの子の口からは何も聞いてませんが、たぶんそういう人たちのことは知ってたと思います」

「あなたの職場の男性はどうです？　バーバラがあなたに会いに、百貨店を訪れることもあったんじゃないですか？」

「町に出た時に、たまにやってきました」

しかし、百貨店の男性については推測さえ難しいようだった。マークル夫人が知っているのは、ほんの数名だけなのだ。「あたしが知ってるのは、靴売り場のプレストンさんと、売り場監督のロジャーズさんと、婦人服売り場の責任者のエドワーズさんだけです。男の従業員は大勢いるけど、個人的に知ってる人は他にいません」

「バーバラは、その三人を知っていましたか？」

「あの子が訪ねてきた時に紹介しました。だから、あの人たちのことは知ってたはずだし、あの人たちもボビーのことは知ってたと思います。でも、それだけのことです」

自分の知るかぎりボビーの行動に妙なところはなかったと、マークル夫人は話した。「あの子は、すぐそこに住んでるボニー・カレンといつもいっしょでした。放課後は、たいてい自転車でボニーの家に行くか、ボニーがうちに来るかしてたんです。ロックンロールのレコードを聴いたり、バカみたいにしゃべりつづけたり。とにかく無邪気そのものでした」

「ふたりの会話を耳にしたことは？」

「日曜日にあの子たちがうちにいる時は、いくらか聞こえてました。聞き耳を立ててたわけじゃありませんけどね。たいていは歌手や男の子の話でした」

「特に話題にのぼっていた男の子は？」

「名前なんておぼえてません」

すべて、そんな調子だった。バーバラ・マークルは——少なくとも母親の目に映る彼女は、ふつうのティーンエイジャーが惹かれるものに興味を示す、ふつうのティーンエイジャーだったようで、娘が家出する理由など、マークル夫人には考えもつかないようだった。「それに、スーツケースを持って出たわけでもないし、書き置きもありません。あの子が男と駆け落ちしたなんて、あり得ません。そんなことを疑ってるなら、今すぐ忘れてください」

「女性といっしょに家出した可能性は？」

「あの子は誰とも家出なんかしてません。そんなふしだらな娘じゃないんです」

「バーバラは家出などしないと、あなたはおっしゃる。しかし、お嬢さんは姿を消してしまった。つまりあなたは、お嬢さんは誰かに連れ去られたと思っているんですか？」

「いいえ。まず第一に、あの子は誰も家に入れたりしません」

「ひとりでいる時は、鍵をかけていたと？」

「いいえ」マークル夫人は渋々ながら認めた。「留守にする時以外、鍵はかけません。盗られるものなんか、ありゃ……いいえ、ありはしませんからね」

フェローズは、ゆっくりと言った。「あるかもしれませんよ、マークルさん。あなたが知らないだけでね」

彼女は首を振った。「あの子の身に起こったのは、そんなことじゃない。ぜんぜんちがいます」

フェローズは注意深く彼女を見ていた。「ずいぶんと確信がおありのようだ。またそんな気がするとでも？　それとも、まだ聞かせていただいていないことが何かあるんですか？」

「そんなものはありません。きっとどっかで事故に遭ったんです。あたしの考え？　ええ、それがあたしの考えです」

「病院には、すでに問い合わせてみました。それが、われわれが最初にしたことです」

「わかってます。でも、見つけてもらえないような場所で事故に遭ったのかもしれません」彼女はいきなり唇を嚙んだ。「あの子は、もう見つからないかもしれません」

「見つかります」フェローズは言った。「きっと見つかります」

マークル夫人はまっすぐに署長を見て、挑むように言った。「そうでしょうか? でも、どっちにしても、男といっしょにいるところを見つかるなんてことは、絶対にありません!」

「お嬢さんは自転車をお持ちのようだ。それはなくなっていませんか?」

「なくなってません。ガレージにあります」

「あなたは質問に苛立っているようですね?」

「仄《ほの》めかしが気に障るんです。あなたがおっしゃるのは、あの子の顔に泥を塗るようなことばかり。それが腹立たしいんです」

フェローズは手帳を取りあげて、メモを読むふりをした。そして、ようやく顔をあげると言った。「マークルさん、ご主人は出ていったと、ゆうべおっしゃいましたね。それはいつのことですか?」

彼女は、またも唇を嚙んだ。「今度のことと、どういう関係があるんですか?」

「背景が知りたいんです。そういうことも知っておく必要があります」

「理由がわかりません。あの人は、ぜんぜん関係ありません」

「名字と名前を教えてください」

マークル夫人は顔に嫌悪感をよぎらせて、渋々答えた。「ガス。ガスタヴ・マークルです」

「ミドルネームはなしですか?」

「はい、なかったと思います」

「結婚したのはいつですか?」

「一九四七年の六月です」

「どこで?」

「コネティカット州のピッツフィールドです」ごくりと唾を呑んでそう答えたマークル夫人が、いそいでつけたした。「でも、あの人はもうそこには住んでません」

「どこに住んでいるんですか?」

「知りません」

「しかし、ピッツフィールドに住んでいないことは知っている?」

彼女の頰がかすかに赤くなった。「ピッツフィールドでいっしょに暮らしてた時に、捨てられたんです。あの人はあたしの元を去っただけじゃない。町から出てったんです」

「いつのことです?」

「赤ん坊が一歳になる前のことです。四九年の夏でした」

「ご主人が出ていった理由に心当たりは?」

「結婚生活に向く人じゃなかったんです」

「女がいたとか?」

「ええ、いました」

「女の名前は?」

「知りません」

フェローズは、メモをとる手をとめて顔をあげた。「ご主人とのことについて、すっかり話していただいたほうがいいかもしれない。そのほうが早くすむと思います」

マークル夫人は声を硬くして答えた。「あの人のことを知りたがる理由が、あたしにはわかりません。さっきも言ったとおり、あの人は今度のこととなんの関係もないんです」

「それでも、差し支えなければ話をうかがいたい」

「あたしが話したら、あなたはそれを新聞記者やなんかに話すんでしょう。ボビーが姿を消したっていうだけで、あたしの私生活まで書きたてられて、それをみんなに読まれるなんてひどすぎます」

「お嬢さんが無事に戻ることを望んでいるんじゃないんですか？」

「あの子は帰ってきません。さがしても無駄だって言ったでしょう。いいから、あたしをひとりにしてください。ひとりで思いきり悲しませてください。何もかも忘れてください。とにかく、あたしをひとりにしてください」

彼女を見つめるフェローズの視線は揺るがなかった。彼は坐っているソファに手帳を置き、両手で腿《もも》を撫《な》でた。「マークルさん、何を隠しているんですか？」

マークル夫人はビクッとして目をあげた。「隠してる？　いいえ、何も隠してなんかいません」いくぶん声を荒らげて、彼女はつづけた。「何を言うんです？」

「自分の娘が姿を消したというのに、あなたは警察がさがすのをいやがっている。もう帰ってこないような気がすると言ってね。マークルさん、わたしがどう思っているかわかりますか？

あなたはバーバラの居所も、誰と姿を消したのかも知っている。あなたは、その人物を庇《かば》おうとしているのだと、わたしは思っています」

「バカなことを言わないでください」マークル夫人は食ってかかった。「あたしがあの子の居所を知ってて、誰かを庇おうとしてるなら、警察に電話なんかするはずがないでしょう！」

「ゆうべわたしと話したあと、お嬢さんから連絡があったんじゃないですか？　思い出したほうがいい。調べればわかることです」

「連絡なんかありません。調べたければ、どうぞ調べてください。あの子には会ってないし、声も聞いてない。駆け落ちだなんて、あなたはあの子の名を汚すようなことばかり言うけど、たとえそれがほんとうだったとしても、あたしは何も知りません」

「だったら、なぜ警察にさがさせようとしないんです？　お嬢さんに帰ってきてほしくないんですか？」

マークル夫人は頑なに言った。「そういう仄めかしがいやなんです。ボビーが帰ってくることをあたしが望んでないって、そう思ってるんでしょう。新聞だって、そんなふうに書きたてるにきまってます。あたしがボビーを愛してなかったとか、あの子が駆け落ちして男に身を汚されたとかね。ボビーは十三歳で、たぶんキスさえしたこともないのに、そんな記事を載せてあの子を貶《おとし》めるんです。そしてそのうち、あたしのことを書くようになる。過去を探りだして、夫に捨てられたあたしが、女手ひとつで子供を育てなくちゃならなかったことなんかを記事にするにきまってます。だから、さがしてほしくないんです。話題にもしてほしくない。あの子を見つけて何になるっていうんです？　新聞なんかに載って噂がひろまれば、ボビーの人生はだいなしになっちまうじゃないですか。ああ、また変な言葉づかいをしてしまいました。気をつけろって、いつもあの子に言われてたのに、つい興奮してしまって。だって、あの子はそういう類《たぐい》の女の子じゃないんです。行儀がよくて、純粋で、思いやりがあって、頭もよくて、かわいらしくて、とにかく手本になるような子供だったんです。そんなボビーを尻軽娘扱いさせるわけにはいきません」

フェローズは、ソファに置いた手帳を取りあげた。「マークルさん」手帳のページを見ながら彼は言った。「あなたはお嬢さんの身を案じている。それは、われわれも同じです。バーバラは、なんらかのトラブルに巻き込まれているのかもしれません。われわれは、何としてもお嬢さんを見つけだしたいと思っています。人の噂にならないようにと、それだけに気を配っていたのでは、バーバラを護ることはできません。ほんとうに助けたいと思うなら、警察に協力してください。いやな思いをすることもあるかもしれないし、新聞が何を書くか、わたしにはわからない。記者を相手に必要以上にしゃべるつもりはないが、いくらかは話してやらなければなりません。あなたの協力が得られないようなら、警察は他から情報を集めることになるでしょう。それは簡単ではないし、時間もかかるし、その分バーバラが置かれている状況が危うくなる。警察の目的は、あくまでもお嬢さんを見つけだすことです」

マークル夫人が身振りを交えながら言った。「警察があの子をさがすのをとめようなんて思ってはいないし、協力したくないわけでもありません。ただ、無駄だって言ってるんです。たぶん、ボビーは死んでます。世界じゅうの新聞やなんかが、いやらしい記事を書きたてても、あの子は生き返りません。死んだあの子の名前に傷がつくだけです。それに、もし生きてるなら、帰りたくなったら帰ってくるでしょう。本人がさがしてほしくないと思ってるなら、さがす意味なんかありません」

「マークルさん、お嬢さんは誘拐されたのかもしれないんですよ。どこかに監禁されている可能性もあるんですよ。そういう考えは、頭にないんですか?」

マークル夫人は唇を噛んだまま、何も答えなかった。フェローズは身を乗りだした。「ガスタヴ・マークルについて調べることにします。何もかも探りだします。しかし、あなたが話してくださるなら、それに越したことはない」

彼女はため息をついて、力なく両手をひろげた。「わかりました」うんざりだと言わんばかりの口調だった。「話す以外の選択肢なんて、たいしてないんですからね。さっきも言ったとおり、あたしたちは六月に結婚して、翌年の十一月に赤ん坊が生まれました。四八年の十一月五日です。その時はピッツフィールドに住んでました。部屋を借りてたんです。住所は思い出せません。小さなアパートでした。結婚してたあいだに二度引っ越したけど、借りた部屋は三カ所とも家具つきの安アパートでした」

「マークル氏の仕事は?」

「工場で働いてました。工具修理の小さな工場です」

「場所は? なんという名前の工場です?」

「おぼえてません」

「自分がどこに住んでいたかも、ご主人の勤め先の名前も、それがどこにあったかもおぼえていないというんですか?」

「昔のことだし、そういうことは忘れるようにしてきたんです」

フェローズの口の端が、片方きゅっと引きあがった。「つづけてください」彼は言った。

「次の年の夏のある日、仕事から帰ってきたあの人が、荷造りを始めたんです。町を出るって言われました。それで、あの人は出ていった。それがあの人を見た最後です」

「どこに行くと言っていましたか? 出ていくにあたっての言い訳は?」

「ニューヨークに行くって言ってました。工具を取りにいくとかなんとか」

「うまい言い訳ではありませんね。あなたは問いたださなかったのですか?」

マークル夫人は、またも両手をひろげた。「問いただす? あの人は荷造りをして出てったんです。とめられるはずがないでしょう」

フェローズはうなずいて手帳に書き込みをし、ふたたび顔をあげて訊いた。「女がいたとおっしゃいましたね?」

「大勢いました」

「何人かでも、名前を教えていただけますか?」

彼女は肩をすくめた。「名前なんて、あたしが知るはずないでしょう」

「なぜ女がいるとわかったんですか?」

「外套《がいとう》に髪がついてたり、ハンカチに口紅がついてたりしましたから」

「髪の色は？」

「ありとあらゆる色」

「文句を言わなかったんですか？」

「もちろん言いました。でも、それであの人の態度が改まるなんてことはありませんでした。男に対して女ができることなんて、何もありゃ……いえ、ありはしません」

「ご主人がそういう男だということは、結婚前からご存じだったんですか？」

マークル夫人は言った。「ほら、また仄めかし。さっきと同じです。でも、その質問には、はっきり〝いいえ〟とお答えします。結婚するまで、あの人はあたしに指一本ふれなかったんですからね。あたしはそういう類の娘じゃなかったし、あの人もそんなことをしようとはしませんでした」

「そんな仄めかしをしたつもりはありません」静かな声でフェローズは言った。「さて、ご主人の写真をお持ちじゃありませんか？」

「持ってません。写真なんてあまり撮らなかったし、何枚かあったとしてもとっくに捨ててます」

「結婚式の写真も？」

「市役所での結婚式の写真があるとでも？」

「でしたら、あなたに説明していただきましょう。ご主人の生年月日は？　それに、容姿はどんなふうでしたか?」

「生年月日?」マークル夫人は、じっくり考えて答えた。「一九二七年。十月十九日です」

「容姿は?」

「髪は黒。身長は百八十センチくらいありました。体重はわからないけど、体格のいい美男子でした」

フェローズは、またため息をついた。「何か特徴は? 傷跡のようなものはありませんでしたか?」

「あたしの知るかぎり、ありませんでした」

「この十三年間、ご主人は一度もあなたに連絡を寄こさなかったんですか?」

「はい、一度も」

「バーバラは父親に会ったことがないんですか?」

「ありません。さっきも言ったとおり、あの人は町を出たんです」

「ご主人は町を出ると言ったかもしれないが、ほんとうに出たかどうかはわからない」

マークル夫人は言い張った。「町を出たにきまってます。町にいたら、誰かに姿を見られてしまうでしょう。そうしたら、面倒なことになる。あたしには、あの人を訴えることだってできたんですからね」

「あなたは? あなたは、ご主人をさがそうとはしなかったんですか?」

彼女は首を振った。

「となると、死んでいる可能性もあると？」

「そういうことです」

「バーバラは？　お嬢さんは、父親のことを知りたがりませんでしたか？」

「いいえ」

「父親について、一度も訊かれなかったんですか？」

「訊かれたことはあります。でも、ひどい自動車事故に巻き込まれて亡くなったと話してやりました。事故で死んだっていう話を、でっちあげたんです」

「お嬢さんは、その話を信じましたか？」

「もちろん」

　フェローズは、死んだことになっているマークル氏の話を切りあげ、夫に捨てられたあとのことを話すよう、マークル夫人を促した。スキャンダルから逃れるために自分もピッツフィールドを離れ、人生の再出発をしたのだと彼女は言った。家賃の安い今の家を見つけて借り、バーバラが小さかった頃は、家にいられるように、洗濯やアイロンがけや繕《つくろ》い物や婦人服の仕立てを請け負って暮らしを立てていた。そして、バーバラが学校にあがるとパートタイムでメイドとして働き、バーバラがひとりでなんでもできるようになると、〈ケイナーズ百貨店〉で働きだした。

「マークルさん、あなたには家族がいないんですか？」

「弟と継父がピッツフィールドに住んでます」

「そのふたりから援助は得られなかったんですか?」

「継父とは折り合いがよくないんです」

「弟さんは?」

「弟とは半分しか血が繋がってないし、あの子は継父と住んでるんです。歳もかなり離れてます。まだ、たったの二十二歳です」

「あなたのお歳は?」

「三十二です。一九三〇年の一月十四日生まれ。嘘だと思ってるんでしょう。でも、ほんとうに一九三〇年生まれなんです。ピッツフィールドの役所で調べればわかります。旧姓はハーカーズ。どうぞ調べてください」

フェローズはさらにふたつ質問し、ウィリアム・フィンチという継父の名前と、ジムという父親ちがいの弟の名前を聞きだした。

「いいでしょう」彼はそう言いながら立ちあがった。「今日は、ここまでにしておきます。ウィルクス二級刑事とお宅に行って、何か見つからないか調べてみます」

第八章

　ウィルクスは通りをわたりながら、ショー夫人から聞いた話を署長に伝えた。前日、ショー夫人の夫と息子は、朝の六時から午後の四時近くまで搾乳所《さくにゅう》で働いていて、そのあとはふたりとも家にいたらしい。ショー夫人の知るかぎり、通りの向こうで変わったことが起きている様子はなかったという。彼女はバーバラが家を出るところも見なかったし、余所者《よそもの》の姿も見かけなかったと言っている。

「あの人は、どの程度、向かいの家に注意を払っていたんだ？」フェローズは訊いた。

「ほとんど注意など払っていませんよ。だから、ショー夫人の話は参考になりません。しかも十一時半から一時頃まで、週末の分の買い物に出ていたというんですからね。そのあいだに、何が起きていても不思議じゃありません」

「あの人は、マークル家の行方不明の亭主のことは知っているのか？」

　ウィルクスは首を振った。「まったく。それどころか、マークル夫人のこともほとんど知らないようです。顔を合わせることも、ほとんどなかったらしい」

「というと？」

「つまり、近所付き合いをしていなかったということです。挨拶は何度かしたことがあるよううですがね」

だが、ほんの二、三度というところらしい。〈ケイナーズ百貨店〉で見かけることはあったよ

「しかし、あの人はマークル夫人を家に泊めたんだ」

「ショー夫人曰く、隣人として当然のことだそうです。マークル夫人から電話を受けたカレン家が、バーバラのことを知っているかどうかたしかめるために、ショー夫人に電話をかけたらしい。その電話でバーバラの姿が見えなくなっていると聞いて、すぐに夫婦で手伝いにいったそうです」

「そんなふうなら、マークル家の人の出入りについては知らないだろうな？」

「知ってましたよ。人の出入りはないそうです」

「人の出入りがない？　マークル夫人には友達も訪問者もいないというのか？」

「ひとりだけいるという話です。若い男がたびたびやってくるらしい。あの家の路地に男の車が入っていくところを、よく目にするそうです。ほとんど毎週末、姿を見かけると言ってました」

フェローズは片方の眉を吊りあげた。「なるほど、いちばん興味深い話を最後にとっておいたわけだ。若い男だって？　マークル夫人からは、ひとことも聞いていないぞ」

「何を考えているんです？」ウィルクスは、にやりと笑いながら訊いた。「ママに愛人がいて、その愛人が娘に関心を持つようになったとか？」

「わたしの思うに、マークル夫人という人は、あまりに頑なすぎる。自分やバーバラが警察に

誤解されることを、何よりも恐れているようだ」

「仮に、ママについてのわれわれの憶測が誤解でなく真実だったら、バーバラは同じ年頃の女の子たちほど初心《うぶ》ではないということになる」

ふたりは、マークル夫人の家の見張りに立っていた、補助警官のハーバート・マクドネルをつかまえた。「誰かあらわれたか?」フェローズは訊いた。

「記者がひとりやってきました。やつは本部に行ったと思いますよ」

「きみは、この件について何も知らない。よくおぼえておくんだ」

「おぼえておく必要なんかありませんよ。ほんとうに何も知らないんですからね」

フェローズは笑みを浮かべ、ウィルクスと連れだって玄関へと向かった。そして玄関ポーチに立った署長は、昨夜マークル夫人からあずかった鍵を使ってドアを開けた。家には冷めたコーヒーと煙草の臭いがどんよりと漂っていて、その臭いの源《みなもと》が居間に残っていた。吸い殻でいっぱいになった灰皿と、コーヒーのセットを載せた盆が、ソファの前に置いてある。コーヒーが半分ほど入ったままのカップもあった。

フェローズはまず、階段をのぼってバーバラの部屋に入った。「見てくれ」ウィルクスに向かって署長は言った。「そして、印象を聞かせてくれ」

ウィルクスは言われたとおり、抽斗《ひきだし》を開け、クロゼットの扉を開き、ベッドの下をのぞき、切り抜き帳に目をとおした。そして、ようやく言った。「もしかして、日記は見つかっているのかな?」

「いや、そういうものはなかった」

「ずいぶんと衣装持ちですね」

「母親が社員割引で買ってやるようだ」

「しかし、化粧品はたいしてない。白粉《おしろい》も装身具もなし。あるのは櫛《くし》とブラシ、それに口紅一本と、高価な香水の小瓶がひとつだけ」

「その意味するところは？」

「どうもわからない。バーバラは自分で部屋の掃除をしていたんですか？」

「いや。母親が片づけていたようだ」

「少し甘やかしすぎだな」

「何がわからないんだ？」

「あなたの話を聞いていると、バーバラはませた娘のように思えます。そういう娘なら、安物の装身具や、メーカーの知れない香水や化粧品、それにセクシーなドレスなどを山と持っているものだが、そんなものは見あたらない。この部屋は、厳しく躾《しつ》けられた女の子の部屋のようにしか見えません。今の彼女の興味は、何よりも流行歌手に向いている。切り抜き帳を見ればわかります。少々――いや、服に関してはかなり――甘やかされているようだが、きちんと護られてもいる。娘の面倒をここまでみている女性が、家で男と寝るとは考えにくいですね」

フェローズは笑みを浮かべて、嚙み煙草をかじりとった。「シド、きみは本物の一流刑事になりつつある」

「あなたは別の考えを?」

「これまでのところ、きみの説が理にかなっている。もちろん、母親が働いている分、バーバラは同じ年頃の他の娘たちよりも、自分で判断して行動しなければならないことが多いだろう。したがって、少しは大人びているかもしれない」

「それはあるでしょうね。ここは、若い娘の部屋というより、若いご婦人の部屋のようだ」

フェローズは、考え深げに部屋を見まわした。「その若いご婦人は、どこに行ってしまったんだ?」思案顔で彼は言った。「マークル夫人によれば、ベッドには眠った跡があったということだ。そして朝、バーバラは起きてこなかった。目覚まし時計がないところを見ると、早起きをしなければならないような予定はなかったと考えていい。つまり、いつもと変わらないゆったりとした朝だったわけだ。そして、自転車には乗らずに家を出た。歩いて出たか、車に乗ったかということになるが、歩いて行ける範囲にはほとんど何もない。徒歩で行きそうな場所は森くらいだ」

ウィルクスは言った。「つまり、ホーガスとウェイドとマニィの捜索で何も見つからなかったら、バーバラは車でどこかに行ったと考えるしかないということですね?」

「そう考える以外ないだろう。そうなると、自分の意志で車に乗ったのか何者かに乗せられたのか、その時点で意識があったのかなかったのか、生きていたのか死んでいたのかが、問題になる」

「ショー夫人が買い物に出ていたあいだでしょうかね?」

フェローズは突然ほほえんだ。「自分が発明したパラシュートを試すために、エッフェル塔から飛び降りた男がいたが、わたしも似たり寄ったりだな。そのフランツ・ライヒェルトという男は、推測ばかりでデータもろくにないまま行動に出たせいで、地面に六十センチの穴をあけたという話だ。こんなふうでは、いい結果は望めない」彼はゆっくりとベッドカバーをまくった。「さて、データが見つかるかどうかやってみよう。シド、きみは服のほうを頼む。状態、折り返し部分、袖、どこも見落とすんじゃないぞ。わたしはベッドと肌着を調べる」

ウィルクスがクロゼットの中を探っているあいだ、フェローズは糸くずや毛髪やそれ以外の何かが付着していまいかと、寝具を調べつづけた。一枚調べ終わるごとに畳んで脇にならべ、いよいよマットレスが裸になると、それを持ちあげてひっくり返した。「こいつは驚いたな」彼は言った。「賭けてもいい。これはキャシディのリストには載っていないだろうね」

「何を見つけたんです？」クロゼットの前にいたウィルクスが、振り向いて訊いた。

「恋愛ものの大衆雑誌《パルプマガジン》だ」フェローズは雑誌を掲げてみせた。

「文章に印がついていませんか？　何か書き込みは？」

フェローズはすべてのページに目をとおし、それから首を振った。「女の子たちがまわし読みをしたり、貸し借りをしたりして楽しむ類《たぐい》のありきたりの雑誌だ」

「女の子は、そういうものをマットレスの下に隠すものなんですかね？」

「うちの娘たちなら、たとえまだこういうものを読んでいるとしても、こんなところには隠さない。セシィはシーツを替えるときに、マットレスを裏返すからね」

「その雑誌に重大な意味があると考えているんですか?」

「ふつうだったら、なんとも思わない。バーバラは、こういうものを読むことを母親が許すとは思っていなかったというだけのことだ。しかし、もちろん今はふつうの状況ではない。だから、なんとも言えないね」

フェローズは雑誌を化粧台の上にぽんと置き、マットレスを元に戻して、その上に寝具を積みあげた。そして次に箪笥《たんす》の抽斗に取りかかったフェローズは、それから三十分近くかけて念入りに中身を調べ、ウィルクスも細心の注意を払ってクロゼットを調べたが、もう何も出てこなかった。それでも、ふたりの顔に落胆の色は見られなかった。元々、何かが見つかると期待していたわけではない。これは、捜査のお決まりの手順で、刑事がしなければならない仕事なのだ。

「ここには手掛かりとなるものが、ほとんどない」ウィルクスが言った。「バーバラがどんな娘なのかわかるようなものも、雑誌を除けば何もない。ところで、その雑誌は持ち帰るつもりですか?」

「バーバラは、これを母親に見つからないように隠していたんだ。このままここに置いていくというのは、意地が悪すぎる」フェローズは、部屋の北側と東側の窓に掛かったカーテンに目を向けた。「これを忘れていた」署長はそう言って窓に近づくと、カーテンを撫《な》でて襞《ひだ》を調べた。そして、出口に向かって歩きだした彼は、化粧台の椅子の下に敷かれた、ラグの横をとおりすぎようとして足をとめた。それは、ストッキングなどのボロ布をリボン状にして編み込んだラグだった。「もうひとつ忘れ物だ」フェローズは言った。「わたしも歳をとったな」彼は椅子を脇にどけて膝《ひざ》をつき、ラグにぐっと顔を近づけた。そして、長い金色の髪をつまみあげてそれを見ると、封筒に入れて表にメモを記し、シャツのポケットにしまった。

そのあと、ラグをひっくり返して裏側を調べはじめたフェローズの動きが、不意にとまった。

「シド。こっちに来てくれ」フェローズは、ラグの色数のせいでほとんど目立たなくなっている、小さな黒っぽい染みを指さした。「どう思う?」

ウィルクスは署長の傍《かたわ》らに膝をつき、それを見つめた。「血痕かもしれませんね」

「ああ、血痕かもしれない。あるいは液体の靴クリームか、錆《さび》か」フェローズは立ちあがり、化粧台に置かれた爪の手入れ道具をかきまわして、バーバラの小さな爪切り鋏《ばさみ》を見つけた。そして、その鋏で染みがついた布の一部を切り取ると、二枚目の封筒に入れた。「血痕ならば——」封筒の表に中身について書き込みながら、フェローズは言った。「それはどういう種類の血で、いつここについたのかという疑問が生まれる。なぜバーバラは血を流したんだ? 剃《かみ》刀《そり》で足首を切ったのか、それとも週末ごとに訪ねてくるという若い男に、この部屋で襲われたのか?」

ウィルクスは言った。「今朝のあなたは、ずいぶんと恐ろしいことを口にする。その若い男は、襲ったあとバーバラをどうしたというんです? 昼日《ひるひ》中《なか》に、車に乗せて走り去ったとでも?」

フェローズは笑みを浮かべた。「知るものか。いずれにしても、鑑識の報告を待つことにしよう」

ふたりは母親の部屋に移動して捜索を始めたが、娘の部屋ほど念入りには調べなかった。成果はなし。客用の寝室は、浴室の薬棚に他のものに混じって、瓶に半分ほど残った睡眠薬が入っていたのを除けば、完全に空っぽだった。

屋根裏につづく階段はきれいに掃除されていたが、階上の床には埃が積もっていて人が入った形跡はなく、フェローズはそれ以上あがろうとはしなかった。彼らは一階におり、そこにある三部屋を見てまわった。たいして時間はかからず、ふたりが興味を示したのは古い食器棚から出てきた、写真の小さな束のみ。そこにはバーバラのスナップ写真もあったが、赤ん坊か幼い子供時代のものばかりだった。マークル夫人の写真も二枚ほどあった。その一枚に写っている、メイドのエプロン姿の彼女は、〝花の十六、キスなんてしたことないの〟といった顔をしていた。ウィルクスが言った。「若い時は、かなりの美人だったんですね。どうやら、一気に老けてしまったようだ」

「女手ひとつで子供を育てるというのは、美容法のひとつではあり得ない」フェローズは言った。「本人は三十二歳だと言っているが、もっと上に見えるな」

「三十二？」ウィルクスが驚きの声をあげた。「冗談でしょう」

「言ったと思うが、あくまでも本人の主張だ」

「少なくとも四十くらいに見える」ウィルクスが鼻を鳴らした。「三十二？　それがほんとうなら、十八か十九でバーバラを産んだことになる」

「かなりの美人だったようだから、そのくらい早くに結婚しても不思議ではない」

「そうかもしれない。しかし、ぼくは彼女が嘘をついていると思いますね。少額なら賭けてもいい」

「おことわりだね。女の確証のない言葉に賭けるつもりなど毛頭ない。さて、ひとつしておきたいことがある。エドを呼んで、バーバラの部屋の指紋を採らせよう。ラグの染みが、どうも気になるんだ。あの部屋は、もっと慎重に調べさせるべきだった」

次にふたりは、地下室に向かった。台所にあるドアを開けると、そこに地下におりる階段があるのだが、そのドアに鍵がかかっていないことにフェローズは気づいた。外から地下におりるどのドアも施錠されていないし、鍵の一部がなくなっているところもある。それを見て署長はかぶりを振った。「まるで納屋だ。これでは誰だって好きな時にどこからでも、この家に入り込める」

ボイラーは灯油燃焼式。貯蔵庫には、古い籠《かご》や埃だらけのがらくたがしまってあるだけで、棚の上はがらんとしている。使い物にならなくなった乳母車と、子供用の古い三輪車と、人形を載せる乳母車と、壊れた玩具《おもちゃ》。階段の下の戸棚には、缶詰や粉石鹸《こなせっけん》、それにスーパーマーケットで買ってきたようなものがしまってあった。地下室そのものも、ここにあるものも、この家とその住人にいかにも相応《ふさわ》しい。うんざりするほど月並みな地下室だった。

次に彼らは、狭い裏庭に出てみた。芝生の上に足跡はなかったが、煙草の吸い殻が二本見つかった。ゆうべの捜索を手伝った誰かが捨てたものにちがいないとフェローズは思ったが、とりあえずそれも封筒に入れた。

それからふたりは、フォルクスワーゲンが駐めてあるガレージに行ってみた。車には、座席の上にも前の荷室にも、何もなかった。扉の脇の錆びたガソリンの缶とポリバケツ。タワシとゴワゴワのボロ雑巾といっしょに置かれた、そのバケツの中を、蜘蛛《くも》が一匹這っていた。フェローズは壁沿いに足を進め、そこにならんでいる、芝刈り機と熊手と鍬《くわ》とバーバラの自転車を、ふれることなく順番に見ていった。

そして、車庫の隅まで行くと、そこにあった尖ったシャベルの前で立ちどまった。身をかがめたフェローズが、ウィルクスを手招きした。こびりついている土は乾いてもいないし固まってもいない。土はシャベルについたばかりのようで、まだやわらかかった。

第九章

フェローズ署長もウィルクス二級刑事も、シャベルにはふれなかった。署長は膝《ひざ》をついて刃にこびりついている土を少量はがし、それを観察するように眺めた。そして、感触をたしかめるべく指をこすり合わせ、細かい粒になった土をコンクリートの床に落とした。「見た目ほど不吉なものではないと思うね」彼はそう言いながら、ゆっくりと立ちあがった。「しかし、さわらずにおいたほうがいいだろう」

「同感ですね」ウィルクスが言った。「それに、土が掘られたということなら、その場所を突きとめる必要がある」

ふたりは揃《そろ》ってガレージを出ると、暖かな日射しの中に立ち、あたりを見まわした。裏庭は森の縁《ふち》までつづいていて、そのあたりの芝は、枝や木々に覆われて日陰になっている。間もなく署長はガレージのまわりを歩きだし、裏にまわったところでまた足をとめた。壁のそばに地面の土がしっかり固められた場所があり、そこに焼却炉があって、集めたゴミが森の縁近くに置かれていた。そして、焼却炉から少し離れた日当たりのいい場所に、二・五×三・六メートルほど、四角く土を掘り起こした跡があった。

フェローズが顎を撫《な》でる傍《かたわ》らで、しかつめ顔のウィルクスが嚙み煙草を取りだしながら言った。「マークル夫人から、花を育てるのが好きだなんていう話は聞いていますか?」

「まったく聞いていない。尋ねてみるべきだったな」

「もし、マークル夫人が園芸になど興味がなくて――」ウィルクスが言った。「バーバラの部屋で見つかった染みが血痕だったとしたら」

フェローズは身を震わせた。「恐ろしいことを考えるのはよそうじゃないか、シド。たしかな根拠もなしに不安を抱くというのは、わたしの好みではない。まずすべきは、マークル夫人と話すことだ」

ガレージの正面に引き返して通りへと向かうフェローズとウィルクスの足取りは、それまでよりもきびきびと速くなっていた。しかし、半分ほど進んだところで、ふたりは足をとめることになった。一台の車が路地に入ってきたのだ。見張りのマクドネルが駆け寄ると、車は停止した。

フェローズとウィルクスは足早に車に近づき、運転席側の窓の横に立った。ハンドルをにぎっているのは、二十二歳くらいの金髪の好男子で、他には誰も乗っていない。「この家に何かご用でも?」窓枠に大きな手を置いて、フェローズが訊いた。

男は彼を見あげた。「あなたは?」

「警察署長です。われわれが何に見えますか?」

「ここで何をしてるんです?」

フェローズは言った。「よろしければ、質問に答えていただきたい。あなたのお名前は?」

男は落ち着いた様子で署長を見つめ、それからウィルクスに目を向けた。助手席側に立っているマクドネルのことは、気にもとめていないようだった。「フィンチ」ようやく彼は答えた。「ジム・フィンチです」

「フィンチさん、どちらにお住まいですか？」

「ピッツフィールドです」

「ピッツフィールドのどのあたりに？」

「バスコンベ通り一二三番地。さあ、いったいどういうことなのか教えてもらいましょう」

「この家の住人を知っているんですか？」

「もちろんです。姉ですからね」

「誰のことです？」

「エヴリン・マークスにきまってるでしょう」彼は顔をしかめた。「いったい何が起きてるんです？」

「姉弟？　それとも、半分だけ血の繋がった姉弟ですか？」

「正確に言うなら、半分血の繋がった姉弟です。さあ、何があったんです？　姉がどうかしたんですか？　姉はどこにいるんです？」

「お姉さんは無事です。向かいのショー夫人の家にいます」

「何かがあったんですね。なんでもないのに警察がやってくるはずがない。いったい何があったんです？」

フェローズは唇を舐《な》めた。「フィンチさん、あなたには話しておいたほうがよさそうだ。実は、バーバラの姿が見えなくなっているんです」

「ボビーが？」驚いたように、彼は言った。「ボビーが行方不明になってるというんですか？　いったいあの子はどこに行ったんです？　いや、つまりいつから姿が見えないんです？」

「時間ははっきりしないが、きのうからです」

「なんということだ」

フィンチがドアを開けるのを見て、フェローズは脇にどいた。そして、車を降りた彼が歩きだすと、その胸に手を当てて足をとめさせた。「待ってください。どこに行くつもりです？」

「中に入ってみます」

「マークル夫人は自宅にはいません」

「自分の目でたしかめたいんです。こんなこと、とても信じられない」

「マークル夫人は自宅にはいません」フェローズは繰り返した。「それに、申し訳ないが、中に入っていただくわけにはいきません。あなたも、他の誰も、中には入れません」

若者は向きを変えて反対方向に歩きだしたが、フェローズがなんとかその腕をつかまえた。

「今度は、どこに行こうというんです？」

「向かいの家にきまってるでしょう。エヴリンに会いたいんです」

「焦ってはいけない。すぐにわれわれもごいっしょします」

フィンチが振り向いた。「なぜ、引きとめるんです？　ぼくに何の用があるんです？」

署長は若者の腕を放した。「いいですか、フィンチさん、お姉さんはひどく動揺しています。そんなふうに取り乱したまま勢い込んで会いにいっても、お姉さんの助けにはならない。落ち着きなさい。少し冷静になることです」

自制心を取り戻そうと努めながら、フィンチが言った。「申し訳ない。しかし、いきなりこんなことを聞かされて、冷静でいられると思いますか？　何も知らなかったんです。きのうから姿が見えない？　なんてことだ。信じられない！」

「ショックを受けるのは当然ですよ、フィンチさん。しかし、冷静でいていただかなくては困ります。お姉さんには、あなたの強さが必要なんですからね」

「わかってます。わかってますよ。ボビーの行方は、まったくつかめていないんですか？」

「今の時点では、つかめていません。しかし、あなたが助けになってくれるかもしれません」

「ぼくは何も知りません。想像すらつきません」

「それでも、きっと助けになってくれる」フェローズは礼儀正しい態度を保ちながらも、あくまで自分のやり方で事を進めていった。「目につかないよう、車を裏庭に入れていただけますか？　マークル夫人が、今ここにあなたの車がとまっているのを見たら、動揺するかもしれませんからね」

「ああ、もちろんです」フィンチは運転席に乗り込み、ガレージのほうへとゆっくり車を走らせた。フェローズとウィルクスは歩いて裏庭に向かい、フィンチが車を降りたところにちょうど追いついた。ふたりは、話を聞くためにフィンチを裏庭の草の生えたあたりに連れていき、そこに立った若者は二階の窓を見あげた。

「バーバラの部屋です」フェローズはそう言いながら手帳を取りだした。

フィンチはいくらか気まずそうな様子で、視線を戻した。「わかっています」

「彼女の部屋に入ったことはありますか、フィンチさん？」

「もちろんです。何度もあります」

「部屋を訪ねる特別な理由でも？」そう訊いたフェローズの口調は、ぞんざいにも聞こえるほど抑揚がなかった。

「なんですって？　ボビーの部屋を訪ねる理由があったのかという意味ですか？　もちろんありました。あの子が、人形や玩具《おもちゃ》なんかを見せたがったんです」

「それは、バーバラが人形遊びをしていた頃のことでしょう？」

「そうです」協力的になっていたフィンチの態度がわずかに硬くなり、その目に警戒の色が浮かびだした。そして、フェローズが無言で手帳に書き込みをしているあいだ、煙草を取りだした彼のライターを扱う仕草に、初めて緊張のしるしがあらわれた。

フェローズの声に、やはり感情はこもっていなかった。それは、自分の仕事をしている人間の声——つまり、余計なことは考えず、ただ事実を把握しようと努めている男の声だった。

「バスコンベ通り一二三番地。それで、フィンチさん、あなたの歳は？」

「二十二です」

「お姉さんの——エヴリンの歳は？」

「三十二歳です」

フィンチの側にいたウィルクスが、彼の視界に入らないのをいいことに、署長に向かって片方の眉を吊りあげてみせた。フェローズは、それを無視してつづけた。「他に身内は？」

「父がいます。ウィリアム・フィンチです」

「歳は？」

「五十七歳です」

「やはりピッツフィールドにお住まいですか？」

「そうです。ぼくといっしょに住んでます」

「あなたは、エヴリンに会いによくここに来ていたのですか？」

「ほとんど日曜のたびに。そんなに遠くありませんからね」

「あなたとエヴリンは、半分血の繋がった姉弟だということですが、それについて話していただけませんか？」

フィンチは、張り詰めた様子で煙草をふかした。「お望みならば。話すことなどたいしてありませんがね。母は最初、ヴィンセント・ハーカーズという男と結婚しました。一九二二年のことです。翌年、息子が生まれ、ベンと名づけられたそうです。ベンは一九四二年に、日本の捕虜収容所で亡くなったと聞いています。エヴリンが生まれたのは一九三〇年ですから、ベンとはずいぶん歳が離れていたことになります。

それから、一九三六年にエヴリンの父親が亡くなって、三年後に母はウィリアム・フィンチと再婚したんです。ぼくが生まれたのは、その一年後です。そして、ぼくが十一歳のときに母が亡くなりました」

フェローズはうなずいた。「つまり、母親が再婚したとき、エヴリンは九歳だったわけですね？　それで、エヴリンはいくつで結婚したんですか？」

フィンチは少し考えてから答えた。「十七か十八だったと思います」

「たしかではない？」

「ぼくは、ほんの子供でしたからね。それに姉は家を出て働いていたんです。ぼくたち家族が姉に会うことなんて、ありませんでした」

「お姉さんのご主人は、どんな人だったんですか？」

「おぼえていません」

「ピッツフィールドの家には、訪ねてこなかったんですか？」

「一度も」

「なぜです？」

フィンチは唇を舐めた。「エヴリンと父は、折り合いがよくないんです。姉は家を出たあと、一度も顔を見せませんでした」

「しかし今、あなたは毎週末お姉さんに会いにきている」

フィンチは煙草を弄《もてあそ》びながら、言葉を選ぶようにゆっくりとしゃべりだした。「さっきも言ったように、姉はうちには帰ってきませんでした。でも、一九五一年に母が亡くなったとき、葬儀にやってきたんです。幼い頃に会って以来、姉の顔を見るのはあの時が初めてでした。ぼくは十一歳になっていたし、エヴリンはぼくの姉で、ふたりの母親は同じだった。そうしたことが、ぼくたちを結びつけたんだと思います。エヴリンは葬儀の日、ぼくの手をにぎっていてくれました。ぼくがひどく沈み込んでいたということもあるし、父は子供に慰《なぐさ》めを与えられるような人間ではありませんからね。それが互いを身近に感じるきっかけになったみたいです。それから、ぼくたちは連絡を取り合うようになりました。姉は父がいないときを狙って電話をかけてきました。ぼくがピッツフィールドからバスに乗って、ここに来ることもありました。そして、大人になって車を持つようになってからは、自分で運転して来るようになったんです」

「お姉さんの様子を見るだけのために？」

「そのとおりです。バスで来ていた頃は、ぼくのほうが姉を必要としていました。うちにいても、おもしろいことなんてありませんでしたからね。父は気難しい人で、うまくやっていくのは簡単ではなかったし、父の他に身内はエヴリンしかいなかったんです。でも、時が経つと、姉にはぼくが必要なんだと感じるようになりました。おわかりかと思いますが、暮らし向きがあまり楽ではないんです」

「お姉さんは正式に離婚していたんですか？」

「そんなこと、ぼくが知るわけないでしょう」フィンチは煙草を投げ捨てて言った。「いいかげんにしてください。さっきからいろいろしゃべらされているが、なぜそんなことを知りたがるんです？　こんなことを話していても、ボビーは見つかりませんよ」

フェローズは、しつこく迫った。「エヴリンが正式に離婚しているかどうか、なぜ知らないんですか？　あなたにとってお姉さんは身近な存在なんでしょう？」

「姉はぼくにそういうことを話さないし、ぼくも尋ねません」

「フィンチさん、あなたは仕事に就いているんですか？」

「はい。もちろんです」

「どういう仕事を？」

「ピッツフィールドにあるバトソンの工場で職場主任をしています」

「バトソン？」

「そうです。工作機械の工場です。〈ジェレミア・K・バトソン・カンパニー〉。名前くらいは聞いたことがあるはずです」フィンチは、また煙草を取りだした。「ねえ署長、ボビーを見つけるために、警察は何かしてくれているんでしょうね」

「していますよ、フィンチさん。現に今わたしは、バーバラの家族について少しでも明らかにしようと努めているところです。しかし、あなたはバーバラ本人のことを話したいようだ。さて、何を聞かせてくれるんですか？」

「知りませんよ。いったい何を話せというんです？」

「容姿は？」

「かわいらしい顔をしています。髪は金色。背丈は……ぼくの目の高さくらいです。体重はわかりませんが、背丈に合った体つきをしています」

「発育がいいほうですか？」

「はい、十三歳なりにですが」

「性格は？　どういう女の子ですか？」

「いい子です。そのひと言に尽きます。ボビーは、いい子です」

「奔放なところは？　男の子のことばかり考えているというようなことは、ありませんか？」

「十三歳で奔放？　まさか。ボビーはそんな娘じゃありません」

「男友達に関してはどうです？」

「デートもしていません。まだ早すぎると母親が思っているんでね」

「しかし、金曜の夜、バーバラは男の子と出掛けています。学校のダンスパーティに行ったんです」

「ああ、そうでした。ボビーは、そのダンスパーティに行くんで、ずいぶんとはしゃいでました。ぼくが言ったのは、男の子とふたりきりで映画に行ったりはしないという意味です。友達の家で開かれるパーティなんかには、時々行ってたかもしれませんがね」

「バーバラの私生活について、お姉さんはよくわかっていないようです。あなたは何かご存じじゃありませんか？」

「たとえば？」

「特に好意を寄せている男の子がいるとか」

「そういう話は、ぼくにはしてくれません」

「だったら、どういう話をしていたんですか?」

「ああ、カレッジに行きたいとか、教師になりたいとか、そういった話をしていました」

「秘密を打ち明けられたことは?」

「ありません」彼は煙草を持ったまま、手を振った。「ぼくがボビーの行方を知ってるんじゃないかと疑ってるなら、見当ちがいもいいところです。ぼくは何も知りません」

「バーバラは男のことで何か言っていませんでしたか? 男の子ではなく、大人の男です。男に変な目で見られたとか、キスをされそうになったとか、局部を見せられたとか、少しでも妙だと感じるようなことを何か聞いていませんか?」

「そういうことがあったとしても、ぼくには話しませんよ。もちろん、あの子のことはかわいがってます。なんといっても姪ですからね。でも、そこまで仲がいいわけじゃありません。母親に知られたくないことは、ぼくには話さないでしょうね。なぜ、ぼくに話すんです?」

「あなたが男だからというのがひとつ。それに、母親よりも歳が近いということもあります。あなたならわかってくれると、バーバラは思ったかもしれません」

フィンチはうなずき、それから言った。「それでも、ボビーからそんな話を聞いたことはありません」

フェローズは手帳に走り書きをして、また目をあげ、若者の金色の髪に視線を向けた。ウェーブのかかったその髪は、目の少し下あたりの長さに切りそろえてある。「フィンチさん、バーバラは幸せだったと思いますか? 家庭に満足していたようですか?」

「もちろん幸せでした。でも、子供がどういうものか、ご存じでしょう。みんな、母親が厳しすぎると思ってるんです。たとえば、ボビーは口紅を塗りたがってたけど、エヴリンはまだ早すぎるといってそれを許さなかった。そういったことで、ボビーはずいぶんむくれてました。友達はみんな口紅を塗ったりなんかしてるんですからね。でも、エヴリンが正しかったんです。ボビーには早すぎますよ。若い娘が男の子の気を惹くような格好をすれば、面倒が起きるのは目に見えてます。もっと大人になって賢くなってからでも、男の子と付き合う時間はたっぷりあります。ボビーは、まだほんの子供です。それを忘れてはいけません」

「口紅の件では、かなりもめたんですか？」

「言い合いはしたようだが、そこまで深刻なことにはならなかったようです。女の子はみんな、口紅を塗りたいとかハイヒールが履きたいとか言いだすものでしょう。それだけのことです」

「お姉さんはどうなんです？　ボビーのことで相談を受けたりはしませんでしたか？」

「ボビーのことはよく話します。もちろんね。口紅やハイヒールをめぐる言い合いは、ずいぶんこたえていたようです。姉はボビーになんでも買ってやりたいんですよ。たいていのことでは、いいようにあの子を甘やかしてました。自分のものは我慢して、ボビーにいろんなものを買い与えていたんです。新しい人形、三輪車、人形の乳母車、有り余るほどの洋服。だから、口紅やハイヒールを買ってやらないというのは、エヴリンにとって簡単じゃなかったんです。自分はボビーに厳しすぎるんじゃないかと、心配してました。ボビーが怒るのを見ているのは、ずいぶんとつらかったにちがいありません」

フェローズは落ち着いた様子で、手帳の書き込みを終えた。思いがけなく出くわした情報源だったが、新たな情報はたいして得られなかった。署長はウィルクスに向かって尋ねた。「何か訊いておきたいことはあるか?」

「ひとついいですか? フィンチさん、お姉さんに園芸の趣味は?」

「園芸? さあ、ぼくは知りません。なぜそんなことを?」

ウィルクスはフェローズに目を向けた。「いいですか、フレッド?」

「見てもらったほうがいいだろう」

ふたりはフィンチをガレージの裏に連れていき、新しく土が掘り返されている場所を見せた。

「何かのために土を掘り返したというような話を、お姉さんから聞いていませんか?」

「聞いてません。なぜそんなことを? これがボビーの失踪と、どういう関係があるんですか?」

「わかりません」

フィンチの目が大きく見開かれた。「ちょっと待ってください! まさか——」

「訊いてみただけです」フェローズが言った。「お姉さんは、よく庭の手入れをするのだろうかと思いましてね」

「だったら、姉に訊いてください。さあ、訊きにいきましょう!」

第十章

扉を開けたのはショー夫人だった。彼女は、刑事が連れてきた痩せた若者に訝《いぶか》しげな目を向けた。しかし、フェローズはなんの説明もしなかった。「マークル夫人を呼んでいただけますか？」

「はい、もちろんです」もう一度若者を見たショー夫人は、それが向かいの家にたびたびやってくる男だと気づいたようだった。何も訊かずにその場を離れるのは、惜しくてたまらなかったにちがいない。それでも夫人は、なんとか黙って奥にさがってくれた。

あらわれたエヴリン・マークルは、玄関ポーチに立っている弟の姿を見るなり、低い叫び声をあげて、その腕に飛び込んだ。ショー夫人が食堂から見ているのは明らかだ。フェローズは外の様子が見えないよう、すぐに扉を閉めた。

弟にやさしく抱きしめられて、マークル夫人は堰《せき》を切ったように泣きだした。「ジミィ、ジミィ」彼女が涙声で言った。「あたし、どうしたらいいの？」

フィンチはなだめるような声で言った。「ぼくたちがボビーを見つける。姉さんは何も心配しなくていいよ。必ず見つけるからね。ボビーはじきに帰ってくるよ」

四十歳にも見える三十二歳の女が、十八と言ってもとおりそうな二十二歳の若者に慰《なぐさ》められているというのは、なんとも妙だった。しかし、「姉にはぼくが必要なんだ」と言ったフィンチの言葉は、これで実証された。

「ボビーは、いついなくなったんだい？」フィンチは落ち着いた様子で、姉にささやくように尋ねた。フェローズとウィルクスの質問に答えていたあいだは震えていたかもしれないが、今ショー夫人の家の玄関先にいる彼は、この状況を掌握していた。

マークル夫人は少し身を離し、詳細をかいつまんで彼に話した。話を聞きおえたフィンチが、フェローズのほうを向いて尋ねた。「ほんとうに、あらゆる手を尽くしてくれてるんでしょうね？」

涙を拭《ぬぐ》って自制心を取り戻そうとしているようだった。警察官の目を意識してか、フェローズはうなずいた。「ところでフィンチさん、バーバラの最近の写真をお持ちではありませんか？　半年以内に撮ったものが望ましいんですが」

「持っていません。一枚あることはあるが、姉が持っているのと同じものだから、すでにご覧になったでしょう。いずれにしても、一年以上前の写真です」

フェローズはハンカチを取りだして、マークル夫人にわたした。「マークルさん、今こんなことを尋ねるのは気が引けるんですが、あなたは庭仕事をなさいますか？」

フィンチが怒りの目を向けたが、署長はそれを黙殺した。マークル夫人は涙を拭きながら答えた。「いいえ。あたしは〈ケイナーズ百貨店〉の売り子です」

「いや、庭いじりの趣味がおありかどうか、うかがったんです。ガレージにシャベルがあるのを見たものでね」

「ああ」マークル夫人は、そう言いながらフェローズにハンカチを返した。「裏庭の森に近いところに小さな花壇があるんです。でも、ほとんど放りっぱなしです。花を育てるのは得意じゃないけど、心が休まる気がして」

「最近、その花壇をいじりましたか？」

「今そんなことを訊くなんて、どうかと思いますね」フィンチが言った。

しかし、マークル夫人は答えた。「ゆうべ仕事から戻ったあとで、いじりました。花壇をいじりながら、ボビーの帰りを待ってたんです」それから彼女は弟に向かって言った。「大丈夫よ、ジミィ。あたしは大丈夫」

「具体的にどういじったのですか？」

「土を掘り返しました。あとで何かの種を蒔《ま》いて、また花を育ててみようと思って」

「なるほど。つまり、バーバラが姿を消したあとに、シャベルを使ったということですね？」

「はい。でも、なぜそんなことを？」

「それより前に誰かがシャベルを使っていたら、あなたは気づいたでしょうか？」

「はい。ひと月ほど前に土を掘り返したんですけど、そのあと暇がなくて手をつけられずにいたんです。だから、ゆうべは初めからやりなおさなくちゃなりませんでした」

「いや、ゆうべシャベルに新しい土がついていなかったかどうか、お訊きしたんです」

マークル夫人は首を振った。「いいえ、土なんかついてませんでした」

フェローズはマークル夫人に礼を述べ、今のところはこれだけうかがえれば充分ですと告げた。踵《きびす》を返した署長に、彼女が言った。「なぜ、こんな質問を?」

フェローズが口を開く前に、若きフィンチが答えた。「署長さんは、とんでもないことを考えてるんだ。ボビーが殺されて埋められてるんじゃないかってね。しかも、姉さんの花壇にだよ!」

マークル夫人はうめき声を漏らし、また弟の腕の中で泣きだした。フェローズとウィルクスはゆっくりとポーチの階段をおりて、通りをわたった。

「これが、この仕事のいやなところだ」車に向かって歩きながら、フェローズは言った。「悲しみと、耐えがたい苦悩」

ウィルクスはうなずいた。「それに言うまでもなく、人の手による、人に対する非人道的行為」

署長は身を滑らせるようにして車の座席に坐ると、マイクを取りあげた。「フェローズより本部へ」

アンガーが応答した。「はい、署長」

「何か進展は?」

「何も。ただ、記者が集まっています」

フェローズはため息をついた。「よし、すぐに戻る」

第十一章

　記者は六名集まっていたが、本部のメインルームに坐って、寛《くつろ》いだ様子で煙草をふかしながらしゃべっている彼らは、事件に集中しているようには見えなかった。それでも、フェローズとウィルクスがドアを押し開けて入っていくと「署長のお帰りだ」とか「待った分、いい話が聞けるかもしれないぞ」などという声があがった。

　フェローズは、ひさしのある青い帽子を脱いでフックに掛けながら、笑みを浮かべた。署長は淡い青の線が一本入った紺色のズボンに、左袖に階級を示す青と金色の三角形のワッペンがついたグレーのシャツに、黒いネクタイという出で立ちで、金色のバッジを着けている。「長く待たせてしまったかな?」

「ああ、待ちましたよ」ひとりが皮肉っぽく答えた。「何もかも秘密というのは、どういうわけなんです? アンガーときたら、ひと言も漏らしちゃくれないんですからね」

「いいかね、こういうことだ――」フェローズは言った。「そこに一匹の犬がいた。そいつは主人のためにネズミを追っていたんだ。しかし、ネズミは犬の目を晦《くら》まして逃げてしまった。そこでローヴァは――ああ、ローヴァというのは犬の名前だ――勢い込んで友達のファイドーのところにすっ飛んでいって『ネズミのやつ、どこに行った?』と訊いてみた。ファイドーはネズミがどこへ逃げたかなんて見ていなかったんだが、役に立ちたかったものだから、最もネズミが逃げ込みそうな場所を考え、隣家をさして『やつはあの家の地下室にいる』と言ってやった。ローヴァは地下室目指して、隣家の裏庭を駆け抜けた。干してあった洗濯物はめちゃくちゃだ。そして地下に駆けおりたローヴァは、作業台をひっくり返してしまった。倒れた作業台は水道管に激突。地下は水浸しになって、ボイラーの炉がだめになった。ネズミは地下室になどいなかったのにね」

記者が言った。「英語で話してくださいよ」

「英語でしゃべったつもりだがね。今の話は、なぜわれわれ警察が何をするにも順を踏むのか、その理由の説明だ。ファイドーがきみたちに誤った情報を与え、それによって多くの罪のない人間が、無駄に面倒に巻き込まれるなどということはあってはならないと、われわれは考えている」

「犬の話なんかどうでもいい。ぼくたちは女の子の話が聞きたいんです」

記者に答えて話しだしたフェローズの口調は、重々しいものに変わっていた。署長は名前と住所を明かし、状況を伝え、バーバラについて説明した。

「何か手掛かりは？」

「いろいろと探っている最中だ。まだ、手掛かりをつかんだと言える段階ではない」

「警察の公式な見解は？」

「そういうものはない」

「だったら、あなたの個人的な意見を聞かせてください」

「個人的な意見などない。意見を固められるほどの事実は、まだ集まっていないんでね。近隣の住人、それにバーバラ・マークルの教師や友人に話を聞いているところだ。彼女が何を考えていたか、探りだせればと思っている」

「その娘が、ひとりで家出したと考えているんですか？」

「そうかもしれないし、誰かと示し合わせて出ていったのかもしれない。どちらの可能性もある。しかし、何者かがバーバラを狙って家に押し入った可能性もある。昼のあいだは、母親が家にいないということを忘れてはいけない。土曜日はたいてい、朝の八時半から夕方の六時過ぎまで、バーバラがひとりで家にいる。あの家は完全に孤立しているわけではないが、屋内からあの家が見えるのは斜向《はすむ》かいの家一軒だけだ。その家の住人が窓からのぞいていないあいだに、どんなことでも起こり得る」

「つまり、路上生活者が押し入ったと？　あるいは、たまたま訪ねてきて、女の子がひとりでいるのを知ったセールスマンが？」

「概念はつかめたようだな」

「しかし、そうなると簡単じゃありませんね」

「どういうことだとしても簡単ではない」

「家を見せてもらえますか？」

フェローズは首を振った。「だめだ。まだ警察の仕事が残っている。指紋の採取など、いろいろとね」

「マークル夫人は、今どこにいるんですか？」

「マークル夫人をわずらわせるような真似はしてほしくない。彼女は、ひどく動揺している」

記者たちは気色ばんだ。「娘のことを世間に訴える機会を母親に与えてやりたいんですよ。本人だって、われわれに会いたがってるかもしれないでしょう。神のように振る舞うのは、やめてもらいたいな」

フェローズは、かすかに笑みを浮かべた。「よくわかった。マークル夫人がなんと言うか、電話をかけて訊いてみよう」

記者のひとりが「もう、うんざりだ。おれは自分で母親をさがす」と言い放ち、部屋を出ていった。その背中を見送った署長が肩をすくめた。「さて、夫人に電話をかけてこよう」彼はそう言うと、ウィルクスをしたがえて署長室へと移った。

電話はつうじたが、ショー夫人のあとに電話に出たのはフィンチだった。「姉に何を話すつもりですか？」離れた場所にいるせいか、彼は強気だった。

「訊きたいことがふたつあります」署長は答えた。「ひとつは、記者に会いたいかどうか。そしてもうひとつは、バーバラが通っていた歯科医の名前」

フィンチは電話口を離れ、また戻ってきて答えた。「姉は誰にも会いたくないそうです」

「だったら、記者を近づけないように、きみはお姉さんのそばにいたほうがいい。記者どもが、お姉さんの居所を突きとめるのは時間の問題です。それで、歯科医の名前は？」

「マーヴィン・ベルグソン。センター通りに診療所があるそうです」

「マーヴィン・ベルグソンですね。ありがとう」フェローズは電話を切った。「バーバラがかかっていた歯科医だ」署長はウィルクスに言った。「メモを頼む」

ウィルクスは、その名前を書きとめた。「ジョー・デヴィッドソンのことは、ご存じですか？」

「どっちのデヴィッドソンだ？　あの犬舎の男か？」

「そうです。彼のところに、鼻の利くブラッドハウンドがいるんです」

フェローズは立ちあがって顎を撫《な》でた。「そいつはいいかもしれないな。連絡をとってみてくれ。試してみる価値はある」

署長室を出ると、ウィルクスはドアに向かい、フェローズは記者たちと向き合った。「すまないが諸君、マークル夫人は今の時点では、きみたちのインタヴューに応じる気はないようだ。時間が経てば、気が変わるかもしれないがね」

記者たちは苛立たしげな表情を浮かべて、うなり声をあげた。そして、ひとりが言った。

「写真は？」

「じきに手に入ることになっているが、最近のものではないんだ。いずれにしても、これだけは言っておく。この事件をできるだけ大きく取りあげてもらいたい。バーバラ・マークルがあたりにいないか、多くの人間に目を光らせていてほしいんだ」

「いいですよ。しかし、警察はわれわれに何をしてくれるんですか？」

「できるだけ協力させてもらう。しかし、事件に関わっている人間が、不当な扱いを受けるようなことがあっては困る。もうわかっていると思うがね」

電話が鳴り、受話器を取ったアンガーが署長に言った。「ケットルマンからです」

デスクで受話器を取った署長に、ケットルマンが言った。「たった今、有力な情報をつかみました。バーバラ・マークルの親友のボニー・カレンの家に行って、話を聞いてきたところです。ボニーはダンスパーティの話が聞きたくて、きのうの午前十一時にバーバラに電話をかけたそうです。午後にいっしょに映画に行くことになっていて、その時間なんかも決めたかったと言っています。しかし、誰も電話に出なかったそうです」

「十一時？　それで、あとでまたかけてみたのか？」

「一時にもう一度かけて、そのあと映画から帰って五時半頃、またかけてみたそうです。しかし、やはり誰も出なかった」

「なるほど、そいつは有力な情報だ。その娘から、バーバラのことをできるだけ聞きだしてみてくれ」

「聞きだしましたよ。手帳丸々六ページ分もね。全部、電話で話しますか？」

「いや、けっこうだ。手掛かりとなるような話があれば、聞かせてもらうがね」

「ひとつ、その可能性がある話があります。ボニー・カレンの言うには、バーバラをプロムに招待した男の子はひとりではなかった。彼女は、ふたりから招待を受けていたんです！」

「もうひとりは誰なんだ？」

「リチャード・ペティという男の子です」

「きみのリストに、その名前をくわえておけ。いや、すぐに会いにいくんだ。今日の午後、そのリチャード・ペティという男の子について聞かせてもらう。それから、もうひとつ。カレン家の娘が、バーバラの洋服のことで何か知らないか、訊いてみてくれ。どの服がなくなっているか、その娘ならわかるかもしれない」

フェローズは電話を切ると、ケットルマンから聞いた話を記者たちに伝えた。「つまり、バーバラ・マークルは午前十一時には、姿を消していたと考えるのが妥当だろう」署長はそう言って、話を結んだ。

手帳にそれを書きくわえている記者たちを横目に、署長はアンガーに向かって言った。「エド・ルイスに連絡をとってくれ。今やっていることはあとまわしにして、指紋採取の道具を持って、すぐにマークルの家に行くよう伝えるんだ。家じゅうの指紋を採ってもらいたい。まずはバーバラの部屋だ。階段をあがってすぐの部屋、家の北東の角にあたる。バーバラが姿を消してからというもの、あの家には大勢が出入りしている。したがって、ドアノブのような当たり前の場所からは、指紋は採れないだろう。だから、当たり前ではない場所に目を向けろと伝えてくれ。家に押し入って娘を襲ったり強盗を働いたりするような人間になったつもりで、ふつうの人間はふれないが、そういう人間ならばふれるにちがいない場所をさがすんだ。助けがいるようなら、誰でも連れていってかまわない」

フェローズはアンガーに背を向けて戸口のほうへと歩きだしたが、記者たちに囲まれてしまった。「バーバラ・マークルは、自宅で何者かに襲われたと考えているんですか?」

フェローズは答えた。「何が起きたのかはわからない。ただ、すべての可能性を考慮に入れて捜査を進めているということだ」

「今からどこへ?」

「サンドイッチを買いにいく」

第十二章

日曜日の午後の初めに本部に入ってきた報告は、ほとんど役に立たないものばかりだったが、それで署長が落胆することはなかった。土砂の中から砂金を選り分けるのと同じで、有力な情報を得るには時間がかかるものだと、経験上わかっているのだ。犯罪捜査というものは、まずあらゆる方面に向かって進められ、その後、無益なものが排除されて、ようやく方向が定まるものだ。

残念ながら、バーバラの洋服に関するカレン家の娘の記憶は、失踪時の服装を特定するには曖昧《あいまい》すぎた。それによって、バーバラ・マークルの足取りを追うことは、いっそう難しくなったが、これも予想外の躓《つまず》きというわけではなかった。それ以外の報告は、おおむね失望するようなものでも、希望を抱くに足るようなものでもなく、ただ可能性を排除するという意味において有益に働いた。

トミー・ライマーズは運動を生き甲斐としているような青年で、〝女嫌い〟でとおっていることがわかった。土曜日の午前中、彼が野球の練習に参加していたことがコーチの証言で裏づけられ、午後の彼の居所については三人の仲間が断言した。

ダン・ライマーズはマーサ・オコーナーと〝本気の交際〟をしているということだが、それは学校内で何か機会があると、ふたりでペアを組むという意味らしい。どちらもプロム以前にはデートさえしたことがなかったし、どちらもバーバラ・マークルのことは知らなかったという。土曜日の午前中、ダンは寄せ集めチームに入って野球の試合をし、午後は友達と自転車に乗っていた。

レム・スターキィからは、まだ話を聞きおえていなかった。その仕事を割り当てられていたエド・ルイスが、バーバラ・マークルの家の指紋を採るよう呼びだされたからだ。

森の捜索でも収穫はなし。ホーガスとウェイドとマニィが徹底的にさがしたが、バーバラの行方を示してくれるようなものは何も見つからなかった。ウェッバー川沿いの土手には人のとおった跡が見られたものの、どれも前夜に捜索に参加した者たちがつけたもので、手掛かりとなるものは出てこなかった。

近所への聞き込みにまわっていたケットルマンは、まだ報告書を書きあげていないようだったが、午後の半ばまでに現場でわかったことをフェローズに口頭で報告した。それによれば、近所の男たちには納得のいく前日のアリバイがあり、リチャード・ペティにも疑わしいところはないという。彼はバーバラ・マークルに遠くから憧れていたことは認めたが、一度か二度話した程度でそれ以上は何もしていないということだ。

金曜日の午前中にセールスマンが台所用品を売りにきたという家が三軒あったが、土曜日に余所者《よそもの》があたりをうろついているのを見たという者はいなかった。

「近所の者たちは、マークル夫人のことをほとんど知らないみたいです」ケットルマンは言った。「どこの誰かくらいはわかっているという程度で、ほとんど見かけることもないそうです。亭主がいないことは、みんな知ってるようですね。しかし、出ていったんだろうとか、殺されたにちがいないとか、彼女のほうが亭主を捨てたんだとか、見方はいろいろです」

バーバラのほうが、ずっと近所に馴染んでいたようだ。よく出歩いていたため、彼女の姿は誰もが見慣れていて――時にはひとりで、また別の時には他の女の子たちといっしょに――自転車に乗って軽やかに通りを走っているところをたびたび見かけたという。人懐こくて、自信に満ちていて、かわいらしくて、礼儀正しい娘だという評判で、彼女をよく知る者たち――特に友人の母親たち――は、「あんなに開けっぴろげで社交的な子が、裏でこっそり何かをしていたとは思えない」と感じているようだった。

午後に歯科カルテがとどき、犬もやってきた。ウィルクス二級刑事との打ち合わせどおり、四時半にジョー・デヴィッドソンがおんぼろのステーションワゴンに犬を乗せてやってくると、署長と二級刑事はその車に乗り込んで、マークル夫人の家に向かった。ガレージにつづく路地に降りたったフェローズは、そこに駐まっているフィンチの車に目をとめ、それから見張りに立っていた補助警官に様子を尋ねた。

「記者たちがうろついていましたが、面倒を起こすようなことはありませんでした」警官が答えた。「ただ、ショーの家に近づこうとした記者をひとり、追い払う必要がありましたがね」

「エド・ルイスは中にいるのか?」

「はい、署長」

だらけているようにしか見えない大型犬を連れているデヴィッドソンに向かって、フェローズが訊いた。「さて、どうすればいい？」

「女の子の服の匂いを、こいつに嗅がせてください。それで、こいつが匂いをたどれるかどうか試してみましょう」

フェローズは、ウィルクスとデヴィッドソンをしたがえて家に入ると、ルイスを呼んだ。私服警官のルイスが、階段のてっぺんに姿をあらわした。「まだ途中なんですよ、署長」

「娘の部屋は終わっているか？」

「はい。母親の部屋を試してるところです」

署長は階段をのぼって、バーバラの部屋に入った。家具という家具、部屋の木造部分、それに指紋が採れそうなあらゆる場所に、指紋採取に使った粉が塵《ちり》のように降りかかっている。フェローズは言った。「見逃しはなさそうだな、エド」

「指紋が採れそうな場所を、慎重にさがしたんです」ルイスが、いかにも誇らしげに答えた。

「その犬は？」

「このブラッドハウンドに、ひと働きしてもらおうと思ってね」署長はクロゼットの前に進み、バーバラがパーティに着ていったというドレスを引っ張りだした。「これはどうだ、デヴィッドソン？　娘が金曜の夜に着ていたものだ」

「それで結構」デヴィッドソンは受けとったドレスを丸め、そこに犬の鼻を突っ込むようにして匂いを嗅がせた。「さあ、ぼうず。たっぷり匂いを嗅ぐんだ。匂いをたどれるかどうか、やってみろ」彼は犬を撫《な》でながら、その鼻にドレスを押しあてつづけた。「どうだ、ぼうず？たっぷり嗅いだか？　さあ、おれたちを案内してくれ」

デヴィッドソンはドレスを脇に置くと、犬の首輪に素早く鎖をつけた。「どうだ、ぼうず？娘さんを見つけにいきたいか？」彼は犬を抱きあげて言った。「さて署長、犬にさがさせたい場所はどこです？」

「裏口か玄関だろうね」フェローズは答えた。「家の中を嗅ぎまわらせても意味はない」

「そうですね。娘さんは、どの部屋にも何度も出入りしてるにちがいない。無駄ですよ。裏口を試してみましょう」

彼らはフェローズを先頭に、階段をおりて台所をとおりぬけた。そこでデヴィッドソンが言った。「待ってください。裏口を出たら、あなた方の匂いは邪魔になる。ピーティに最大限のチャンスを与えてやりましょう」デヴィッドソンが先に立って裏口を抜け、ポーチに犬をおろした。犬は匂いを嗅いであたりを見まわし、嗅ぎ足りない様子で、また匂いを嗅いだ。「おりろ、ぼうず」犬はデヴィッドソンに促されて、階段をおりた。

男たちもあとについて裏庭におりたち、犬の様子を見ながら待った。犬は地面に鼻を近づけて、そこここを嗅ぎまわり、匂いを探っている。ウィルクスが言った。「バーバラが裏口から出ていったなら、このあたりで何か嗅ぎつけるんじゃないのか？」

デヴィッドソンが答えた。「時間が経ちすぎていたり、大勢の匂いにかき消されたりしていなければね」

「ガレージのまわりを試してみよう」署長が言った。

デヴィッドソンは、開いた扉のそばまで犬を引っぱっていった。しかし、結果は同じ。匂いを嗅ぐだけで、うまくはいかなかった。

ウィルクスは言った。「こいつは風邪をひいてるのかもしれないな」

フェローズは嚙み煙草をたっぷりかじり取った。「ドレスに汗が充分しみついていなかったのかもしれない」それから署長は、声をあげて尋ねた。「ここもだめですか、デヴィッドソンさん?」

「娘さんの匂いは見つからないようですね」

「正面にまわってみよう。とにかく、家のまわりを一周させてください」

「仰せのままに、署長」デヴィッドソンは犬を引き戻した。「さあ、ぼうず。他を試してみよう。そっちに行けば、匂いが嗅げるぞ。さあ、様子をみてみよう」彼はそっと鎖を引いて、家の横手を路地沿いに歩きだした。そのあとを犬が、道端の草に鼻を突っ込みながら、ゆっくりとついていく。しかし、正面にまわっても、結果はたいして変わらなかった。玄関ポーチの階段の下に連れていかれた犬は、しきりに匂いを嗅いだが、やはりバーバラの匂いを嗅ぎつけることはできなかった。

ウィルクスが皮肉っぽく言った。「バーバラは、まだ家にいるということかな?」

フェローズは煙草を嚙み、唾を吐きだした。「なぜヴォードヴィルショーに犬が出演しないのか、その理由が今わかったよ」

デヴィッドソンが身がまえるように言った。「ピーティが匂いを嗅ぎつけられないということは、匂いが残っていないということです」

「この二日ほど、大勢がこの階段をのぼりおりしている」ウィルクスが言った。「そういう状態だと、結果にちがいが出るんじゃないですか？」

「もちろんですよ。大きなちがいが出ます」デヴィッドソンは鎖を引いた。「さあ、ぼうず、おまえが賢いってところを見せてやれ。いいか、少し歩くぞ」

三人は犬を連れてポーチを離れた。犬は通りにつづく泥道を歩きながらも匂いを嗅ぎつづけていた。その犬が不意に活気づき、小さな甲高い声をあげた。デヴィッドソンが言った。「見つけたようです！　さあ、ぼうず、どっちだ？」

犬は鼻をひくつかせ、切望するような声をあげながら、通りに向かってぐんぐん進みだした。ウィルクスはデヴィッドソンのすぐあとにつづき、フェローズはいそぐふうもなくうしろからついていった。

ためらいも見せずにまっすぐ車道に出た犬が、そこでまたあたりの匂いを嗅ぎだした。「見失ったようだ」ウィルクスが言った。

デヴィッドソンは気長に待ったが、何も起こらなかった。「この意味は明白だ。娘さんは、ここで車に乗ったんですよ」彼はウィルクスに向かってそう言うと、犬を抱きあげて角砂糖をひとつやった。「よくやった、ピーティ。おまえの賢さを証明できたぞ」彼は誇らしげな顔でフェローズに尋ねた。「他にピーティがお役に立てることはありますか、署長？」

フェローズは顎をかいた。「せっかくだから、敷地内の他の場所も嗅がせてみてもらえますか?」

「なんのために? これ以上、何が知りたいんですか?」

「問題は――」フェローズは言った。「バーバラ・マークルが金曜日の夜、ここから迎えの車に乗って出掛け、車で送られてきたということです。他の何かが見つからないかぎり、この犬がたどってきたのが金曜の夜の匂いなのか土曜のものなのか、判断するのは難しい」

「なるほどね。いいですよ。お望みなら庭じゅう試してみましょう」

「そうしてもらえるとありがたい。ガレージの裏、家のさっきとは反対側の路地、森の縁《ふち》をずっと。バーバラが歩いた可能性のある場所を、すべて試してみてください」

言われたとおり、犬を連れて歩きまわるデヴィッドソンのあとに、ふたりの刑事がつづいた。かかった時間は三十分。しかし、結果は得られなかった。犬が嗅ぎつけたバーバラの匂いは、家の正面に残っていたもののみで、何かを証拠づけるようなものは見つからなかった。

犬を使っての捜索が終わると、デヴィッドソンは刑事たちをステーションワゴンに乗せて警察本部へと送った。その車中、ほとんど彼がひとりでしゃべっていた。「娘さんは、土曜日に玄関から出掛けたにちがいありませんよ。匂いが残ってたのは、あそこだけなんですからね。まだ家にいるというなら別だが、そうとしか考えられません」

ウィルクスも、その考えに傾いていた。「誰かが迎えにきたように見えますね」

しかし、フェローズは懐疑的だった。「いいか――」ふたりして署長室に落ち着くと、フェローズは言った。「証拠が示すように、何者かがバーバラを迎えにきたというなら、そいつは誰なんだ？　バーバラは裏でこっそり男に会うような娘ではないと、みんな口を揃《そろ》えて言っている。迎えの車に乗り込んだのだとしたら、そいつはバーバラの知り合いだ。車の運転ができるくらい大人で、母親は娘がその男と会っていることを知らなくて、母親の許可も得ずにいっしょに出掛けてもいいとバーバラが思える男とは、誰なんだ？」

ウィルクスは鼻を鳴らした。「やめてくださいよ、フレッド。他に誰がいるんですか？　そういう人物はひとりしかいない。ジム叔父さんだ」

「それでは、あまりに当たり前すぎると思わないか？」

「だったら、あなたはどう考えているんです？」

「バーバラはあの家から連れだされたにちがいないと考えている」

「誰がどこへ連れていったんです？」

「その答えがわからない。とにかく犬を使っての捜査では、何も明らかにならなかった。バーバラがどのように、どんな理由で、いつ家を出たのかという謎が、前以上に深まっただけだ。試みとしては悪くなかったが、あれは失敗だったな」

第十三章

バーバラ・マークルの失踪が初めて報じられたのは、月曜日の朝だった。各朝刊は、『十三歳の少女、姿を消す』という見出しつきで、手に入れた情報のすべてを載せていた。

その月曜日はストックフォード署にとって忙しい一日となった。手元にとどいているのは、最も早い段階の型どおりの捜査の報告だけで、これから手掛けなければならない捜査が山積みになっていた。エド・ルイスには、家じゅうから検出された指紋を分析し、誰のものか識別できない指紋を複写して、犯罪者ファイルと照合するためにハートフォードとワシントンに送るという仕事が残っている。ヘンダーソンは、中学の校長であるウォーレン・エルズワースと、バーバラを教えていた数名の教師からは、すでに話を聞いていたが、生徒の多くにはまだ会えていなかった。そしてフェローズも、染みのついたラグの切れ端と毛髪と煙草の吸い殻を州の鑑識に送るという仕事は済ませてあったものの、捜索用のビラを用意しなければならず、そのためにはバーバラの最近の写真を手に入れる必要があった。

新聞に記事が載ったとなれば、情報が寄せられることはまちがいない。おそらく、国じゅうのあらゆる飛行場やバスターミナルや鉄道の駅、そしてそれ以外の多くの場所で、バーバラ・マークルを見かけたという目撃情報が入ってくる。その大多数は誤った情報なのだが、有力なものである可能性を考慮して、ひとつひとつ調べる必要がある。新聞に写真が載り、ビラが配られて、一般市民が事件に関心を持つようになったら、ウエイターやバスの運転手や通行人からの情報が集まりだし、それが失踪人をさがす上での重要な手掛かりとなるのだ。

バーバラが姿を消してから、すでに四十八時間が経っていることを考えれば、無邪気な家出である可能性はおそらくないだろう。慎重に計画した上で家を出たか、誘拐されたか、殺されてしまったか、記憶を失っているか、人気《ひとけ》のない場所で事故に遭って怪我を負っているか、その事故で死んでしまったかのいずれかだ。そして、そうなると一般市民の協力が不可欠となる。

だから、月曜の朝いちばんの仕事はバーバラの最近の写真を手に入れることだと考えたフェローズは、新聞と学校のために写真を撮っているカメラマンのハンク・レモンに電話をかけた。しかし、レモンはたいして役に立ってくれなかった。九年生はクラスのアルバム用に、ひとりひとりの写真を撮っているが、七年生と八年生の個人写真はないというのだ。それでも、ひとつ希望があった。プロムの写真を撮っていたレモンは、署長の要請に応じて、すぐに写真を現像すると約束した。

十一時に写真が仕上がると、アンガー巡査部長が取りにいかされた。そして、捜査のために引きのばされた四つ切り写真入りの封筒を手にアンガーが本部に戻ると、待ちかねていたフェローズは素早く署長室のドアを閉め、増えつづける記者たちを締めだして、ウィルクスとふたりデスクに着いた。

厚紙を添えて封筒に入っていた光沢仕上げの六枚の写真は、まだ完全に乾いてはいなかった。

フェローズは、その六枚にさっと目をとおした。どれも体育館で撮られたもので、そこらじゅうに装飾用の旗やクレープ地のリボンやポスターがぶらさがっている。しかし、そんなに手をかけてはあっても、やはりそこは体育館にしか見えなかった。一方の端、体育倉庫のドアと女子更衣室のドアのあいだに設《しつら》えたステージの上で、踊っている九年生よりたいして大人には見えない四人組のバンドが演奏している。写真にはフロアの半分ほどしか写っていないが、そここで若い男の子と女の子のカップルが、新たな経験をはにかんでいるかのように行儀よくダンスを楽しんでいた。

一枚目の写真に写っている女の子たちの中に、バーバラ・マークルの花柄のドレスは見つからなかったが、二枚目にバーバラが写っていた。フロアの奥のほうに、パートナーの顔に重なるようにして、彼女の小さな頭が写っている。フェローズはその写真を指さして言った。「いたぞ」

ウィルクスは身を乗りだした。「これが例の男の子ですか？」

「髪の感じから見て、ノリス家の息子にまちがいないだろう」次の写真にもバーバラが写っていた。曲と曲の合間のようで、フロアの中央にいる彼女は、やはりノリスといっしょだったが、残念ながらステージのほうを向いている。フェローズは言った。「母親の手元にある写真よりも髪がのびているし、立ち姿を見るとずいぶん大人になっているようだ。それにしてもレモンのやつ、バルコニー以外の場所からも撮ってくれているといいんだがね」

次の一枚で、少なくともその願いは叶った。それはステージ上から撮られた写真で、フロアのカップルは、すぐ近くにはっきりと写っている。しかし残念ながら、そこにバーバラはいなかった。

五枚目はダンス委員会のメンバーが教師とならんで立っている写真で、何の役にも立たなかったが、六枚目にまたバーバラが写っていた。黒髪の男の子と頰を合わせて踊っている彼女の顔は、まっすぐカメラに向いている。多くのカップルの中のひと組ではあったが、レモンがフロアに立って撮った写真のようで、バーバラがうっとりした表情を浮かべて目を閉じていることがわかるほど、近くから撮られていた。「よし、これだ」フェローズは言った。「しかし、この写真をビラに使うわけにはいかないな。やはり、十二歳の時の顔写真を載せるしかなさそうだ」

「だいぶちがってますか?」

「大人になっている。バーバラは、もう子供ではなく年頃の娘だ」

ウィルクスは、さらに身を乗りだした。「たしかにね」彼は言った。「しかも、かわいらしい。男の子たちは、骨抜きにされてしまうでしょうね」

「バーバラのほうも骨抜きにされていたのかもしれないな。いっしょに踊っている、この男の子は誰なんだ? 彼女がうっとりしているのは、パートナーのせいなのか? それとも、ダンスそのものに酔っているのか?」

「バーバラがまばたきをした瞬間に、レモンがシャッターを切ったという可能性もありますがね」

「たしかにね。ところで、この時バーバラのお相手は何をしていたんだ？　フィリップ・ノリスは、どこに写っている？」

「それは、あなたがさがしてください。ぼくは、フィリップの容姿なんて知らないんですからね」

フェローズはフィリップをさがして、男の子から男の子へと視線を移していった。「この写真には写っていない」彼は言った。

「ビールを飲みにいってたのかもしれませんね」

フェローズは、またバーバラに目を向けた。「たしかに、かわいらしい。何も言わずに家を出るような娘には見えないな」

「自分の意志で家を出たんじゃないとなれば、それが何を意味するか、わかっているんでしょうね？」

「ああ、わかっている」フェローズは重い口調でそう答えながらも、写真の中の、うっとりしている様子のかわいらしい顔を見つづけていた。「無上の幸福に浸っているようだ」彼は言った。「これが三日前の夜。今、彼女はどこにいるんだ？」

ウィルクスは言った。「その答えを知っている人間は、ひとりしかいない」

フェローズは背もたれに身をあずけ、写真を押しやった。「この事件では、気になることがふたつある。ロールトップ・デスクをふさぐほど散らかっている書類の中に、なぜ気になるのか、理由はわからないがね。ただ怪しく思えるというだけで、なんの意味もないのかもしれないが、それでも気になることに変わりはない。ひとつは、ガレージの裏の花壇、そしてもうひとつは父親だ」

ウィルクスは伸びをして、ドアに寄りかかった。「花壇については、あなたが何を考えているのかわかります」彼は言った。「しかし、怪しむ理由がぼくにはわからない。バーバラが姿を消したあとに、マークル夫人はあそこで庭いじりをしているんですよ。シャベルが使われた跡はなかったというし、マークル夫人がいじったあとに、あの花壇が掘り返されたなんてことはあり得ません。それに、父親は――」

フェローズは言った。「わかっている、シド。さっきも言ったとおり、なぜ気になるのか理由はわからない。しかし、どうしても気になるんだ。たとえば、父親のことだ。そいつは母娘を捨てて、どこに行ったんだ？　ほんとうに、一度も娘に会いにこなかったんだろうか？　成長した娘に、会いたいと思わなかったんだろうか？」

「なぜ、会いたがるんです？　女を作って出ていくような男が、子供のことなんか気にかけるはずがありませんよ。訪ねてこなくても、不思議じゃないでしょう」

「そうかもしれない。しかし、ブラッドハウンドのこともある。あの犬が嗅ぎつけたバーバラの匂いは、玄関ポーチから通りに出るまでの――あるいは通りからポーチに戻るまでの――ものだけだ。土曜日に、バーバラが自分の意志で出ていったとすると――ああ、家に押し入った何者かに連れ去られたというより、そっちの方が可能性が高いが――おそらく、迎えにきた誰かの車に乗ったんだろう」

「バーバラを迎えにくる可能性がある人間は大勢いますよ」

「しかし、その誰かはバーバラを家に送りとどけなかった。それで、ずいぶん候補者が減るよ、シド。さて、バーバラを家に帰さないとは、どういう人間だ？　ずっと音信不通だった父親がこっそり連絡してきて、土曜日に遠出の約束をして連れ去ったという可能性もあるんじゃないのか」

「ただの推測ですよ、フレッド」

フェローズは肩をすくめた。「わかっている。しかし、この条件に当てはまる人間は、他にもいるだろう？」

「バーバラの叔父、あのフィンチのやつも当てはまりますね」

「やつのことは忘れていない」フェローズは同意した。「わたしが父親について言ったことは、フィンチにも当てはまる。いや、フィンチのほうが可能性が高いかもしれないな。しかし、今のところなんの決め手もない」

「父親にしても、それは同じですよ」

「ああ。しかし、この二、三日のうちに別の可能性を示す手掛かりが出てこないようなら、マークル氏に目を向けざるを得なくなるだろうね」

第十四章

マークル夫人の家から半径八百メートル以内に暮らしている家族全員に話を聞いたケットルマンの報告書が、月曜日の午後にフェローズの手元にとどいた。ほとんどすべて前日に口頭で報告を受けていたが、そこには新たに住民のアリバイについての記載があった。

土曜日、ガソリンスタンドを経営しているウィリアム（ビル）・カレンは、朝の七時から夕方の六時まで働いていた。酒屋の店員のジョセフ・ウェンゼルは金曜日に休みをとっていたようで、金曜の夜は妻と映画に出掛け、土曜日は午前十時から午後十一時まで仕事をして、帰宅後バーバラの失踪を知ったという。

エドワード・タラーは、金曜の夜、妻を伴ってシュワップ夫妻とバーで過ごしている。そして、土曜日の午前中を、家のまわりのペンキ塗りと修繕に費やし、午後はテレビの野球中継を見ていた。

レスター・シュワップは、プロムが開かれていた夜、タラー夫妻とバーにいて、土曜の午前中は道具をいくつか買いに出掛け、午後はタラーとビールを飲みながら野球を見ていた。彼の十六歳になる息子は、昼食のあと車で映画に出掛け五時に家に戻った。この男の子は、バーバラ・マークルのことは名前を知っているくらいだと話している。

スーパーマーケットで在庫の管理を任されているガス・スターキィは、趣味で絵を描いている。土曜日、彼は昼の弁当とイーゼルと絵の具などを持って森に入り、ウェッバー川を描いた十二号の風景画をほぼ完成させた。森にいるあいだ、不審なものは何も見なかったし妙な音も聞かなかったと言っているが、彼がイーゼルを立てていたのは、マークル家から一キロ半以上も上流にあたる場所だった。

そして、ガスの十四歳になる息子のレム・スターキィはというと、本人と母親の話によれば、一日じゅう家にこもって衣装のデザイン画を描いていた。

話を聞いた近隣の住人の中で、個人的にしろ顔だけにしろ、とにかくバーバラを知っていると認めたのは、彼らだけだった。他に、金曜日に台所用品を売り歩いていたセールスマンがいたが、さがすほどのことはないように思えた。セールスマンがあのあたりの家をまわっていたのは、バーバラが学校にいた午前中のことだ。したがって、彼がバーバラを見かけたはずがない。

学校については、月曜日のもう少し遅い時間に、ヘンダーソンから最初の報告が入った。そこには手掛かりとなるものは含まれていなかったが、これまでの漠然としていたバーバラ像に肉がつき、その人物像がかなりはっきりと浮かびあがってきた。

校長のウォーレン・エルズワースは、次のように述べている。「わたしは、バーバラ・マークルを個人的によく知っているわけではありません。しかし、バーバラは器量がよくて、優秀で、好奇心旺盛な生徒だと聞いています。成績は平均をはるかに上まわっていて、新聞部、女子バスケットボール部、女子合唱部、オペラ部と、課外活動にもずいぶん参加していました。八年生の中でも有望な生徒のひとりで、当選はしませんでしたが、来年前期のクラス書記に推薦されてもいたようです」

ホームルームと数学を担当しているミス・アリス・スキャネルは、こう言っている。「今年の前期、ボビーはホームルームの書記を務めていました。知的で協調性がある彼女は、他の委員たちと協力し合ってよくやっていたし、それ以外の生徒や教師ともうまく付き合っていました。勉強に関しては、もっとできるはずだと思っています。数学の成績はBですが、頑張ればAだってとれるはずです。授業中、注意が散漫になる傾向があるし、友達のものと内容が似たレポートを提出することもあります。ボニー・カレンといっしょに宿題をしているようですが、彼女のレポートを写しているとしか思えません。ボビーのほうができるんですから、写す価値もないレポートを写しているわけです。ボビーは、異常というほどではないけれど、男の子にふつう以上の関心を持っているようです」

社会科の教師、ミス・ペリー・マークスの話はこうだった。「バーバラはよくできる生徒ですが、自分が持っている能力に気づいていないようです。社会科ではAをとっていますが、彼女の記憶力を最大限に使えば、もっと伸びるはずなんです。ボビーは常に数名の女の子たちと行動を共にしています。特に、ボニー・カレンとは仲がいいようです。グループには他に、パトリシア・メイヴィル、キャスリーン・サウスワース、エヴァンジェリーン・グリムがいます。男の子たちはボビーに注目していて、彼女もそれを承知しているんでしょう。ボビーもグループの他の女の子たちも、勉強よりも男の子に興味が向いているようです。ボビーがよからぬことをしているというわけではありませんが、彼女の男の子への関心は少し強すぎるように思います」

八年生前期の英語を受け持っていたミセス・セオドア・ウォルシュは、こう話した。「ボビーは健康的で、心身共にしっかりした、知的な女の子です。身だしなみがよく、かなり活発なほうで、授業中に騒ぎすぎることもありますが、叱るとすぐに反省して態度を改めてくれます。他の女の子たちに比べて、ずいぶん洋服を持っているようです。同じような家庭の女の子たちとは、比べものになりません。服も知性も、もっといい家の子供たちと張り合えるだけのものを持っているのに、友達は特に範囲を限定せずに選んでいるようです。ボビーは社会的階級について、おもしろいくらい無頓着で、自分がどういう階級に属しているのかも気にしていません。ボビーはふつうの子供とはちがう、有望な女の子だと思います」

体育教師のミス・フランシス・サリヴァンは、こう述べた。「充分な運動能力を持つ生徒です。姿勢のよさは、学校でいちばんと言ってもいいほどです。特にスポーツが得意というわけではありませんが、バスケットボール部にも補欠で参加しています。ダンスはとても上手です」

ラテン語のミス・ジュディス・ローリッツは、「ラテン語には、あまり興味がないんでしょうね。成績は悪くないけれど、やればもっとできるはずです」と言っている。

学校精神科医のベンジャミン・レダース博士はこう話した。「この女生徒のことは知りません。特にぼくの助けは、必要としていなかったようですね。しかし、生徒全員と話をしていますから、彼女との会話のメモが残っています。それをわかりやすい言葉に置き換えてみました。『グループに自分を合わせている。必死でグループに順応することで、根本にある不安を埋め合わせようとしている。父親への憤《いきどお》り。根本にある不安感は家庭での愛情の欠如が原因。年齢のわりに情緒的に未熟』」

月曜の午後、フェローズは大勢やってきた記者のために、昼食のあとの時間を長めに割いて話をした。かかってきた電話は十一本。一本は、なんの痕跡も残さずに女の子を自宅から連れ去ることができるというのは、警察がしっかり町を護っていない証拠だと訴える苦情の電話だった。報奨金は出るのかという問い合わせが一件と、手伝いを買って出る電話が三件。署長と直接話したいと主張した女性は、降霊会を開いて霊界の助けが得られるかどうか試してみましょうと言った。五千ドルで娘さんを見つけてあげますという、占い師からの申し出もあった。

あとの四件は、たしかな手掛かりを与えてくれた。センター通りの〈センター・カフェテリア〉で働いている、フィリス・ダマトというウエイトレスは、土曜日の午後一時半頃、ボビー・マークルが灰色の髪の男性と連れだって昼食を食べにきたと断言した。チキンサンドとミルクシェークとアイスクリームを頼んだその女の子は、まちがいなくバーバラ・マークルだったと、彼女は言いきった。しかし、男についてはそこまではっきりおぼえていなかった。「髪は白髪まじりの灰色。目は黒っぽかったと思います」彼女は言った。「淡い灰色のツイードのスーツ姿で、コートは着てなかったし、帽子も被っていませんでした」男は五十代半ばだろうというのが彼女の見方で、女の子は黒っぽいスカートに白いブラウスに紺色のジャケットという出で立ちだったと話した。

すぐにマークル夫人に尋ねてみたところ、断言はできないがボビーはそんなジャケットは持っていないという答えが返ってきた。しかし、ひとつの情報であることに変わりはない。フィリス・ダマトは、フィリップ・ノリスと玄関ポーチで別れたあとのバーバラを目撃した、最初の人間かもしれないのだ。

その他に、スタンフォードにある菓子屋の店主からの情報もあった。土曜日の午後の遅い時間に、初めて見かける女の子がふたりでやってきて、ラックにあったパルプ雑誌をパラパラ眺めたあと、全種類買っていったというのだ。そのひとりは金髪だったという。ふたりがどこから来て、どこに行ったのかはわからないと店主は言っている。フェローズには、ふたりがストックフォードから来たのではないということがはっきりとわかっていたが、スタンフォードの警察にこの情報の確認を依頼した。

ストックフォードのダウンタウンにある薬屋がもたらした情報は、もう少し信憑性が高かった。土曜日の午前十一時頃、バーバラ・マークルの人相風体と一致する娘が、アスピリンと睡眠薬と歯磨きを買いにきたというのだ。ワンピースの上に淡いブルーのトップコートを着ていたようだが、ワンピースについて薬屋は何もおぼえていなかった。バーバラがブルーのスプリングコートを持っていることを知っていた署長は、この情報に大いに興味をそそられた。クロゼットに入っていた衣類をすべて書きだしたリストに、そのコートが載っていたのだ。

四件目の情報は、男と若い娘が乗った車が、夕方近くに、メリット・パークウェイのニューヨーク州との州境にある料金所をとおったというものだった。女の子が泣いているのを見た係員は、念のため車のナンバーを書きとめておいたのだが、失踪事件のことを知って、警察に電話でナンバーを知らせてきたのだ。そのナンバーは確認のため、ハートフォードに送られた。

署長は一般市民の協力を得るために、そうした情報を四時に行われた二度目の記者会見で発表した。記者たちは忠実にメモをとったが、彼らの注意を引いたのはカフェテリアでの目撃情報だけだった。「バーバラ・マークルの知り合いで、灰色の髪の男というのは誰なんです、署長？」

「今のところ、そういう男は見つかっていない」

「娘は楽しそうだったんですか？　それとも悲しそうだった？　どうなんです？」

「ふつうだったと、ウエイトレスは言っている」

「そのウエイトレスは、バーバラの写真を見てるんですか？」

「プロムの写真を一枚見せた。この女の子にまちがいないと、ウエイトレスは断言した」

「だったら、灰色の髪の男をさがせばいいわけだ」

「カフェテリアにあらわれた女の子が着ていたというジャケットのことを、きみは忘れている。そんなジャケットは持っていないと、母親は言っている」

「この情報には信憑性がないと？」

「もっと情報が必要だ。きみたちには大いに書きたててもらいたい。記事を読んだ人間が、その時間に同じカフェテリアにいたと名乗り出てくれるかもしれないからね」

その他にフェローズは、家で採取した指紋はルイスが照合の作業を進めている最中で、バーバラの部屋で採ったものは特に念入りに調べていると話した。「あの部屋に入ったのは、マークル夫人、ウィルクス刑事、それにわたしの三人だけだ。ウィルクスとわたしの指紋はルイスの手元にあるが、マークル夫人の指紋はまだ採っていない」

「バーバラの指紋のサンプルはあるんですか？」

フェローズは首を振った。「ない。それについて、わたしに声明を出してほしいというなら、こう書いてくれてかまわない。わたしの思いどおりにできるものなら、赤ん坊が生まれたら、当たり前の作業として指紋を採ってもらいたい。赤ん坊全員の指紋を採って、そのサンプルをワシントンに送るという法律をつくってもらいたい」

「ずいぶん手こずってるみたいですね、署長」

「バカなことを言わないでくれ。本格的な捜査は、まだ始まってもいない」

そのあとフェローズは、何が起きたと考えられますかと訊かれて、仮説を述べるつもりはないと突っぱねた。そして、記者たちがどんなに探りを入れても、警察は何もつかんでいないし、いかなる仮説も立ててはいないと、断固言い張った。証拠もなしに推理するのは愚かであり、自分はそんな真似をするつもりはないと、署長は記者たちにぴしゃりとことわった。バーバラ・マークルが死んでいるのか、生きているのか、囚われの身にあるのか、駆け落ちしたのか、とにかくいかなる疑問についても、フェローズは意見など持っていないし、推測さえしていないということだ。

会見が終わる頃、新たな角度から事件を照らすようなニュースが飛び込んできた。背中に『ブシュカ・オイラーズ』と黄色い糸で刺繍《ししゅう》された青いスタジアムジャンパーを着た、浅黒い肌をした黒髪の体格のいい若者が、そのニュースを持って警察本部にあらわれたのだ。男は署長ににじり寄り、注意を引くのに成功すると、うなずいて言った。「こいつらは新聞記者かい？」

フェローズはうなずいた。「そうです。何かご用ですか？」

くしゃくしゃの髪をしたその男は、おおらかな感じに見えた。「あんたたちの役に立てるかもしれないと思ってさ。警察は、マークル家の娘をさがしてるんだろう？」

「そのとおりです。バーバラ・マークルをご存じなんですか？」

「いや、本人を知ってるわけじゃないんだ。だけど、知ってることがある」

「ええと、あなたは――」

「ディマルティーノ。ラルフ・ディマルティーノだ。〈ブシュカ〉で働いてる。トラックを運転して、灯油の配達をしてるんだ。ケンパー通りのあたりが受け持ちでね」

記者たちは耳をそばだて、フェローズは片方の眉を少しだけ吊りあげた。「それで？」

あたりを見まわしたディマルティーノは、急に居心地が悪くなったようだった。「こんな情報が役に立つかどうかわからないけどさ。土曜日に、あのあたりに行ったんだ。配達にね」

「マークル夫人の家にかい？」記者が訊いた。

「ああ、そうじゃない。土曜日は、あのうちへの配達はなかった。だけど、前をとおったんだよ。で、とおりかかったとき、外に車が駐まってたんだ。それが目についてさ」

フェローズは訊いた。「何時頃ですか？」

「十二時半頃だな」

「どこに駐まっていましたか？」

「家の前の通りだよ」

「敷地内の路地ではなく？」

ディマルティーノは首を振った。「道に駐まってた。あの家の真ん前にね」

「車種は？」

「ブルーのフォード・ステーションワゴン。ブルーのツートンだった」

記者たちは素早く書きとめ、フェローズも手帳にそれを書き込んだ。「何年モデルかわかりますか？」

「無理だな。最近の車には詳しくないから、そこまではちょっとね。だけど、マークはわかる。あれはフォードだった」

「たしかですか？」

「ああ。絶対フォードだ」

「誰か乗っていましたか？」

「いや。無人で駐まってたんだ」

フェローズは口を尖らせて書き込みをし、目をあげて訊いた。「どのくらいのあいだそこに駐まっていたかは、わかりませんよね？　帰りは別の道をとおったんでしょう？」

「そうだよ。あそこは一度とおりかかっただけだ。だけど、たしかにあそこに駐まってたんだ」

「他に何か思い出せませんか？　コネティカット州のナンバープレートだったかどうか、わかりませんか？」

「ああ、『コネティカット』って書いてあったよ。もちろん、ナンバーまではおぼえてないけどね」

「状態は？　傷だらけだったとか、泥だらけだったとか、ピカピカだったとか、何か積んでいたとか？」

「おぼえてるかぎりでは、空っぽだった。何も積んじゃいなかったよ。それに、ピカピカだった。あれは新車だね。凹《へこ》みなんかもぜんぜんなかったな」彼は記者たちを見まわした。「このことを新聞に載せるのかい？」

「載せるさ」

　ディマルティーノは署長に尋ねた。「この情報、役に立つかな？」

　フェローズは答えた。「とても重要な情報かもしれません。いらしてくださって、感謝しています。車のことで何か思い出したら、また知らせてください」

「もちろん」もう居心地が悪そうではなかった。「女の子が見つかるように祈ってるよ」ディマルティーノは求めに応じて署長に住所を告げ、気取った様子で記者たちに手を振って出ていった。

フェローズは書き込みを終えると、手帳をポケットにしまった。記者が尋ねた。「さあ、さっきまでとは状況がちがう。今度は考えを聞かせてもらえるんでしょうね、署長?」

彼は首を振った。「確認の必要がある。町じゅうのガソリンスタンドをあたり、車両管理局に問い合わせて、ツートンブルーのフォード・ステーションワゴンについて何かわかるか試してみよう。持ち主がわかったら、きみたちに仮説を披露できるかもしれない」

フェローズは署長室に戻ってドアを閉めると、自分の椅子にドサリと腰をおろした。彼は仮説など立てていないと、記者たちを前に言いきった。自分自身にさえ、そう思い込ませようとしていたのかもしれない。しかしフェローズには、十三歳の娘が金も持たずに行ける場所など、ほとんどないことがわかっていた。しかも、時間が経てば経つほど、そういう場所は減っていく。散らかったデスクの上に、プロムの写真があった。彼はそれを手に取り、花柄のドレスを着た娘をしばし眺めたあと、写真を封筒に戻して抽斗《ひきだし》にしまった。金曜の夜のバーバラは、うっとりとした表情を浮かべていた。フェローズはそれを思い出したくなかった。

第十五章

火曜日の新聞は、バーバラ・マークル失踪事件について、前日以上に大きな見出しをつけて、さらに書きたてた。ほとんどの新聞の一面に、彼女の一年前の写真が載り、その名前は国じゅうに知られることとなった。しかし、バーバラの身に何が起きたのかは、まったく謎のままで、警察は小さな手掛かりさえ得られずにいた。

　この日、残りの教師や親しい友人への聞き込みの報告が入ったが、わかったのはすでに明らかになっていることばかり。全員が例外なく、バーバラ・マークルはいい子だったと話している。敵はいなかったというし、彼女を嫌っているような発言をするクラスメイトもいない。しかし、すっかり信用するには、全員の見方があまりに一致しすぎていた。最初の十二名の分を読みおえたフェローズが、ウィルクスに言った。「女の子が、ここまでいい子でとおせるはずがない。どうしたって、誰かに競争心を燃やされたり、妬まれたりするものだ。あの子はお高くとまっているとか、いつも男の子を追いかけまわしているとか、そういうちょっとした悪口を言う者がいて当然なんだ。これじゃ、まるで死者の悪口は言うまいとしているようじゃないか」

「あるいは――」ウィルクスがつけくわえた。「事件との関わりを避けようとしているか」

もちろん、有益な発見もあった。そのひとつが、バーバラと踊っていた黒髪の男の子の名前だ。彼はアル・ジャーマンという、クラスで人気のスポーツマンだった。慎重な聞き込みを行った結果、バーバラが初めてのプロムで踊ったパートナー全員のリストも完成した。しかし、それで特に何かが明らかになることはなかった。みんなパートナーを替えて楽しんでいたらしいということと、写真の彼女がうっとりしていたのは、人気者のスポーツマンの腕に抱かれていたからというより、初めてのダンスに酔っていたのだとわかっただけだ。

捜索用のビラは火曜日の朝には印刷にまわす用意ができていて、夕方には配布の準備がととのっていた。そこに載せられた顔写真はたしかに本人のものだったが、今のバーバラ・マークルとは印象がちがう。失踪したバーバラは女の顔をしているが、写真のバーバラは子供だ。しかし、歯科カルテは完璧だったし、筆記体と活字体の筆跡サンプルも役に立ちそうだった。下のほうには、髪や目や肌の色、身長、体重、胸囲、胴囲、腰まわりのサイズなどが記され、『血液型はB。洋服に興味があり、趣味は特になし』と書かれていた。

そして、さらにその下に『バーバラ・マークルの居場所発見の手掛かりとなる情報を提供してくださった方には、二百六十四ドルの懸賞金を差しあげます』という一文が載っていた。

懸賞金の出所は、バーバラの母親ではなかった。マークル夫人に、そんな金はない。近所の住人が出し合ってくれたのだ。小売店の店主、機械工、搾乳員《さくにゅう》、トラック運転手。マークル家の隣人である彼らは、マークル夫人を知っているわけではなかったが、それでも力になろうとしているようだった。

警察本部に寄せられた五件の情報については、確認の作業が進んでいた。そのひとつ、メリット・パークウェイの料金所の係員からの情報は、無関係であることがわかった。その車の持ち主は、ウエスト・ハートフォード在住のアンドリュー・サクソンという男で、いっしょに乗っていたのは彼の娘だった。娘が泣いていたのは、母親が再婚相手と暮らしているニューヨークの家に帰るのがいやだったからしい。

その他はというと、〈センター・カフェテリア〉のウエイトレスに、土曜日の同じ時間に店にいた他の客について尋ねてみたが、彼女はひとりも名前を挙げられなかった。ブルーのフォードをさがすべく、ガソリンスタンドの聞き込みが始まり、車両管理局にも協力を仰いであった。マークル夫人とショー夫人にもフォードについて訊いてみたが、どちらもピンとこないようで、そんな車を見たおぼえはないと答えた。

水曜日の午後、ストックフォード署の速記と指紋採取の専門家である、エドワード・N・ルイス私服警官が、書きあがった報告書を署長とウィルクスのもとに持ってきた。

「書きあげましたよ」彼は堅い木製の椅子を引き寄せながら、そう言った。「しかし、気に入らないんじゃないかと思いますね」

フェローズは肩をすくめた。「この件では、これまでのところ何もかも気に入らない。さあ、悪いニュースを聞かせてもらおうか」

ルイスは報告書をめくった。「娘の部屋から、二十一の識別可能な指紋が採れました。母親の部屋からは十四、居間から十二、階段の手すりの柱から四つ、台所からは、はっきりしたものが十六と不鮮明なものが三十近く見つかり、食堂では九個の指紋が採れました。そして、客間で五つ、浴室でも五つ見つかっています」

「つまり、どういうことだ？　言っておくが、数について訊いているわけじゃないぞ」

ルイスは息を吸った。「マークル夫人の部屋で見つかった指紋は、ひとつを除いてすべてマークル夫人のものでした。残りのひとつは、『X嬢』のものとしておきましょう」

「バーバラのものなんだな。しかし、よし『X嬢』のものということで進めよう」

「階段の手すりについていたのは、マークル夫人の指紋でした。客間でとれた五つすべてと、浴室の三つも夫人のものです。浴室の残るふたつはX嬢のもの。台所と食堂で見つかったのもマークル夫人の指紋でした。居間で採れたひとつは、署長のものでしたよ。バーバラの写真が入った写真立てのフレームについていたんです。あとは蓄音機についていたX嬢の指紋以外、すべてマークル夫人のもので――」

「ショー夫人や他のご婦人たちの指紋は、見つからなかったのか？」

「Y夫人の指紋はなしです。ショー夫人や、それ以外の近所の女たちが何かにさわったとしても、茶器くらいのもので、それは洗ってありましたからね。坐っていた椅子なんかは布張りだから、指紋は採れません」

「わかったよ、エド。さあ、肝心なところを聞かせてくれ。バーバラの部屋はどうなんだ？」

「ほとんどが署長とウィルクス刑事のものでした。それぞれ七個と六個ずつ。ふたつは母親の指紋で、残りはX嬢のものです」

フェローズは口を尖らせて、ゆっくりうなずいた。「なるほど」

「余所者《よそもの》が押し入ったとしても、そいつは手袋をしていたか、何にもふれなかったか、ふれたあとにあなた方がさわってしまったか」

「よし、エド。一流の仕事をしてくれた。感謝するよ」

ルイスは立ちあがり、散らかったデスクの上に報告書を置いた。「他に何か？」

「今のところは何もない。菓子屋にはスタンフォード署の者が確認にいってくれているし、このあたりの捜査も人員は足りている。新たに三件の目撃情報が入っているが州外だ。したがって、きみに確認を命じるつもりはない」フェローズは、かすかに笑みを浮かべてつづけた。「明日になれば何か出てくるだろうが、今日はもう寛《くつろ》いでいいぞ」

ルイスは満足顔で出ていったが、フェローズは少しも満足していなかった。ドアが閉まるなり、彼は言った。「期待するべきじゃなかったのかもしれないが、バーバラの部屋から怪しい指紋がひとつふたつ見つかるものと考えていた」

ウィルクスは煙草をかじりとりながら言った。「なぜです？　何が起こったかはわからないが、ぼくは余所者が家に押し入って、あの部屋でバカな真似をしたなんて、微塵《みじん》も思っていませんよ」

「ラグについていた染みのことがあるからね。あれは血痕だと、わたしは判断した。だから、あの部屋でバーバラの身に何かが起きたにちがいないと考えたんだ」

「たとえ血痕だったとしても、なんの意味もありませんよ、フレッド。マージも、脛《すね》を剃っていて、よく踝《くるぶし》を切るんです。片方の踝を傷つけただけでも、もっと大きな染みが残るものですよ」

「ああ、しかし、マージは寝室で脛を剃るか？」

「そんなことはしません。しかし、剃ったあと寝室に入る。それにもちろん、なぜあのラグに小さな血の染みがついたのか、他に何とおりでも納得のいく理由が考えられます。ああ、あれが血痕だったとしてね」

「たぶん、きみの言うとおりなんだろう」フェローズは背もたれに身をあずけて、デスクに積まれた報告書をむっつりと眺めた。「どうしたらいいんだ、シド？　うんざりするほどの籾殻《もみがら》を取り除いて、初めて小麦が得られるということはわかっている。それを脱穀して、ようやくしっかりとした少量の麦粒が得られるんだ。事件も同じ。そうして得た本物の情報が、事件解決の手掛かりとなってくれる。しかし、われわれの手元にあるのは籾殻だけだ」

「玄関前にブルーのフォード・ステーションワゴンが駐まっていたという情報もあるじゃないですか、フレッド。この情報は籾殻ではないと思いますね」

「しかし、それは十二時半頃のことだ。それが犯人の車なら、ボニー・カレンが十一時に電話をかけたとき、バーバラはどこにいたんだ？」

「目撃されたのが十二時半だったというだけの話ですよ。一時間以上前から、そこに駐まっていた可能性もある」

「十一時半に買い物に出掛けたショー夫人の目につかずに？　そんな長時間駐まっていたら、

ディマルティーノより先にショー夫人が気づいただろうね」フェローズはかぶりを振った。「その車が事件に関係あるとしたら、十一時半から一時までのあいだに、複数回あの家に来ていたと考える以外ないな」

「つまり、あなたは行き詰まっているということですか？」

フェローズは取りだした煙草を嚙みちぎった。「よし」残りの煙草をポケットにしまいながら、彼は言った。「集まった数少ない情報を整理してみようじゃないか。まず、ここに十三歳の八年生がいる。その娘は、金曜の夜に初めての正式なダンスパーティに出掛けた。パーティは学校で開かれ、お目付役が厳しく目を光らせていた。そこでは失踪事件に繫がりそうなことは、何も起こっていない。いっしょに出掛けたのは、九年生のフィリップ・ノリスという名前の男の子だ。娘とは不釣り合いな金持ちの息子ではあるが、調べてわかったとおり、この娘はすべてにおいて身分以上にすぐれているため、男の子には身を落としてデートしているという意識はなかった。つまり、これはよくある青臭い恋愛というやつで、それ以上のものでなかったことは歴然としている。

　さて、夜中の十二時半に自宅の玄関ポーチに、娘を立たせてみよう。それが最後に目撃された娘の姿だ。帰宅した時、母親は眠っていた。睡眠薬を二錠飲んだという母親は、なんの物音も聞いていない」

「しかし――」ウィルクスが口を挟んだ。「だからといって、なんの物音もしなかったということにはなりませんよ」

フェローズは片手をあげた。「そのとおりだ。しかし、おそらく物音はしなかったんだろう。その睡眠薬について調べてみたんだ。それで、けっして強いものではないということがわかった。騒ぎが起きていたら、悲鳴でも叫び声でも、目を覚ましたはずだ。それに、バーバラのドレスはクロゼットに掛かっていた。そして、ベッドにも眠った跡があったという。そうなると、バーバラは自分のベッドで眠り、母親が仕事に出掛けたあとに起きだしたとしか考えられない。何があったのだとしても、バーバラが姿を消したのは、母親が出掛けてから、カレン家の娘が電話をかけるまでのあいだにかぎられる。つまり、土曜日の午前八時から十一時のあいだだ」

「ステーションワゴンは無関係だと？」

「関係あるかもしれない、シド。大いに関係あるかもしれない。たとえば、その車は午前中はずっと家の前ではなく敷地内に駐まっていて、ショー夫人には見えなかったのかもしれない。いずれにしても、バーバラが自分の意志で出ていったという考えは除外するべきだろう。金も持っていないし、スーツケースに荷物を詰めていった様子もないからね」

フェローズは肩をすくめた。「さて、それから？　バーバラと人相風体が一致する娘が、土曜日の午前中に町の中心にある薬屋にコートを着てあらわれて、アスピリンと睡眠薬と歯磨きを買っていった。それがバーバラ本人ならば、十一時に彼女は薬屋にいたことになる。それがバーバラならば、彼女は誰かの車に乗って、自転車で行くには遠すぎる店に、近所でも売っているようなものを買いにいったことになる。しかし、それがバーバラならば、彼女はそのあと家に戻り、コートを脱いでふたたび出掛けたと考えなければならない。

そして、一時半にバーバラらしき娘が、灰色の髪の男と〈センター・カフェテリア〉で食事をしていたという情報もある。それがバーバラならば、男はジム叔父さんではあり得ない。つまり、こういうことになるな。どういうわけか知らないが、バーバラは午前中、灰色の髪の男のステーションワゴンに乗って町に出掛け、途中で彼女ひとりが車を降りて薬屋に寄った。そして正午頃、バーバラは男の車で一度家に帰って着替えをした。この時、家の前に駐めておいた車を、ディマルティーノが見たんだろうね。そのあと、バーバラと灰色の髪の男は町に戻って昼食をとり、どこかへ行ってしまった」

「スタンフォードにパルプ雑誌を買いにですか?」ウィルクスが皮肉っぽく言った。

「わかっている」フェローズは言った。「わたしだって、この説が気に入っているわけじゃない。ただの推理だ。なんの意味もないさ。さて、本気で考えてみよう。バーバラは自分の意志で家を出た可能性もあるし、意志に反して何者かに連れ去られた可能性もある。自分の意志で家を出たとすれば、おそらく知り合いの誰かといっしょだ。そして、自分の意志でないとしても、彼女を連れ去った人物は、やはりバーバラの知り合いにちがいない。いや、男のほうが一方的に彼女を知っていたとも考えられるが、いずれにしても、そいつはその日バーバラがひとりで家にいることを知っていた。つまり、そいつはマークル夫人が土曜日に働いているのを知っている人間だ。それを知っているのは誰だ? マークル夫人は、事実上、世捨て人のような暮らしをしている。夫人が土曜日に働いているのを知っているのは――」

「土曜日に〈ケイナーズ百貨店〉の婦人服売り場に行ったことがある人間なら、誰でも知ってますよ」

「土曜日に母親が働いていて――」フェローズは繰り返した。「バーバラがひとりで家にいるのを知っているのは誰なんだ？　これは重要なポイントだ。そいつは、バーバラのことも知っていなくてはいけない」

ウィルクスは言った。「そして、運転できる年齢に達している」

「そのとおりだ」

「そうなると、またジム叔父さんが怪しく思えてきますね。ただし、彼の髪は灰色にはなっていない」

「髪のことは気にするな。カフェテリアにいた娘がバーバラだという確証が、どこにある？」

ウィルクスはフェローズに目を向けた。「何かが見えてきたんですね、そうでしょう？」

「バーバラが襲われたと仮定して、その犯人はどうやって彼女を連れ去ったのか、それを考えているところだ」

「バーバラが生きていたとして？　それとも死んでいたとしてですか？」

「どちらでも同じだ」

「また、ラグの染みですね。あの部屋でバーバラを襲ったなら、犯行後なぜ彼女を連れ去ったんです？」

「死んでいたとしたら、死体を置いておくわけにはいかない」

ウィルクスはうなずいた。「なるほど。仮に生きていたとしたら、口を封じる必要がある。

そういうことですか？」

「死体を運び去るような男なら、生きていても置いてはいかない」

「死んでいようが生きていようが、昼日中《ひるひなか》にバーバラを家の外に連れだすというのは、ちょっとした芸当ですよ、フレッド。ショー夫人が買い物に出ていたことだって知らなかったはずだし、いつケンパー通りに車が入ってきても不思議じゃないんですからね」

「それは、玄関から連れだした場合のことだ」

ウィルクスは笑みを浮かべた。「あなたが何を言おうとしているのか、見えてきましたよ。また、あの花壇ですね。あそこに埋められていると思っているんでしょう」

「そうじゃないことを祈っているが、気になって仕方がないんだ」

「バーバラが姿を消したあとに、マークル夫人が土を掘り返しているという事実を、あなたは忘れている」

「そのとおり、マークル夫人は花壇をいじっている。しかし、その前に何者かがあそこに死体を埋めたとしたら、そいつは土を踏み固めるものなんじゃないのか？　最初に見たとおりに、均《なら》しておくにちがいない。夫人が扱いやすいように、土をやわらかいままにはしておかない」

「しかし、シャベルは使われてなかったんですよ。自分のものを持ってきたとでも？」

「マークル夫人は使われてなかったと言っているが、そんなことに気づいたと思うか？　彼女はガレージからシャベルを持ってきて、花壇の土を掘り返した。シャベルの状態になど、おそらく気にとめてはいなかったはずだ。誰かが使って新しい土がついていたとしても、気づくものか。わたしに訊かれた時には、思い込みのままの状態のシャベルが思い浮かんだというだけのことだ」

「つまり、マークル夫人が言ったことは必ずしも真実ではないと？」

「もちろんだ。人というものは、理由もなしに何かに注意を向けたりはしない。花壇の土を掘り返していたマークル夫人が、その作業の中で特に何かに気づくということはないだろう。したがって、シャベルに新しい土がついていても、花壇の様子がちがっていても、気づかなかったにちがいない」

ウィルクスは椅子の背にもたれた。「知り合いかどうかはさておき、とにかく何者かがバーバラを襲って殺害し、花壇に埋めたというんですね？」

「知り合いだと思うね、シド。それも、よく知っている人間だ。事件がそんなふうに起きたのだとしたら、犯人はシャベルがあることを知っていたわけだ。徒歩で森を抜けてやってきて裏口から侵入したか、車でやってきて、向かいの家から見えないよう敷地内の路地に車を駐めていたかのどちらかにちがいない。バーバラが殺されたのだとしたら、ブルーのフォード・ステーションワゴンは事件とは無関係だと思うね。とにかく、バーバラの身に何が起きたのだとしても、失踪に関わった男は知り合いの誰かだ。おそらく、よく知っている誰かだ」

「だったら、次なる行動は？」

「まず、あのシャベルを見つけて以来、やりたくてたまらなかったことをする。補助警官をふたり呼んで、花壇を掘らせてみようじゃないか」

第十六章

穴掘り役の補助警官、アーマンド・ソコロフとジャック・ペブルには、自分のシャベルを持ってくるよう言ってあった。フェローズは、いたるところにいる記者連中を避けられればと思っていたが、そんなことは願うだけ無駄だった。出掛けようとしたフェローズの態度を見た彼らは、署長は小さな交通事故の現場に向かうわけでも、一日の仕事を終えて帰宅するわけでもないと、確信したようだ。フェローズは、事件のひとつの可能性について調べるつもりだと答えて質問をかわそうとしたが、記者たちは誤魔化されなかった。結局フェローズは、マークル夫人の許しが得られたら、花壇を掘り返してみるつもりだと認めなければならなかった。

「娘の死体が埋められていると、そう考えているんですね?」

「可能性もないのに、わざわざ掘り返すと思うかね?」

「その結論に至った理由は?」

「結論ではない。推測だ」

記者たちも、フェローズのあとについて外に出た。風が強くなっていて、雲がひろがり、今にも雨が降りだしそうだった。「わかりましたよ。だったら、その推測に至った理由を聞かせてください」

車のドアの前でフェローズは振り向いた。「いいか諸君、こんなふうに考えてみてくれ。この失踪が本人の企てによるものじゃないとすると——ああ、バーバラが企てたという証拠は何もない——彼女は自宅から連れ去られたことになる。生きたまま連れ去られたのか、死体となって運びだされたのかは、わからないがね。人に見られる危険を冒さずにそれをやってのけるには、裏口を使う以外ない。もしバーバラが死んでいたら、犯人は死体を始末しようとするだろうね。できるだけ跡を残さずに、素早く片づける必要がある。きみならどうする？」

記者たちは難なく理解した。「いやな話ですね」ひとりが言った。

「ああ、いやな話だ」そう答えたフェローズの態度は、いつもの寛《くつろ》いだものとはちがって、険しくも感じられた。「あの花壇を見て以来、ずっと気になっていたんだ」

「そこにバーバラが埋められていると確信してるんですね？」

「埋められているかどうか、たしかめたいだけだ」

記者たちも、それをたしかめたがっていた。フェローズとウィルクスを追って、五人の記者がマークル夫人の家までやってきた。補助警官のふたりも、呼びだしておいたハンク・レモンも、まだ到着していなかった。署長は待たなかった。彼は裏口にまわってドアを叩いた。まず、マークル夫人に会う必要がある。彼女は自宅に戻ってはいるが、まだ仕事には出ていないはずだった。

しばらく待って、もう二度ほどドアを叩くと、ようやくマークル夫人が台所の向こうからあらわれ、網戸の掛け金をはずした。これまでもやつれてはいたが、今の彼女のやつれぶりは衝撃的と言ってもいいほどひどかった。髪に櫛《くし》を入れていないのは一目瞭然だし、ブカブカになった部屋着にはアイロンも当てていないし、顔はげっそりと痩せこけ、目は疲れきっている。

「横になってたんです」彼女は言った。「なんのご用でしょう?」

ポーチの上に立っていても、マークル夫人の背は署長の目の高さにとどかなかった。彼女を見おろしているフェローズには、その髪がずいぶん白くなっているのがわかった。しかし、元元白くなっていたのを、染めていないだけかもしれない。

フェローズはやわらかな表情を浮かべて、無骨な大男に似合わぬやさしい声で言った。「マークルさん、お邪魔して申し訳ありません。ご気分はいかがですか?」

「なんとかやってます」弱々しい声で、彼女は答えた。

「残念ながら、まだ進展はありません」

「どうでもいいことです。かまいません」

以前は、マークル夫人が悲観的な発言をする度に、それをやめさせようとしていたフェローズだが、自分が今しようとしていることを思うと何も言えなかった。時が経てば経つほど、彼女の勘が当たっているような気がしてきて、もう希望を与えてやることもできなかった。「花壇を掘らせていただきたいんです」

「なんのために?」

「念のためです。捜査手順の決まりのひとつです」

「あの子が埋められてるって、考えてるんですね?」彼女が呆然と言った。「あの子が殺されて埋められてるって、あなたは考えてるんですね？」

「その可能性も考慮する必要があると思っています。そういうことではないと願っていますが、たしかめなくてはなりません」

「掘ってなんかほしくありません」彼女は言った。「出てってください。あたしをひとりにしてください」

「マークルさん、あらゆる場所を調べる必要があるんです」

「花壇なんて、調べてほしくない。土曜日に、あたしはあそこを掘り返したんです。何も変わりはありませんでした。改めて掘っても意味がないでしょう」

「たしかめる必要があるんです、マークルさん。他に方法はないんです」

マークル夫人は署長に疲れた目を向けたが、半分は遠くを見ているようだった。「あたしがことわっても、掘るんでしょうね」

「あなたにことわられたら、裁判所命令を取らなければなりません。どうか許していただきたい。われわれは、あなたのためにバーバラをさがそうとしているんです。それを理解してくださらなくてはいけません」

「あの子を見つけてほしくないんです。土の中からなんて、見つけてほしくありません。そんなふうに、あの子に帰ってきてもらいたくないんです」

フェローズは、いくぶん声を硬くして言った。「マークルさん、バーバラの身に何かが起きたんです。どこにいようと、われわれはお嬢さんを見つけださなくてはなりません。それが、犯人を突きとめる唯一の方法だからです。お嬢さんの身に何かが起きたなら、その犯人は罰せられなくてはなりません」

首を振ったマークル夫人の頬に涙が流れ落ちた。「なんのために？」疲れ果てた声で、彼女は訊いた。「そんなことをして、なんになるっていうんです？」

「その犯人が、別の誰かを傷つけるのを防ぐためです。いいですかマークルさん、われわれは他の人間のことも考えなくてはならないんです」

彼女はため息をついた。「きっとそうなんでしょう。わかりました。どうぞ掘ってください。でも、あたしは見にいきません」

「もちろん見る必要はありませんよ、マークルさん。うちの中にいてください」フェローズは彼女の腕をとって、台所へと戻らせた。そっと網戸を閉めて階段をおりると、彼は言った。「補助警官はどこだ？」

ウィルクスが答えた。「まだ来ていません。しかし、レモンは今、車を駐めているところです」

記者のひとりが言った。「今まで手を着けなかったのは、懸賞金のせいじゃないでしょうね？」

フェローズは言った。「なんの話だ？」

「懸賞金の額が、千三百十五ドルまであがったんですよ。今朝、ピッツフィールドの〈ジェレミア・K・バトソン・カンパニー〉が千ドル出したんです」

「つまり――」フェローズは冷ややかな声で言った。「きのう見つけていたら、二百五十ドルしかもらえなかったということか？」

「きのうの新聞の印刷開始時には、二百九十五ドルになっていましたよ。なんならもう一週間待ったらどうです？　来週になったら、二倍に増えているかもしれない」

「黙れ。さもないと、その鼻に一発食らうことになるぞ」

ソコロフとペブルは家の前に車を駐めた。路地は、すでに他の車でいっぱいだったのだ。裏にまわってきたふたりは作業ズボン姿で、シャベルを担いでいた。「どこを掘りますか、署長？」

フェローズはガレージの裏に彼らを案内した。「ここだ」そう言った彼の声は暗かった。「すぐに始めてくれ」

ふたりは時間を無駄にはしなかった。やわらかな土にシャベルが突き刺さる音が、すぐに聞こえはじめた。フェローズは花壇の縁《ふち》に立って作業を見守った。他の者たちは身を寄せ合うように、一カ所に集まっている。記者のひとりが『五時五十五分』と時刻を手帳に書き込んだ。

「誰か祈りを捧げる者は？」別の記者が言った。

フェローズはその記者のほうを向くと、すごみを利かせて言った。「知らないといけないから言っておくが、警官には懸賞金を受けとる資格がないんだ」

「だったら、誰が受けとるんです？」

「誰も受けとらない。懸賞金が支払われるのは、部外者が有力な情報を提供した場合にかぎられている。だから、いいかげんなことを書くんじゃないぞ」

初めの三十センチほどは難なく掘りすすみ、花壇の中央に百二十センチ×百五十センチほどの方形の穴ができた。花壇の脇の土の山が高くなりはじめた頃、ふたりは手を休めて額《ひたい》の汗を拭《ぬぐ》った。もう口を開く者は誰もいない。しんと静まり返った中で、作業は再開した。

しかし、それまでのようにはいかなかった。シャベルの先が石や岩に当たるようになり、大きいものは取り除かなければならなかった。やがて、ペブルのシャベルが何かやわらかいものをとらえた。彼がそのまわりを掘ってみると、靴が片方あらわれた。「署長」ペブルは靴を拾いあげて言った。「女物ですよ」

フェローズはそばまで行って、それを受けとった。中ヒールの茶色い革製のパンプス。たしかに女物だったが、それは泥だらけで裂けていて腐っていた。フェローズは、その靴を脇に投げた。「こいつは何年もここに埋まっていたようだ」彼は言った。

「ここは、よく墓場に使われていたのかもしれないな」デリカシーに欠ける記者が言った。

「いや、おそらく廃品置き場だ」別の記者が答えた。「森の縁のガラクタの山を見てみろ」

そのあとは、樽の錆《さ》びたたがと、さらなる石が出てきた。土はどんどん硬くなっていく。何年ものあいだ、人の手が入っていないことは明らかだった。フェローズはかぶりを振った。

「ここには何もない。隅のほうを試してくれ。掘った場所が悪かったのかもしれない」

ふたりの補助警官は言われたとおり、花壇の隅のほうに移動し、やわらかな土を掘りだした。今度は、死体がどんなふうに埋められていたとしても、絶対に見逃さないように掘っていった。

ふたりは熱心に作業をつづけ、署長はじっと見守っていたが、記者たちはもうすっかり寛いでいた。この穴掘りは、ふたりの補助警官の運動になっただけで、署長がこの作業から得られるのは、バーバラ・マークルは――他のどこにいても不思議ではないが――この花壇には埋められていないという情報だけだと、記者たちはすでに確信していたのだ。

しかし署長は、補助警官が挫《くじ》けかけても、意志を曲げなかった。「ここには埋まってませんよ」二十センチほど掘りすすめたところで、ソコロフが言った。

「つづけろ」フェローズは言った。「土はまだやわらかい」

「しかし、短時間でここまで深く掘れる人間はいないでしょう」

フェローズは答えようとしなかった。彼は煙草を嚙みちぎって、その場を離れた。そして、森の縁まで行くと、そこに散らばっているガラクタをつつきはじめた。

しかし、そこにも庭にも、これといったものはなかった。戻ってみると、穴はもう充分な深さまで達していた。署長は合図をして言った。「よし。土を戻してくれ」

さっき署長にたしなめられた記者が言った。「フェローズ署長、他に何か名案でも?」

署長は草の上に唾を吐いて言った。「ひとつおもしろい話を思い出した。ニューヨークの建築現場を見物していた男がいてね。そいつは、そこで問題が起きるたびに、ビルを建てている建築業者を笑っていたんだ。配管をとおすための空間《ピット》に水が入ってしまったり、岩にぶちあたったり、基礎を築く際には爆破までしなくてはならなかったり、とにかく問題だらけで作業は遅れっぱなしだった。それで、何が起きたと思う?　最後にビルは完成し、建築業者は百万ドルの利益を得た。笑っていた男はどうしたか？　そのビルのドアマンになったんだ」

別の記者たちが声をあげて笑い、フェローズは彼らに言った。「さあ、ここには何もない。われわれはスタート地点から一歩も動いていないことになる。しかし、わたしが落胆しているなどとは書かないでもらいたいね。マークル夫人のところにいって、お嬢さんは庭に埋められていませんでしたと言えるのがうれしいくらいだ」

第十七章

木曜日には、記者の姿は消えていた。いくらこの事件を追っても、マークル家の花壇同様、何も出てこないと考えた彼らは、新しいニュースを追って別の場所へと行ってしまったのだ。バーバラ・マークル失踪事件については、もう電話で問い合わせてくるだけだ。

何も得られずにいるのはフェローズも同じだったが、署長は記者たちのようにこの事件を投げだして、もっと見込みのありそうな事件に目を向けるというわけにはいかない。彼は、この事件から離れることなく、定期的に入ってくる意味のない報告を読み、情報を選り分け、精査し、考えつづけた。

バーバラの学校の友達全員への聞き込みの報告書は、正午までにとどいてファイルに綴《と》じられたが、それはゴミ箱に投げ入れてもかまわないような代物だった。八年生の男子生徒ふたり――ジェリー・ピーターソンとウィリアム・ロジャーズが、かわいらしいクラスメイトにのぼせあがっていたことを渋々認めたが、遠くから憧れていただけのようだった。マークル夫人の家を担当しているガスと水道と電気の検針員は、三人とも土曜日には別の地域で働いていたことがわかった。

フェローズは、末の息子のピーターにまで話を聞いていた。しかし、バーバラの一級下ということもあって、彼から聞きだした話は、すでにわかっていることばかりだった。ピーターはバーバラのことを知っていて、彼女を畏《おそ》れていたようだが、七年生が八年生を畏れるのは当たり前のことだ。きれいで人気者で自信に満ち溢れているバーバラは、クラスの〝スター〟だったという。そう、少なくとも一級下の少年の目には、そんなふうに映っていたらしい。

ツートンブルーのフォードについても、バーバラらしき娘が灰色の髪の男と昼食を食べていたという話についても、それ以上何もわかっていない。ウエイトレスはまちがいないと主張しつづけているが、バーバラの知り合いには、友達の父親たちも含めて、灰色の髪の男はいなかった。薬局で買い物をしたという情報についても行き詰まっていて、それ以外の目撃情報は町の外ということで、地元の警察が調べている。

徹底的な聞き込みで明らかになったのは、バーバラ・マークルの人柄だけだったが、それさえすっかり信じることはできなかった。友達は男の子よりも女の子のほうが多かったようだ。それどころが、彼女が学校の外で男の子といるところは、誰も見たことがないという。バーバラは彼女を知る誰からも好かれていた。ジム叔父さん以外に、年配の男性の知り合いはなく、そのジム叔父さんは土曜日に地元のピッツフィールドにいたことが立証されている。もちろん、彼のアリバイは、ケンパー通りの住人たち——つまりは、一般市民の代表のような男たち——のアリバイ以上にたしかだというわけではないが、彼が犯人であることを示すなんらかの理由や証拠がないかぎり、充分信用できるものと思われた。

フェローズは、自分が行き詰まっていることを認めざるを得なかった。彼はウィルクスに言った。「男の子たちは関係ない。子供は問題ではないんだ。大人だよ。車を持っている誰かだ。しかし、バーバラに大人の男の知り合いはいない。大人ということになると、女の知り合いさえいないんだ。いずれにしても、女性は除外していいだろう」

「そうなると――」ウィルクスは言った。「事故に遭ったのかもしれませんね。探検でもしていて、どこかで身動きがとれなくなってしまったとか、何かあって命を落としたとか」

「どこで探検をしていたというんだ？　バーバラが行きそうなところで、まだ捜索をしていない場所があるか？」

「弁当を持って、ひとりでハイキングに出掛けたのかもしれませんよ。バーバラが行きそうなところで、まだ捜索をしていない場所なら、いくらでもあるでしょう。どこかの洞窟に入り込んで、出られなくなってしまった可能性だってありますよ」

フェローズはうなずいたが、同意する気にはまだなれなかった。「そうだな、シド」彼は言った。「そういう可能性もあるだろう。しかし、ラグの染みの分析結果がとどくまで、その説を信じるわけにはいかない。この事件で、われわれに何かを教えてくれる見込みがあるのは、その分析結果だけだ」

フェローズが長く待たされることはなかった。その日の午後、鑑識から分析結果がとどくと、署長はうずうずする指で封筒を破り、報告書を引っ張りだして、深々と椅子に坐った。しかし、次の瞬間、彼は身を乗りだして低い声で言った。「思った以上にひどい」

「どういうことです？」ウィルクスが訊いた。

「やはり血痕だった。血液型はB」二級刑事に報告書を差しだしたフェローズの目は、何も見ていなかった。

ウィルクスは、声に出してゆっくりとそれを読んだ。「……血液から少量の脳細胞を検出――」彼はそっと息を吐いた。

「そういうことだ」フェローズの声が重くひびいた。「これで読めてきた」

ウィルクスは、突然報告書をデスクに叩きつけた。「自分の部屋で虐殺《ぎゃくさつ》されたって！　十三歳の女の子が」

「たったの十三歳だ」フェローズは言った。「金曜の夜、あの子は天にものぼる気分でいた。それが土曜の夜には、殺されていた」

ウィルクスは言った。「洞窟説は忘れてよさそうだ。いずれにしても、本気で信じていたわけじゃありませんがね」彼は行ったり来たりをはじめた。「自分の部屋にいた女の子を……。誰なんだ？　そんなことができるなんて、どういう人間なんだ？」

フェローズは、デスクの上を拳でリズミカルに叩きはじめた。「わからんよ、シド。見当もつかない。しかし、見つけてやる。絶対に見つけてやる」

「マークル夫人が気の毒だ」

「まったくだ」フェローズはデスクを叩くのをやめ、宙を見つめた。「あの人は、初めからバーバラは死んでいると言っていた。そんな気がすると言って、それを受け入れているようなふりをしていた。しかし、事実を知るのは、それとはちがう」

「この報告書から、別の可能性を見いだすことはできないでしょうね？」

「もちろん、できない」

「マークル夫人には、ぼくが話しましょうか？」

フェローズは首を振った。「それは、わたしの仕事だ。しかし、マスコミにはまだ伏せておこう。マークル夫人以外には、まだ口外は無用だ。もうしばらくはね」

ウィルクスは肩をすくめて、口をすぼめた。「マークル夫人にも、もうしばらく話す必要はないんじゃないですか」

フェローズは同意しなかった。「話さなくてはいけない。あの家にあったものが殺害に使われたのだとしたら、それを見つけだす必要がある。肉切り包丁とか、斧《おの》とか、そういったものだ」

「あの家に凶器があると――あるいは、その時にあったと――考えているんですか？」

「それは、バーバラがなぜ殺されたかによる。犯人が凶器を持って家に侵入したとは考えにくい。初めから殺すつもりでいたと考えるのは不自然だ。もしそのつもりなら、家に入ってすぐ、下の玄関で殺すのが自然なんじゃないか？　バーバラの部屋で殺害したという事実に大きな意味があるように思えるんだ」

「欲求不満の強姦魔の仕業だと？」

「そんなことだと思う」

ウィルクスはうなずいた。「しかし、凶器は手近になければならない。バーバラが肉切り包丁や斧を自分の部屋に置いていたとは思えませんがね」

フェローズは、デスクの上の書類をかきまわして、バーバラの部屋にあったもののリストを取りだすと、それに目をとおした。「使えそうなものはないな。本立ても火掻き棒もない。部屋から消えてしまったものがないか、調べてみたほうがよさそうだ」フェローズはデスクを打ち据えた。「わからんよ、シド。この件では、懸命に働いているつもりでいたが、急に何もしていないような気がしてきた。子供たちへの聞き込みに、時間を費やしすぎた。少しでも勘が働いていれば、学校には関係ないとわかっていたはずなんだ。かわいらしい女の子が姿を消したら、セックス関連を疑うべきだ。暴行と強姦だ！　そして、そういうことなら八年生の十三、四の子供は関係ない。さがす相手は男だ。車の運転ができる女慣れした男だ。強姦や暴力に馴染みのある男だ。中学にそんな生徒はいない。性的逸脱者なら別だがね。しかし、そういう生徒は見つかっていない。われわれが追うべきは大人の男だ。それなのに、わたしはどっかり腰をおろして、子供たちについての報告を待っていたんだ」

フェローズは身をまっすぐに起こした。「よし。それは過ぎたことだ。ここからは、大人の男に焦点を当てる。バーバラ・マークルを少しでも知っている男をさがすんだ。近所の女たちの亭主についても全員調べなおす。アリバイを崩せるかどうかやってみよう。バーバラの叔父も、改めて調べる。行方不明の父親もさがす。この州で登録されているブルーのステーションワゴンを、すべて洗いだすんだ。休みは返上だ、シド。誰も休みはなしだ。犯人を見つけだすまで、二十四時間働くんだ！」

第十八章

フェローズはエド・ルイスをしたがえて、百貨店の前でマークル夫人を待っていた。そして、六時に仕事を終えた彼女が出てくると、すぐにつかまえてパトカーへと導いた。

マークル夫人は、投げやりな口調で言った。「車で送ってもらえるんだから感謝するべきなんでしょうけど、あなたが見えると、また悪い知らせにちがいないって思ってしまうんです」

「近頃は、いいニュースなど滅多にありません」フェローズは曖昧《あいまい》にそう答えて運転席に乗り込んだ。「何も連絡はないんでしょうね？」

「ボビーから？　あの子があたしに連絡してくると、思ってるんですか？」

車が走りだすと、フェローズはふたたび口を開いた。「いくつか、うかがいたいことがありましてね。それに、もう少しお宅を調べさせてもらいたいんです。お許しいただけるでしょうね？」

「どうぞご自由に」

「今夜は九時までお仕事かと思っていました。百貨店に電話をかけたら――」

「ええ。今日が復帰一日目ですから、これくらいで充分です。もう立っていられません。ああ、バス停のあたりで降ろしてください。あそこに車を駐めてあるんです」

フェローズは言われたとおり、マークル夫人をバス停で降ろし、彼女が自分の車に乗り込むと、そのあとにつづいた。彼はルイスに言った。「いっそのこと、感情を剝《む》きだしにして、泣き崩れてくれたらと思うよ。あの人を前にすると、どうしたらいいのか、何を言ったらいいのか、わからなくなってしまう」

フェローズがマークル夫人のワーゲンにつづいて裏庭に車を乗り入れると、ルイスが黒い革のバッグを持って車を降り、夫人のためにガレージの扉を開けた。そして、ふたりは芝生に立って、彼女がガレージから出てくるのを待った。あらわれたマークル夫人は、先に立って裏口へと進み、鍵を開けた。そして、警官をしたがえて台所へと入ると、初めて自分からしゃべりだした。「あなたがパーティ会場で撮ったボビーの写真を持ってるって、新聞で読みました」

「持っていますよ」

落ち着かない様子で、彼女は言った。「そちらで必要なかったら、その写真をもらえませんか？　うちには、あの子の写真があまりないんです」

「もちろん差しあげます。喜んで」

「何か気づきませんか？」

「というと？」

マークル夫人は誇らしげに言った。「あたし、変な言葉を使わなくなったでしょう？　いつもボビーに注意されてたのに、なおそうともしなかった。それなのに、あの子がいなくなったら、そんな言葉は使わなくなって、今ではぜんぜん口にもしなくなったんです」

「きっとお嬢さんは誇りに思っていますよ、マークルさん」

「あの子にもわかるでしょうか?」

フェローズは慎重に答えた。「それは、お嬢さんがどこにいるかによります」

マークル夫人は目を大きく見開いて遠くを見つめ、ゆっくりと言った。「そう、どこにいるかによります」彼女の視線が、またフェローズに向けられた。「他に何かご存じなんですか? もう、『お嬢さんはきっと生きています』って、言わないんですね。気づいてました。あなた自身、そう信じてるようには聞こえなかったけど、前はいつも『お嬢さんはきっと生きています』って、言ってくださってたでしょう。でも、もうそんなことは口にもしない。あなたも、あの子は死んでしまったと思ってるんでしょう?」

フェローズは唇を舐《な》めた。「残念ながら、その可能性が高いと思います。マークルさん、あなたには正直にお話ししなくてはいけない」

それで問題が解決したかのように、彼女はうなずいた。「二度と帰ってこないって、初めからわかってたんです。そんな気がしたんです。警察に電話をする前から、わかってたんです」

フェローズは背筋を伸ばし、それまでよりも事務的な声で言った。「マークルさん、お嬢さんの部屋で、血痕が見つかりました。何が起きたのかはまだわかっていませんが、あの部屋で何かが――」

「血痕が?」マークル夫人の目が、わずかに大きくなった。「ボビーの部屋で見つかった?」

「ラグの裏側に付着していました。何者かが、それを隠すためにラグを裏返したようです」

マークル夫人はゆっくりと腰をおろし、うつろな目で床を見つめた。「そうですか」彼女は言った。

「差し支えなければ、他にも血痕がないか、ここにいるルイスにもう一度部屋を調べさせたいのですがね」

彼女はぼんやりとうなずき、唇を震わせてつぶやいた。「かわいそうなボビー」

フェローズが合図をすると、ルイスはバッグを持って足早に台所から出ていった。署長は夫人の肩に手を置いた。「マークルさん、お嬢さんを傷つけた男は、われわれが必ず見つけだします。それについては請け合います」

またうなずいた彼女の頬に涙が落ちた。ほんとうに理解しているのだろうかと、フェローズは訝《いぶか》った。「そのために、あなたにもできることがあります」彼はつづけた。「この家に、凶器に使われた可能性のあるものがないか知りたいんです」しかし、答えは返ってこなかった。署長はマークル夫人をそっと揺すり、もう一度繰り返した。

顔をあげたマークル夫人の目には溢れるほどの涙が浮かんでいたが、その表情は依然としてぼんやりしていた。「凶器？」気が抜けた声で、彼女は訊いた。

「そうです。重くて鋭い何か――」こんなことを言うのは気がすすまなかった。「肉切り包丁とか斧《おの》とか、そういうものはありませんか？」

彼女は首を振った。「ありません」

「たしかですか、マークルさん？　考えてみてください。薪《まき》を割ったり、骨付きの肉や何かを切ったりするのに使うような、鋭いものです」

「薪割り？」

「そうです。薪割りに使うようなものがあるんじゃないんですか？」

マークル夫人は、必死で考えているようだった。「ありました――」彼女はゆっくりとしゃべりだした。「地下室に手斧があったと思います。でも、一度も使ったことはありません」

フェローズには、そんなものを見たおぼえはなかった。「手斧？　たしかですか、マークルさん？」

いくぶんしっかりした口調で、彼女は答えた。「はい。最後に地下室におりたとき、見たんです。でも、それがいつだったかはおぼえてません」

フェローズは、彼女の肘《ひじ》を下から支えるようにつかむと軽く力をくわえ、立ちあがるよう促した。「見せていただけますか？　どこにあるか、見せていただけますか？」

マークル夫人はうなずいて腰をあげ、まっすぐに立った。「はい。お見せします」彼女はドアを開けて電気をつけ、薄暗い地下へとおりていった。「ここです。この棚の上」彼女は、そこで一度黙った。「でも、なくなっています」

近くにぶらさがっている電球の明かりをつけて埃が積もった棚を調べたフェローズは、自分の無能ぶりに腹を立てた。手斧の頭の刃先と根元がつけたにちがいない小さな跡がふたつくっきりと残っているにもかかわらず、それを見逃していたのだ。「手斧はここにあった」彼は言った。「疑問の余地はありません」

「ボビーは、あの手斧で殺されたんですか？」

フェローズは質問には答えずに尋ねた。「ここに手斧があることを知っていた人物は？」

マークル夫人は肩をすくめた。「誰も知りません。使ったこともなかったんです」

「この地下室に出入りしている人間は？」

「誰もいません」

「思い出してください、マークルさん。誰かいるはずです。水道や電気やガスの検針員は、どうなんです？ そういう者たちは、ここに出入りしているんじゃないんですか？」

マークル夫人は、たいして役に立たなかった。「そうだと思います。考えてもみませんでした。外に入口があって、そのドアの鍵は壊れています。だから、誰でもここにおりてきてメータを読んだりなんかできたはずです。入ろうと思えば、誰だって入れたと思います。阻《はば》むものは何もありません」

「それに、その階段の上の台所のドアの鍵も、壊れたままなんじゃないですか？」

彼女はうなずいた。「地下室をとおって、誰でも家に入れたって、そうおっしゃってるんですか？ そのとおりだと思います。でも、誰がこんな家に入り込みたいと思うでしょう？ うちには人がほしがるようなものは何もありません」

フェローズは言った。「あるのに、あなたが気づいていなかっただけかもしれない。玄関と裏口に鍵がかかっていても、誰でも簡単に家に侵入できた。そういうことですね？」

「そういうことだと思います。でも、そんなことは考えてもみませんでした」

フェローズは、腹立たしげにも聞こえる口調で言った。「考えていただきたかったですね」署長は自制心を取り戻して、声をやわらげた。「上に戻ったほうがよさそうだ」

台所に戻ったフェローズは、マークル夫人とそこにとどまろうとはしなかった。彼はルイスの様子を見に二階へとあがった。しかしそれは、私服警官の退屈な仕事に興味があったからというよりも、娘を殺された母親と世間話をする役目を逃れたかったからだ。

「まったく参りますよ」フェローズの姿を見るなり、ルイスが低い声で言った。「誰がこの部屋を調べたんですか？」

「わたしだ。なぜそんなことを訊く？」

ルイスは口調を改めて言った。「それで、見つけたのはラグについた染みひとつだけだったんですか？」

「ああ、それだけだ。ベッドにも家具にも、何もついているようには見えなかった。わたしの見方が甘かったのかもしれない」

ルイスは封筒の表に書き込みをした。「家具は、おそらく問題ないでしょう。しかし、ここを見てください。床板の隙間に詰まっていたものを掻きだしてみたんです。賭けてもいい。これは血液ですよ。署長、誰の仕業か知らないが、そいつは娘を殺したあと、床をゴシゴシ擦《こす》ったんです。床だけじゃありません。そこの幅木を見てください」

フェローズは、ベッドから少し離れたところに置かれた化粧台の近くの壁の前にしゃがみ込んだ。幅木の上部と壁板の隙間に沿って、かすかに色が変わっている箇所がある。「壁を洗ったようだな」

「そして、これは血液が混ざった水が乾いた跡です」ルイスがくわえて言った。「ぼくには、そのように見えますね」

「わたしにもそう見える」フェローズは立ちあがった。「証明できるかどうか、やってみてくれ」

「やってみます」ルイスはベッドの上に開いたまま載せてあるバッグから、小さなトレイを二枚取りだすと、それを床に置いてひとつに蒸留水を注ぎ、もうひとつに緑がかった混合試薬を入れた。そして、それぞれに濾紙《ろし》を一枚ずつ浸し、蒸留水を含んだほうの濾紙を取りだすと、幅木と壁の隙間に押しあてた。フェローズは、作業を進めるルイスを冷静に見守っていた。ルイスが濾紙を隙間から離すと、署長がもうひとつのトレイから試薬を含んだ濾紙を取りだした。ルイスは自分が持っていた濾紙を、署長の濾紙に数秒押しあてた。すると、短いがはっきりとした緑色の線が残った。

フェローズは、しばしそれをじっと見つめ、そのあとで言った。「たしかな証拠とは言えないかもしれないが、わたしにはこれで充分だ」

「同感です」

フェローズはドアのほうを向いた。「エド、道具はもう片づけてかまわないが、マークル夫人をこの部屋に入れるな。わたしは、州警察に電話をかけてくる。この先は、鑑識の仕事だ」

第十九章

金曜日、バーバラ・マークル失踪事件の捜査は、仕切りなおしとなった。バーバラは殺害されたのだと確信したフェローズは、全力で犯人を追うつもりでいた。

全員のアリバイを細部にいたるまで徹底的に調べなおせという署長の命令にしたがって、四人の警官がケンパー通り付近に住む男たちと少年たち全員に、改めて話を聞きにいった。その他にも、ふたりの警官にマークル夫人の家を受け持っている検針員たちをさがさせ、ひとりに殺人の前日に目撃されたという台所用品のセールスマンの行方まで追わせた。

ブルーのステーションワゴンを見つけるべく、ガソリンスタンドへの聞き込みは、町全体に範囲をひろげられ、ラルフ・ディマルティーノからさらに詳しい話を聞くために、エド・ルイスが送られた。ディマルティーノはワゴンを見たといって警察にやってきたわけだが、彼はマークル夫人の家に灯油を配達していた人物でもある。あの日、彼が何をしていたのか説明してもらう必要があった。

フェローズとウィルクスは、ピッツフィールドに出向いた。その目的はふたつ。バーバラの叔父であるジム・フィンチについてさらに調べることと、謎の父親、ガス・マークルについて何らかの情報を得ることだった。

ふたりは午前九時半には、最初の目的地、バスコンベ通り一二三番地のフィンチの家に着いていた。一戸建ての感じのいい家だったが、下位中流階級《ローワーミドルクラス》の住人には家にかける時間も金もないのか、傷みが進んでいるように見えた。フェローズとウィルクスは、まず家の前の歩道に立ってどんな場所かを見定め、そのあと狭い前庭の芝生を横切ってポーチにあがると、呼び鈴を鳴らした。窓の向こうは暗かったが、しばらくすると何かが動く気配がしてドアが開き、白髪頭の小柄で陰気な感じの、いかにも偏屈そうな男があらわれた。腰が曲がった痩せた身体に、ほほえみとは縁のなさそうな口元。老人は首をかしげて、汚れた眼鏡ごしに署長を見あげた。

「なんの用だ?」

「フィンチさんですね?」

「そうだ」

フェローズは自分の身分と名前を告げ、ウィルクスを紹介した。「フィンチさん、お孫さんの失踪については、ご存じでしょうね?」

「その娘は、わしの孫ではない」老人は言い返した。「断じて身内などではない」

「義理のお孫さんと言ったほうが、より正確なんでしょうね。われわれは失踪事件の捜査をしています。それで、あなたにも話をうかがいたいと思いましてね」

「なんのために? わしは、その娘には会ったこともない」

フェローズは、思わず片方の眉を吊りあげた。「一度もですか、フィンチさん?」

「たった今、そう言ったと思うがね」

フェローズはため息をついた。「お邪魔してかまいませんか、フィンチさん?」

招き入れたくないと思っていることは明らかだったが、老人は「ことわっても、どうせ無駄なんだろう」と言って、踵《きびす》を返した。

老人のあとについて陰気な薄暗い居間に足を踏み入れたフェローズとウィルクスは、ポーチに面した窓の前のソファに腰をおろした。書き込みをするのに字が見えそうな場所は、そこしかなかったのだ。席をはずして自分が坐る椅子を持って戻ると、フィンチが言った。「あんた方は、遠慮ということを知らないようだ」

「さて——」署長は言った。「あなたはマークル夫人の義理の父親ということで、まちがいありませんね?」

「まちがいない」

「マークル夫人の母親と結婚したのは、いつのことです?」

「三九年」

「三九年の何月ですか?」

「九月だ。そんなことなら、役所の記録を見ればわかるだろう」

「ジムは、あなたとマークル夫人の母親とのあいだにできた息子さんですね?」

「そうだ。あんたがすでに知っていることを、なぜ話す必要がある?」

「ジムは、いつ生まれたんですか?」

「翌年だ。あれが生まれたのも九月だった」

「息子さんは、マークル夫人にたびたび会っているようですね」

「それについて、わしに何を言わせたいんだ?」

「息子さんは彼女に会っているのに、あなたはなぜ会わないのかと思いましてね」

「息子にとって、あの女は身内だ。しかし、わしにとっては他人だ」

「あなたの奥さんの娘でしょう」

「わしが結婚したのは、あの女の母親だ。あの女と結婚したわけじゃない」

「フィンチさん、あなたはエヴリンを嫌っているんですか?」

「あの女が何をしようと気にもならない。それは、向こうも同じだ」

「彼女が誰と結婚しようと、気にもかけなかったということですか?」

フィンチは唾でも吐きそうな顔をした。「あの女が、そう言ったのか?」

フェローズは相手の期待どおり「そうだ」と答えたが、それで老人が満足することはなかった。

「嘘つきめ」それが、辛辣な老人の口から出た答えだった。

「なぜです?」

「理由がいるのか?」

「そこまで人を嫌うには、それなりの理由があるものです」

「あれが生意気な身持ちの悪い娘だったからだ。それだけ言えば充分だろう?」

「いいえ、充分ではありませんね。どう生意気だったんですか? 身持ちの悪い娘というのは、どういう意味です？」

「出ていってくれて、いい厄介払いができた。そういう意味だ」

「奥さんもあなたと同じ考えだったんですか？」

「当たり前だ」

「あなたと奥さんとで、エヴリンを家から追いだしたということですか？」

老人はわずかに目を細めて、もう少し慎重に答えた。「ちがう。わしらが追いだしたんじゃない」

「だったら、エヴリンはなぜ家を出たんです？」

「住み込みのメイドになったからだ。そういうことだ」

「その家の名前をおぼえていますか？」

「おぼえていない」

「マークルという名前だったんじゃないですか？」

老人はまばたきをして、鼻を鳴らした。「ちがうね。ここらにマークルなどという家はない」

「エヴリンの夫の出身地は？」

「世界の果て《ティンブクトゥ》」

フェローズは、ぴしゃりと言った。「フィンチさん、われわれは冗談を聞きにここに来たわけではありません。エヴリンの夫は、どこの出身だったのかと訊いているんです」

「あの女に尋ねたらいい。わしは、その立派な亭主殿に会ったことがないんでね。そいつについては何も知らない」

「結婚式にも出なかったんですか？」

「ああ」

「奥さんは？」

「同じだ。あれも出なかった。誰も式には出なかった」

「なぜです？」

フィンチは顎をあげて、満足げな冷笑を浮かべた。「招待されなかったんでね」

「そのあとも、あなたも奥さんも、ふたりに会いにいこうとは思わなかったんですか？」

「思わなかった」

「なぜです？」

「会いたければ、向こうから来ればいい」

「マークル氏が出ていったあとも、あなた方はエヴリンを助けようとはしなかったんですね？」

「そのとおりだ。何も聞いてなかったものでね」老人は身を乗りだした。「あんた方は、どういう理由であの女の亭主のことなんか聞きたがるんだ？」

「フィンチさん、われわれはバーバラに関係のある人間全員の情報を集めているんです」

「だったら、ここで何をしている？　わしはバーバラに関係のある人間ではない」フィンチは、顔を突きだすようにして言った。「そのマークルとかいう男をさがすつもりか？」

「そのつもりです」

老人はまたも満足げな表情を浮かべて、椅子の背にもたれた。「そいつはすばらしい。見つけたら、どんな男か教えてもらいたいね」

フェローズは冷ややかな声で答えた。「電話でお知らせします」署長はメモをとり、さらに言った。「息子さんはエヴリンとバーバラに会っていた。あなたは、それを許していたんですね？」

フィンチの顔に、また苦々しい表情があらわれた。

「わしが許そうが許すまいが、関係ない。あいつは、わしの言うことなど聞きはしない」

フェローズは、ジム・フィンチとマークル母娘との関係について、さらに質問をつづけた。ジムは姉よりもバーバラに興味があったのではないかと疑っていた署長は、それを裏づけるような話を聞きだせるかもしれないと期待していたのだ。しかし、これは失敗に終わった。署長の意図を見抜いている様子はなかったが、フィンチは何も明かさなかった。なぜジムがエヴリンに会いたがるのか、老人には理解できないらしく、息子は自分を怒らせるために姉に会いにいくのだと思っているようだった。

「ジムは、よくデートをしていますか？」フェローズは話題を変えて尋ねた。

「しょっちゅう出掛けている。何をしているかは知らんがね。あいつは、わしには何も話さない」

「しかし、エヴリンとバーバラに会ってることは話している」

「それも話さない。聞いたのは、初めの何回かだけだ」

「ジムはマークル氏に会ったことがあるんでしょうか？」

「ないね」

「たしかですか？」

「たしかだ」

「なぜ言いきれるんです？」

「マークルとのことがあった頃、あいつはまだ子供だった。エヴリンが家を出たあとは、母親の葬式で再会するまで、あの姉弟は顔を合わせてもいない」

「ジムはマークル氏のことを知っていたと思いますか？」

「あいつがあんたに知っていたと話したなら、知っていたんだろうね」

「しかし、あなたはジムに話していないんですね？」

「話していない」

フェローズは、もういくつか尋ねてみたが結果は得られなかった。フィンチの答えは、何を訊いてもそっけなく曖昧《あいまい》だった。ついに署長は言った。「なぜ、そんなに非協力的なんですか？」

非難を受けて、老人は苛立ちを見せた。「協力したくないわけではない」老人はぴしゃりと言った。「何も知らないだけだ。毎日、ここにじっと坐っているだけで、わしに話しかける者など誰もいない。鉄道会社を辞めてからというもの、誰もわしに朝晩の挨拶さえしようとはしない」

「先週の土曜日、ジムは何をしていましたか?」

「なぜ、わしがそんなことを知っていると思うんだ?」

「ジムは家にいなかったんですか?」

老人は顔をしかめた。「いたとも。十一時まで起きてこなかった。だらしのないやつだ。前の晩に、女でも買っていたにちがいない。それで午後、また女を買いに出ていった」

「ジムが、そう言ったんですか?」

老人は鼻を鳴らした。「あいつは何も話さないと言ったはずだ。しかし、わしはバカじゃない。聞かなくてもわかる」

「土曜日の午後、ジムは何時に出掛けていきましたか?」

「昼飯のあとだ。なぜ、そんなことが知りたいんだ?」

「あなたをひとり家に残して?」

「ああ、そのとおり。わしのことなど、なんで気にかける?」

椅子に坐ったままの老人を残して、署長とふたり、ようやくフィンチ家をあとにすると、ウィルクスは言った。「あの人を避けているからといって、マークル夫人を責めることはできませんね。歯の一、二本、へし折ってやりたくなる類《たぐい》の爺さんだ」

「落ち着け、落ち着け、シド。人に聞かれたらどうする?」

「そもそも、マークル夫人の母親は、どうしてあんな男と結婚したんでしょうね」

フェローズは歩道で足をとめ、フィンチの家を振り返った。「近所をまわって話を聞いてみるという手もあるな。しかし、バーバラについては、フィンチ老人でさえあのとおりだ。ほとんど何も聞きだせないだろうね。とすれば、きみには役所の記録を当たってもらうのがいちばんだと思う。エヴリンの結婚について、それからマークル氏について、調べてみてくれ。わたしは〈ジェレミア・K・バトソン・カンパニー〉に行って、ジム・フィンチに関する情報を集めてみる」

「どっちがバスで行きます?」

「きみだ。〈バトソン・カンパニー〉に行くより、町の中心に出るほうが簡単だからね。終わったら、迎えにいく」

第二十章

クローバー通りに建つ〈ジェレミア・K・バトソン・カンパニー〉の大きな煉瓦づくりの社屋は有刺鉄線に囲まれていて、その表面は時代を経て黒ずんでいた。一階のクローバー通り側に重役たちの執務室があり、人事課はそのならびの社長室の隣にあった。社長室以下、どの部屋にいても絶えず作動中の機械の音が聞こえていて、振動が伝わってくる。会話をするにも、ものを考えるにも、この音と振動がバックにあっては、ちょっと苛立たしい。

窓口にいた女の子が、品定めをするかのようにしげしげと署長を見つめ、決まりどおりに対応した。彼女はまず署長の名前を尋ねて人事課にそれを伝えにいき、戻ってくると「アンソニー氏がお目に掛かります」と告げた。アンソニーは、眼鏡をかけた背の低い肉づきのいい男で、ほとんど髪がなく、そのいかにも真面目そうな態度から、持てる力のすべてを――ことによると、持てる以上の力を――仕事に注いでいる人間であることが察せられた。アンソニーはフェローズを見るなり立ちあがり、握手の手を差しだした。「ようこそ、署長」そう言った彼の声には、仕事の予定が狂うことを思ってか、かすかに苛立ちの色が感じられた。「どんなご用でしょう?」

「アンソニーさん、お宅の従業員についてうかがいたいと思いましてね。もちろん、内密にお願いします。名前は、ジェームズ・フィンチ。ここの職場主任だと聞いています」

「はい、ああ、わかりました。フィンチなら、わたしも知っています」

アンソニーは椅子をすすめるのを忘れているようだったが、署長はかまわず腰をおろした。

「でしたら、彼について聞かせていただけますか？」

「もちろんです。ファイルを持ってきますので、少しお待ちください」アンソニーは書類棚の前に進み、その中から必要なフォルダーを見つけだすと、それを持って戻ってきた。椅子に坐って表紙を開いた時には、苛立ちの色はいくぶん薄れていた。「ジェームズ・フィンチ」彼は言った。「一九四〇年九月生まれ。バスコンベ通り一二三番地在住。一九五八年七月以来、当社で働いているようです」彼は目をあげた。「これでよろしいですか？」

「いや――」フェローズは言った。「ジェームズ・フィンチがどういう人物かに興味があるんです。何か問題があるというようなことはないですか？」

アンソニーは唇を舐《な》め、ふたたび書類に目を落とした。「遅刻の常習犯のようですね」彼は言った。「何度か警告を受けています」

「彼は職場主任なんでしょう？」

「はい、そうです。ええと、二年前に職場主任になっています」

「ずいぶん若い主任だ」

「ああ、はい。しかし……そうですね。バトソン氏の推薦があったようです」

「バトソン氏？　社長の？」

「そうです。バトソン氏は、常に社員の能力と力量を把握しておくよう努めておられます」

「そういうことなら、バトソン氏にお目に掛かったほうがよさそうだ」

「ええ、そのほうがいいでしょう。いい考えです……ああ、バトソン氏の意向はわかりませんがね」アンソニーは口を閉じた。バトソンに意向を尋ねるべきかどうか、決めかねているようだった。ついに彼は受話器を取り、「訊いてみましょう」と言った。

そして、バトソン氏から「喜んでお会いします」という答えが返ってくると、署長は隣の社長室に案内された。広々とした堂々たる社長室のドアには、これもまた堂々たる大きな文字で『ジェレミア・キーン・バトソン社長』と記されていた。当然ながら室内のデスクも堂々たる大きなもので、その向こうにいたバトソンが立ちあがって署長と握手を交わし、手振りで椅子をすすめた。黒い髪をした三十代半ばのハンサムな彼は、まわりの設《しつら》えほど堂々とはしていなかったが、それでも継続企業の頭に必要な自信に満ち溢れていた。「署長さんですね？　ストックフォードからおいでになったと、アンソニーから聞きました。フィンチくんに興味がおありだとか？」

「そのとおりです」署長は認めた。

「バーバラ・マークル失踪事件のことで？」

フェローズはうなずいた。「しかし、なぜそれを？」

バトソンは笑みを浮かべた。「わたしも新聞を読みますからね、署長。ストックフォードでしょう？　犯罪でもなかったら、ストックフォードのような町が新聞に載ることはありません。

捜査以外の目的で、警察署長がピッツフィールドまでやってきますか？　失踪した娘さんの身内だという事実がなかったら、警察がジェームズ・フィンチのような青年に興味を持つはずがないでしょう」

フェローズはほほえんだ。「つまらない質問をしてしまった」彼は言った。「そういえば、お宅の会社が千ドルの懸賞金を出すという話を聞きました」

「そうです」バトソンは軽い調子で答えた。「そのくらいはするべきだと思いましてね。なにしろ、うちの従業員が関わっているんです。失踪した娘さんは、われわれの家族も同然です」

フェローズはうなずいた。「あなたはフィンチ青年をよくご存じだと、アンソニー氏からうかがいました」

「働きぶりを知っているだけです」

「具体的には？」

「有能です。申し分のない職場主任です」

「彼を昇進させたあなたの判断は、まちがっていなかったということですね？」

「そのとおりです」

「彼の私生活について、何かご存じではありませんか？」

バトソンは首を振った。「それは、われわれが立ち入ることではない。父親と暮らしていることと、未婚だということは承知しています。しかし、それ以外は何も知りません」

「女性関係について、何か聞いていませんか？」

「まったく聞いていません」バトソンは笑みを浮かべた。「そういう情報は、彼の同僚に尋ねたほうがいい」不意に笑みが薄れた。「彼が失踪事件に関わっていると考えているんですか？」

「バトソンさん、われわれは何も考えていません。ただ、真相を解明しようとしているだけです」

バトソンは考え深げに口をすぼめた。「なんということだ」彼はつぶやいた。「そんなことは考えてもみなかった」

「バトソンさん、懸賞金のことですが、なぜそんなことをしようと思いついたんですか？」

バトソンは我に返って答えた。「もちろん、新聞であの記事を読んだのがきっかけです。フィンチという名前を見て、彼の家族だとわかりました。それで、懸賞金の提供を申し出たんです」

「フィンチ青年の意見を聞きましたか？」

「いいえ」

「それについて、彼と話をしましたか？」

「事件については、どうなっているのかと尋ねました。しかし、懸賞金のことは話していません」彼は訝《いぶか》しげに署長を見た。「なぜそんなことを？」

「懸賞金がつくと、人は情報を提供しようという気になるものです。フィンチ青年が何かを隠しているなら、彼にとってそれはありがたくない申し出ということになる」

「なるほどね」バトソンは眉をひそめた。「いや。それについて彼が何か言ったかどうか、思い出せません」

「礼も言わなかったと？」

「思い出せません」彼は息を吸った。「署長、あなたの仕事に口出しをしたくはない。あなたが誰を疑っているかも、どれだけの証拠をつかんでいるかも知りません。しかし、わたしが知っているフィンチくんは、犯罪に手を染めるような人間ではありません。彼は、そういう類《たぐい》の男ではないと思います」

もういくつか質問してみたが、やはり結果は得られなかった。ジム・フィンチは失踪事件が起きたあとも、休まず仕事に出ているということだったが、その態度についてはバトソンは何も答えられなかった。鬱《ふさ》いでいるようでしたか？　後ろめたそうな素振りは？「同僚に訊けば、わかるかもしれませんよ」彼は、またもそうすすめた。「しかし、もちろんそんなことをしたら、警察がフィンチくんを調べていることが本人にわかってしまう。みんな、おそらく口を閉ざしてはいませんからね」

「フィンチ青年は他の従業員に好かれていますか？」

「職場主任は、どこも同じです。大人気というわけにはいかないでしょうね」

「フィンチ青年の姉の夫については、ご存じないでしょうね？　失踪した娘の父親です」

バトソンは首を振った。「今度のことがあるまで、フィンチくんに姉がいることも知らなかったくらいです。その人の私生活についてなど、知るはずもありません」

他に訊くことはないと見ると、フェローズは立ちあがって言った。「フィンチ青年は、われわれが追っている男ではなさそうだ。お時間を割いてくださって、感謝します」

バトソンも立ちあがり、また署長と握手を交わした。「いつでもいらしてください、署長。役に立てることがあれば、なんでもしますよ。新聞で写真を見ました。とてもかわいらしい娘さんだ」

「かわいらしい娘さんでした。しかし、もちろんあの写真は最近のものではありません」

「賢かったんでしょうね？」

「とても賢かったようです」

「母親が気の毒だ。署長、あなたの手で見つけてやってください。娘さんの無事を祈っています」

「ええ」フェローズは言った。「ありがとうございました」

署長はバーバラが見つかるよう祈りながら〈ジェレミア・K・バトソン・カンパニー〉をあとにしたが、彼女の無事を祈るには多くを知りすぎていた。

第二十一章

役場で落ち合ったフェローズとウィルクスは、そこからさほど遠くない、町の中心部にあるカフェテリアで昼食をとることにした。ウィルクスは情報をいっぱいに抱えて興奮しているようだった。〈ジェレミア・K・バトソン・カンパニー〉への訪問で何も聞きだせなかったフェローズは、テーブルに着くなり苛立ちもあらわに言った。「思わせぶりな態度はやめるんだ、シド。何をつかんだか話す気がないなら、わたしの好奇心を掻きたてるのはやめてくれ」

ウィルクスはテーブルに皿をならべてトレイを脇に置くと、腰をおろして紙ナプキンをひろげた。「今から話しますよ、フレッド。人混みを歩きながら話したくなかったんです。料理を選びながら話すようなことではない。邪魔が入らない状態で、集中して聞いてほしいんです」

「バーバラの身に何が起きたのかわかったのなら、今すぐに聞きたい」

「そういうことじゃありません」ウィルクスは首を振った。「それに、彼女の身に何が起きたのかは、もうわかっているじゃないですか。しかし、興味深い情報が手に入りました。ぼくは婚姻部に行って、一九四七年の六月に市役所で式を挙げた、エヴリン・ハーカーズとガスタヴ・マークルについての情報をすべて出してほしいと頼んだんです。それで、そのあたりに坐って煙草を噛みながら待っていると——」

「頼むよ、シド。きみが何をしていたかなど、どうでもいい。わたしをじらして楽しむのはやめてくれ」

「係の女の子がやってきて――」ウィルクスは晴れやかな声でつづけた。「『一九四七年の六月で、まちがいありませんか？　その月には、そんな記録はありませんけど』と言ったんです」

フェローズの眉が吊りあがるのを見て、ウィルクスはにやりとした。「そうなんですよ、フレッド。記録がなかったんです。それで、四八年の六月と、念のために四六年の六月も調べてもらいました。そのあとぼくも手伝って、二年のあいだにピッツフィールドで結婚したカップルの記録に、すべて目をとおしてみたんです。それで何がわかったと思います？」

「どこにも記録がなかった」フェローズは冷ややかな声で言った。

「そのとおり。たいしたもんじゃないですか」

「失敗を嘲笑《あざわら》うチェシャ猫のような真似は、きみには似合わない。だから、得られなかった情報の話は、もうやめるんだ。何をつかんだか、話してくれ」

「わかりましたよ。ぼくは当時の町の人名簿でマークルという名前をさがしてみることにしたんです。八名見つかりました。しかし、八名ともガスタヴという名前ではなかった」

「ガスタヴ・マークルという人物はいなかった。結婚の記録もなかった。きみが言いたいのは、そういうことか？」

「それが答えのようです。エヴリン・マークル夫人は、エヴリン・マークル夫人ではなさそうだ」

フェローズは考えながらスープをかきまわし、それを飲んだ。「かすかな光が見えてきたぞ。バーバラ・マークルが私生児だったとしたら、エヴリンの母親と義理の父親が彼女との関わりを絶ったことの説明がつく。今朝のフィンチ老人のわれわれに対する態度にも納得がいく」

「エヴリンの亭主について訊かれるたびに、冷笑を浮かべていましたね」ウィルクスも同意した。

「それで、どうした？　出生届は調べたのか？」

ウィルクスはうなずいた。「調べました。バーバラは、マークル夫人と名乗っているあの女性が言ったとおり、一九四八年の十一月五日に生まれていますが、出生届というものがどういうものかはご存じでしょう。『バーバラ・マークル。出生地、ピッツフィールド。一九四八年十一月五日生。十一月八日に記載』それだけです」

フェローズは椅子の背にもたれて、しばし天井を見あげ、またスープを飲んだ。「なるほど、なるほど」彼は言った。「ここでもハーカーズではなく、マークルとしたわけだ」

「そう、マークルとね。しかし、マークル氏はどこにもいない。いかにも新聞が喜びそうな話だ。これで記者どもが群れを成して町に戻ってきますよ」

「ああ、戻ってくるだろう。それに、エヴリンが警察の徹底的な捜査を望まない理由が、これでわかった。あの人は、こうしたことが明るみに出るのを恐れていたんだ」

「恥をかくくらいなら、娘を失うほうがましだって？　娘を溺愛《できあい》して甘やかすだけ甘やかしていたのに、その娘が姿を消したら『あの子をさがさないでください』ですからね」ウィルクスは肩をすくめた。「もう気の毒だなんて思えなくなってきましたよ」

「あの人は勘が鋭いんだ。だから、何かを感じたんだろうね」

「そんなことは言い訳になりませんよ。もし子供がいたら、マージもぼくも絶対に他のことを優先したりはしない」

　フェローズは飲みおえたスープの皿を押しやって、肉とポテトの皿を引き寄せた。そして、一瞬ためらったあとフォークを手に取って言った。「なんだって、こんなものを選んだんだ？　考えもしなかった。サラダにするべきだった」

「大丈夫、ほんの二千キロカロリーくらいですよ、フレッド。大いに楽しんだらいい」

「ああ、体力を維持する必要があるしな」フェローズはそう言って自分の行為を正当化し、肉とポテトの皿に取りかかった。そして、ポテトを半分ほど食べたところで言った。「シド、捜査の方針を少し変えるぞ。エヴリンを捨てた亭主をさがすのは、もう終わりだ。ここからは、彼女を捨てた亭主じゃない男をさがすことになる。少なくとも、パズルのピースがいくつかはまりだした。少なくとも、今われわれはどこかに繋がる道に立っている」

　ウィルクスは言った。「どこに繋がるっていうんです？　われわれは、バーバラとはおそらく関係のない、いやらしい過去の話を暴きだそうとしているだけですよ。十三年も経っているのに、謎の父親が事件に関係しているなんて、なぜ思うんです？」

「関係ないかもしれない。さあ、どうだろうね？　父親を見つけだして、その答えを得るしかなさそうだ」

ウィルクスはシチューを頬張った。「バーバラが灰色の髪の男といるのを見たと言っているウエイトレスがいる、というだけの理由でそんなことを考えているなら、それはちょっと無理がありますよ、フレッド。これがただの失踪事件なら、父親が娘を誘拐しに戻ってきたという可能性もある。しかし、これは殺人事件だ。他の人間たちよりも父親が怪しいなんてことはありませんよ」

「誰かを怪しむに足る理由など、まったく見つかっていない。ただの推測だよ、シド。それでも、やはり父親を見つけだす必要がある」

ウィルクスは肩をすくめ、シチューの皿を押しやった。「フィンチ老人は知っているにちがいありませんよ」

フェローズも同感だった。「あの老人は絶対に知っている。しかし、それを警察に認めるとは思えない」

「ジムも知ってるんじゃないですか？」

「ああ、知っている可能性はあるな。しかし、あの青年も話してくれないかもしれない。それに、こういう話ではエヴリンの協力も望めないだろうね」

「フレッド、あなたなら彼女にしゃべらせることができますよ」

「ああ、マークル氏について、また散々嘘を聞かされることになるだろうね。あの家族は、ずっと警察を騙しつづけてきたんだ。こうまで警察を欺《あざむ》ける人間が、他にいるものか」署長は片手で顔を撫《な》でた。「必要ならばエヴリンに話を聞いてみるが、その前に午後にここでできることがある」

「何をしようっていうんです?」

「エヴリンは、住み込みのメイドの職を得て家を出た。彼女はその雇い主に誘惑されたのではないかと、わたしは考えているんだ」

ウィルクスはその考えが気に入ったが、あえて言った。「ボーイフレンドに誘惑された可能性のほうが高いと思いますね」

「ああ、シド。エヴリンが住み込みで働いているあいだに、事が起きたんじゃなかったらな。いずれにしても、フィンチ老人が雇い主の名前をおぼえていないわけがない。それなのに、なぜあの人はわれわれにその名前を教えようとしないんだ? エヴリンは実の娘ではないし、その出来事ゆえに明らかに彼女を軽蔑している。だったら、なぜ雇い主の名前を隠そうとする? その雇い主がバーバラの父親で、口止め料をもらっているとしか考えられない」

ウィルクスはにやりとした。「すごいな、フレッド。その説はかなり興味深いと、認めないわけにはいきません。さあ、これからどうしますか?」

「当時の雇用記録が残っていないか、役場に行ってたしかめるんだ。それでエヴリンの雇い主がわかったら、彼女の身に何が起きたのかも見えてくるかもしれない」

ウィルクスは首を振った。「ぼくのほうが先を行っていたようだ。それなら、もう尋ねてみました。そんな昔の記録はないそうです」

「仕方がないな。よし、〝マークル〟という名前について考えてみようじゃないか。この名前は、どこから来てるんだ?」

「エヴリンは、なんらかの名を名乗る必要があった。だから、電話帳を開いて適当に決めたのかもしれない」

「それもあり得る。しかし、娘にその名を名乗らせることに、何か意味があるのかもしれない」

「つまり、エヴリンはマークルという名前の家族に仕えていた可能性が高いというんですね?」

「そのとおりだ。今からきみにやってもらいたいことがある。当時この町に住んでいたマークルという名前の家族をすべて調べだし、そのうちの何家族がいまだに町に残っているかたしかめ、その居所を突きとめてくれ」

「ずいぶんと時間がかかりそうだ」

「車を使ってくれてかまわない。わたしはバスで帰る。午後いっぱいかけて、できるだけやってみてくれ。それで何も見つからないようなら、今夜わたしがエヴリンから聞きだすとしよう」

第二十二章

七時過ぎ、フェローズが夕食を終わらせようという頃になって、ようやくウィルクスから電話が入った。マークルという名前の家族のうち四家族は明らかにちがいますと、ウィルクスは言った。「残りの四家族は、現在の名簿に載っていません。しかし、その中に、あなたが追っているマークルに当てはまりそうな夫婦がいます。ルイスとオーガスタのマークル夫妻。オーガスタですよ。ガスタヴと似てるでしょう？　ただし、オーガスタは女性ですがね」

フェローズは言った。「ああ、なるほどね。うんざりだ。気晴らしにエヴリンを訪ねて、事実を聞きだしてくる。影を追いかけるのは、もうたくさんだ」

「その必要があると思うなら、そうすればいい。しかしフレッド、ぼくには十三年前の出来事が今度の事件に関係あるとは、まだ思えないんです」

「別の線からは何も出てこない。今はバーバラの背景を探る以外に、することはほとんどなさそうだ」

「幸運を祈ってます。ぼくも行きましょうか？」

「いや、いい。きみは食事をする必要があるし、わたしは今すぐ出掛けたいんだ。それに、相手がふたりよりもひとりのほうが、エヴリンも話しやすいだろう」フェローズは電話を切るとテーブルに戻り、最後のひと口を頬張って、楽しくはない仕事に向かうべく、家をあとにして車に乗り込んだ。

七時四十五分、署長はかつてバーバラ・マークルが住んでいた、古い家の路地に車を乗り入れた。台所の明かりがついていて、ガレージの前に中古のフォルクスワーゲンが駐めてある。フェローズは、そのうしろに車を駐め、草の上に降り立つと、清々しい香りの夜気を吸い込んだ。穏やかな夜で、森のうしろに日が沈んだばかりの今、西の空が鮮やかに染まっている。この家で殺人が起きても、夜の清々しさや夕焼けの美しさが損なわれることはないし、樹々の芽吹きや植物の実りに影響が出ることはないのだ。フェローズ自身はその影響を感じていたし、他にもそんな感情を抱いている者がいるはずだ。しかし、自然は人間の苦悩などものともせず、無傷のまま変わらずにそこにある。

フェローズは鮮やかな夕焼けに背を向け、ポーチの階段をのぼった。裏口のドアのカーテンごしに、女性の動きが見えた。夕食の皿をテーブルからシンクに運んで水に浸け、そこからガス台に移動してポットを取りあげ、テーブルに戻ってコーヒーを注ぐ。その動きには、痛ましさを感じさせる何かがあった。彼女の物腰には、孤立したこの家にも似た孤独感がただよっていた。目的もなく、務めを果たすだけの人生。意味のある人生は過去のものとなり、この先には死を待つだけの長い年月があるだけだ。

フェローズはしばらくそんな様子を眺めていたが、彼女がポットを手にガス台のほうに戻りはじめたところで、ドアを叩いた。マークル夫人はポットを置いて戸口にあらわれたが、署長を見てもうれしそうな顔はしなかった。しかし、経験を積んでいる彼は、そんなことは期待していなかった。警官は友人にはなり得ない。敵扱いされることはないかもしれないが、どんな事件でも、警官が歓迎されることはけっしてないのだ。

フェローズは厳めしい表情を浮かべたまま、挨拶をして家に入った。気が重かった。マークル夫人は娘を失ってはいるが、誇りは捨てていない。今、彼はその誇りをズタズタにしようとしているのだ。「お邪魔して申し訳ありません」署長は言った。

「かまいません」彼女はそう言ったが、かまわないようには聞こえなかった。「コーヒーを飲もうとしていたところです」

フェローズは、彼女がカップの前に坐るのを待って、その向かいの椅子を引きだした。たいていの場合、コーヒーは腹蔵のないところを聞きだす助けになってくれるが、今はそんなことは期待できない。署長はゆっくりと腰をおろした。手帳を取りだすのは思いとどまった。少なくとも、そのくらいの気遣いはできる。「これまでのところ、警察は運に恵まれていないようです」沈黙を破るべく彼は言った。

「運に恵まれていない?」すぐには理解できなかったようだ。「ボビーが見つからないという意味ですか?」

「お嬢さんの身に何が起きたのかを突きとめる上で、運に恵まれていないということです」

「あの子は死んだんです。何が起きたのかなんて、もうどうでもいいことです」

「われわれにとっては、どうでもいいことではありません。他の誰かの身に同じようなことが起きては困りますからね」

マークル夫人は、ぼんやりと言った。「ええ、困ります」彼女はまわりの壁を見まわした。「ちょっと……思ったんです」署長に視線を戻してつづけた。「あなたは、あの子があたしたちといっしょに、ここに坐ってるのを感じますか？」

「マークルさん、いくつかうかがいたいことがあります」

彼女は署長の言葉を無視した。「感じますか？　あの子がここにいるのが感じられますか？」

フェローズは首を振った。「残念ながら感じません」

彼女はうなずいて同意した。「あたしも感じません」そして、悲しげに言った。「もしかしたらって思ったんです。人は死んだ人間がそばにいると、それを感じるものだって聞いたことがあります。でも、あたしは何も感じない。この家は空っぽです」

署長は、不気味な話の展開が気に入らなかった。彼はテーブルに両肘《りょうひじ》をついて、身を乗りだした。「バーバラの父親は誰なんです？」彼は言った。

マークル夫人は一瞬にして死の王国から現実に戻り、署長に警戒の目を向けた。「もう話したはずです」

「マークルさん、あなたが話したことは真実ではない」

「真実です。あの子の父親はガスタヴ・マークルです」

フェローズは椅子の背にもたれて、ひろげた両手をテーブルに置いた。「ガスタヴ・マークルは存在しない。調べてみて、それがわかりました。結婚式も行われていない。それも確認済みです」

「式は行われました」頑として彼女は言った。「あたしにはわかってます。だって、あたしはそこにいたんです。一九四七年の六月に市役所で式を挙げたんです」

フェローズは首を振った。「エヴリン・ハーカーズが誰かと結婚したという記録はありませんでした。ガスタヴ・マークルは存在しない。すべてバーバラにその名を与えるための作り話だ。マークルさん、あなたの義理のお父さんは――」

彼女は激しい口調で言った。「継父は下劣な嘘つきです。あんな男の言うことなんか、信じてもらっては困ります！」

フェローズは、頑として引きさがらなかった。それどころか、相手が餌に食いついたのを見て、さらに圧力をかけた。「立証できることについては、フィンチ氏の言葉を信じます。エヴリン・ハーカーズ、あなたは結婚などしていない。あなたは警察に嘘をついていた。警察に真実を隠していたんです。それがどういうことかわかりますか？　あなたは罪を犯したんです。お嬢さんを傷つけた男の共犯者ということになるんですよ」

「共犯者なんかじゃない！」彼女は叫びながら立ちあがった。「そんなの、真っ赤な嘘です！」

「あなたは司法妨害をした」署長は穏やかな声で言った。「それが収監されるに値する罪だということが、わかっていたんですか？」

「司法妨害なんて、しちゃいません」彼女は署長に食ってかかった。「過去に何があったとしても、そんなことは今度の事件と関係ない。だから、捜査の妨《さまた》げになんか、なってるはずないでしょう。昔のことをつつきまわるのはやめてください！」

フェローズの声は穏やかなままだった。「過去に何があったとしても、それは今度の事件とは関係ないと、あなたは言いきった。お嬢さんの身に何が起きたか、あなたは知っているんですか？」

それを聞いてマークル夫人は凍りついた。署長を見つめる彼女の顔から血の気が引いていく。

「そんなつもりで言ったんじゃないです！」その声には恐怖が滲《にじ》んでいた。

「だったら、知らないんですね？」

顔の色が戻りはじめた。「知ってるわけないでしょう。あたしは仕事に出てたんです」

「だったら、過去の出来事が今度の事件と関係あるかどうか、あなたには知る術《すべ》がないわけだ」

「あたしを罠に掛けようっていうんですね」彼女はそう言って、ゆっくりと椅子に沈み込んだ。

「あたしが混乱するような言葉ばっかり使って。でも、自分が司法妨害なんかしちゃいないってことだけは、はっきりわかってます」

「すべてわかることです」署長は言った。「フィンチ氏から聞いてくれというなら、そうします」

「あいつから聞きだせるのは嘘だけよ」また声が高くなっていた。「あいつにも、あいつのさもしい汚いやり方にも、もううんざり！　どうせ、金切り声をあげて、あたしの悪口をまくしたてたんでしょう？　まだ汚名を着せ足りないって？　自分のことはしゃべらなかったにきまってる。ジミィのことも、何も話さなかったんでしょうね。それについて、あなた方は記録を調べもしなかった。そうなんでしょう？」

「ジミィのこと？」

「そうよ、ジミィのこと。ジミィがいつ生まれたかって話。あいつは、いつ息子が生まれたか話さなかったんでしょう？」

「一九四〇年の九月と聞いています」

「ふん！」彼女は鼻を鳴らした。「笑えるなんてもんじゃないわ。戻って記録を調べてください。ジミィは三月に生まれたのよ。そうよ、ジミィが生まれたのは三月。信じてくれなくてもけっこう。記録を見ればわかります。近所にも聞いてみるといい。あいつと母とのことは、あのあたりで噂になってたんだから。当時、あいつはうちに下宿してたんです。それで母と寝てたのよ。ベンが家を出て陸軍に入ったのは、そのせいです。近所の人たちと顔を合わせるなんて、堪《た》えられなかったんでしょうね。それで、母は妊娠した。そうなったら、結婚するしかないでしょう。母がひとり身のままあそこで暮らしつづけるなんて、できっこないじゃない！母は結婚前に妊婦服を着ずにとおせるように、服の幅出しまでしなくちゃならなかった。あいつと母は、そうやって結婚したんです。それで、ジミィが生まれたら、母は早産だったって言ってまわった。そんなこと誰が信じると思ってたのかしら？　六カ月で生まれたっていう赤ん坊が四千グラム？　そんな話、誰が信じるもんですか！

あの下劣な継父がしたことは、それだけじゃない！　いっしょに暮らしてるだけでも最悪だったのに、母と結婚して二年ほど経ってあたしが年頃になると、今度はあたしに言い寄るようになった。おれはおまえの継父《とう》さんなんだから、おまえはおれを好きにならなくちゃいけないんだとか言って、キスをさせようとしたりしてね。あいつがあたしのことを新聞に話すって言うなら、あたしだってあいつのことをぶちまけてやる。絶対にね！　あいつは町にいられなくなるでしょうね。あいつが死んだら、みんな汚らしい死骸《しがい》に唾を吐きかけるでしょうね。だから、なんでもしゃべったらいいわ」

エヴリン・マークルは両手の拳をにぎりしめ、それをまた開いた。椅子の中で怒りもあらわに身じろぎを繰り返すその様子を見れば、自分を抑えられなくなっていることがよくわかった。「それから、あたしのことがあった」いくぶん怒りの色が薄れた声で、彼女はつづけた。「あの時、あいつはそれを言いふらしたのよ。母とふたりしてね。おまえのことはもう知らないって言われた。ふたりとも聖人ぶって、ものすごく傲慢《ごうまん》な態度をとってくれた。笑わせないでよ！　罵《ののし》られたかって？　その恥ずべき出来事のことで、あたしを罵るあのふたりを見たら、誰だってアスター子爵夫妻（米国の出身で英国子爵となった夫ウォルドーフと英国初の女性下院議員である妻ナンシー）にでもなったつもりかって言いたくなったでしょうね。今思い出しても、おかしくてたまらない。近所に訊いてみたらどう？　みんな、あの淫《みだ》らな夫婦があたしの悪口を言うのを聞いて、転げまわって笑ったって言うにちがいないわ！　家を追いだされたかって？　こっちから、さっさと出てやった」目は怒りに燃え、爪が食いこんだ掌《てのひら》にはくっきりと赤い跡が残っている。

かすかに青ざめたフェローズの顔には、苦悩の色があらわれていた。「フィンチ夫妻は、あなたにひとりで赤ん坊を産ませたんですか？」署長はゆっくりとした口調で訊いた。

エヴリンの唇が歪《ゆが》んだ。「そのとおりです。ひとりで産んで、ひとりで育てました。生きてる母には二度と会わなかった。あの下劣な継父の姿は、母の葬儀で一度だけ見ました。でも、目も合わせませんでした。あいつの葬儀だったらよかったのにと思いました。あいつが死んだんなら、町に出てお祝いのお酒を飲んだでしょうね。でも、死んだのは母だった」彼女は驚くほど冷静になっていた。「死んだのが母だってことが、残念でたまらなかった。母が悪いんじゃないんです。あいつが母を堕落させたんです。ベンだって、あいつのせいで陸軍に入って、船で太平洋に出て、コレヒドール島に送られた。あいつがうちにやってこなければ、ベンは絶対に陸軍なんかに入らなかったし、攻めてきた日本軍の標的にされることもなかった。あいつがうちにやってこなければ、あたしだってうちを出て、住み込みで働いたりはしなかった。どこかのちゃんとした店かなんかに職を見つけて、うちから通ってたはずです。そうしたら、今頃は結婚してて、こんな穴蔵みたいな家には住んでなかっただろうし、ボビーには父親がいて、あたしももっといい母親でいてやれた。奴隷みたいに働かずに、家で料理をしたりして、もっとボビーの面倒をみてやれた。あの子は大きくなってカレッジに行って、結婚して……そして……」口をつぐんだマークル夫人の目から涙が溢れだした。彼女はそれを手で拭《ぬぐ》って言った。

「こんなことを言って何になるっていうの?」彼女はフェローズを見あげた。「ボビーが死んだ今、あたしにはもう誰もいません。あたしには……友達も何もいない」

「斜向《はすむ》かいのショー一家がいるじゃないですか」

「あの人たちは友達じゃありません。あのうちに行ったのは、ボビーがいなくなったあの日、一度だけです。この十三年間、挨拶をするだけで話なんかしたこともなかった。あたしと関わりを持ちたいなんて思う人は、誰もいません」

フェローズは厚手の防水布製のテーブルクロスに載せた手を組み合わせ、それをじっと見つめた。「あなたがメイドをしていた家の名前を教えてください」

署長に向けられた彼女の眼差しは、また鋭くなっていた。「あのいやらしい継父から聞かなかったんですか？」

「あの人は忘れたふりをしていました」

彼女は鼻を鳴らした。「忘れたなんてことがあるもんですか。口止め料をもらってるにきまってます」

「マークルさん、その家の名前は？」

「どうでもいいことです」

「わたしには重要なことです」

「あたしにとって重要なのは、あなたがそれを探りださずにいてくれることです。すでにあなたは知りすぎてる」

「探りだします。あなたにそれをとめることはできない。しかし、あなたには警察に協力するという選択肢もある」

「あたしからは聞きだせません」

「あなたも口止め料を受けとったんですか？」

マークル夫人は、またも署長にさっと鋭い目を向け、顎を反らした。「いいえ。そういうことじゃありません。ただ、あなたには関係のないことだと言ってるんです」

「マークルですか？」

彼女は不意を突かれたかのように一瞬凍りつき、それから言った。「あたしからは聞きださないと言ったはずです」

「バーバラ・キーン・マークル」フェローズはゆっくりと言った。「その一家は、あなたがマークルという姓を使っていることを快く思っているのですか？　それとも、その件については一切口出しさせなかった？」

「その一家の名前はマークルではありません。忘れてください」

「キーンというミドルネームは、どこから？　出生届に、キーンの名は記されていない。なぜこの名前をつけたんですか？」

口を固く結んだまま坐っているマークル夫人の前で、フェローズは目を大きく見開いた。彼は考え深げに指を突きつけて言った。「千ドルの懸賞金を出し、ジム・フィンチを職場主任に昇進させた男。ジェレミア・キーン・バトソンだ」

彼女は椅子の背に身をあずけた。「ずいぶんと賢いつもりでいるんでしょうね？」

「そうでもない。簡単な足し算をしてみたら答えが出た。それだけのことです」署長は手を組みなおした。「マークルさん、すっかり話してしまいなさい。そのほうがいいと思いますよ」

第二十三章

土曜日の朝の点呼の前、署長はウィルクスに、昨夜マークル夫人から聞いた話をすべて聞かせた。「エヴリンは一九四六年に家を出たんだよ、シド。十六になってすぐのことだ。住み込みでメイドとして仕えていたのはバトソン家だ。〈ジェレミア・K・バトソン・カンパニー〉の現在の社長であるジェレミア・バトソン・ジュニアは、当時カレッジの学生だった。戦時中、あの会社は急に景気づいて、一家はたいへんな金持ちだったらしい。今はあんなふうだが、エヴリンは美しい娘で、ジェレミア――ジェリーのほうもそこそこハンサムだった。そうなれば、事が起きるのは避けられない。一九四七年の夏までは何もなかったと、エヴリンは言っている。ふたりが親密になったのは、彼が四年生になる直前のことだ。当然ながら、ジェリーは結婚だのなんだのをちらつかせ、心から愛しているとささやいたり、将来の計画について語ったり、そんなことをいろいろしたわけだ。彼女はそれをすっかり信じたと言っている。

しかし、翌年の二月、ジェリーが春休みに帰ってきた時に、そんな関係は一変した。ふたりは夏から密かに会いつづけていたというんだが、なぜか家族に知られることはなかったらしい。これは驚きだがね。しかし、そこのところはうまくやっていたんだろう。とにかく、ジェリー本人が打ち明けるまで、家族は何も気づいていなかったというんだ。ジェリーにしても、春休みに家に戻ってすぐにエヴリンから聞かされるまで、その重大な事実には気づいていなかったらしい。ああ、そういうことだ。卒業を間近に控えた四年生の二月に、ジェリー・バトソンはメイドに妊娠したと告げられたんだよ。

エヴリンの言うには、その瞬間まで、まずいことになったとは思っていなかったそうだ。彼の卒業後すぐに挙げることになるだろう結婚式を夢見ていたくらいだ。しかし、終わりが来た。突然ジェリーは彼女を求めなくなった。彼女を避けるようにさえなった。それでも、逃げることはできない。エヴリンは家にいて、日を追うごとにお腹が大きくなっていく。発覚する前に父親に打ち明けるしかなかった。

その際に何があったかについては、エヴリンは知らない。父親がジェリーに何を言ったかも、母親がどう思ったかも知らないが、やってきたジェリーに『父が会いたがっている』と言われて、罰せられるのだと悟ったようだ。彼女は怖くて震えながらジェリーの父親に会いにいった。そして、思っていた以上のひどい仕打ちを受けた。うちにやってきて、うちのものを食べ、うちの部屋を使い、給金までもらっておきながら、その立場を利用して息子を誘惑し、無理やり結婚させるためにわざと妊娠するとは何事だといって責められたそうだ。その上、淫売《いんばい》だのなんだのと罵《ののし》られ、何も期待するなとその場で言われたらしい。

ジェリーの父親は、そうやって彼女を徹底的に打ちのめしたあとで、少し態度をやわらげ、大目に見てやろうと言ったんだ。もちろん、自分がジェリーを誘惑したと認める内容の書類と、一家には何も要求しないという書類にサインすることが条件だ。その見返りに、赤ん坊はちゃんと産ませてやるし、住む場所も用意してやるし、子供の養育費は出してやると言われた。しかし、サインをことわるなら、何もやらずに荷物ごと放りだしてやると脅されたそうだ。心を決めるのに与えられた時間は、二十四時間。

　だから、エヴリンは大いそぎで母親と継父に助けを求めに帰った。それなのに、ふたりに拒まれてしまった。それで彼女は仕方なくバトソン家に戻り、弁護士が差しだす書類に片っ端からサインして、彼らの慈悲にすがった。そのあいだずっと、ジェリー青年には会わなかったそうだ。彼は親戚か何かの家にやられていて、エヴリンが出ていくまで帰らなかった。エヴリンは、マークルという名前の夫婦のもとに送られた。女房はかつてジェリーの乳母をしていた女で、亭主のほうはバトソン家で小使いをしていたらしい。ふたりは年金をもらって退職したあと、ピッツフィールドの外れにある小さなコテージで暮らしていたんだ。これが、きみが目をつけていたルーとオーガスタのマークル夫妻だが、どちらもすでに亡くなっている。とにかく、バトソン家は赤ん坊が生まれるまで、この夫婦にエヴリンの面倒をみさせたようだ。

　エヴリンの話によれば、その夏いっぱいほとんど外に出なかったらしい。夫婦が出したがらなかったようだ。ジェリーの父親から話を聞いて、偏見を抱いていたんだろう。夫婦はエヴリンをよく思っていなかったらしく、最低限の世話しかしなかった。エヴリンの姿を近所に見られたり、何かを訊かれたりしたくなかったんだろうね。すべてはジェリー青年の評判を護るためだ。

　マークルの女房が赤ん坊を取りあげ、夫婦は赤ん坊に自分たちの姓を与えた。キーンというミドルネームは、エヴリンがあとで勝手にくわえたもので、出生届には載っていない。キーンという名前をつけることで、子供とバトソン家族を結びつけようとしたんだろう。

そのあとバトソン家は別の名義でストックフォードに家を買い、エヴリンと赤ん坊を住まわせた。エヴリンは生涯あの家で暮らすことができるが、家は彼女のものではない。そうやって力を持ちつづけ、エヴリンにしゃべらせないようにしていたんだ。それに、子供の養育費として月に百ドル。これはバーバラが二十一歳の誕生日を迎えるまで、もらえることになっていた。しかし、バーバラが失踪した今、もちろん支払いはなされていない」

ウィルクスはかぶりを振った。「ひどい仕打ちだ」

「ああ。少なくとも、あの人の話を聞くかぎりではそう思える。ただ、ジェリー側からの話は聞いていないからな」

「両者の話は同じではないと思っているんですか?」

「もっと合理主義的な話を聞かされるにちがいない。しかし、たいしてちがいはないだろう。『父が会いたがっている』と言いにきたときを最後に、エヴリンはジェリーに会っていないそうだ。彼女は世界一賢い女性ではないかもしれないが、ジェリーは自分と子供に会いたがっているのに、会いにこられないのだと思い込むほど愚かではない。彼女がマークル夫妻のコテージに閉じ込められていた夏のあいだ、彼は一度も訪ねてこなかった。自分が産ませた娘の顔を見にくることとさえしなかった。それから一年かそこら経った頃、ジェリーはピッツフィールドの大きな教会で結婚式を挙げ、今では妻とのあいだに生まれた五人の子供の父親だ。バーバラの養育費は、信託財産として弁護士に委託されているようで、エヴリンが毎月受けとる小切手には、その弁護士がサインしている」

「十三年間、エヴリンはあの家に住んで月々百ドルの養育費をもらうために、口を閉ざしてきたんですか？」

「そういうことだ。母親も継父もしゃべらなかった。当時エヴリンは未成年だったから、おそらく親も金を受けとって書類にサインしたんだろう。フィンチ老人は、いまだに支払いを受けているのかもしれない。ジム・フィンチが事実を知っていることは明らかだ。彼は〈ジェレミア・K・バトソン・カンパニー〉に職を得て、歳のわりに高い地位に就かせてもらっているというだけで、口を閉ざしているにちがいない」

ウィルクスは椅子の背にもたれて、署長のデスクの上の壁に貼られているおびただしい数のヌード写真を眺めた。「とんでもない話ですね、フレッド」彼は言った。「ひとつわからないのは、それが今度の殺人とどう繋がっているのかということです。ジェリー・バトソンが卑劣な男だということは立証できるが、この話に登場する人間の中に、バーバラを傷つける動機を持つ者は——現実的な動機であろうと、的外れな動機であろうと——ひとりもいませんよ」

フェローズも同意せざるを得なかった。「もちろん、あの家と毎月百ドルの養育費を総計すると、かなりの額になる。バーバラがいなくなれば百ドルの支払いはなくなり、エヴリンを追い出せば家を売れる。ああ、エヴリンがあの家に住めなくなるのも、おそらく時間の問題だろう。しかし、それだけのために殺人を犯す価値はない。バトソン家のような資産家ならばなおさらだ。それでも、ジェリー・バトソンが先週の土曜日に何をしていたか、調べてみるべきだと思うね」

ウィルクスは言った。「もちろんです。しゃべってやると脅されて、殺してしまったという可能性もある。その目的のために人を雇ったとも考えられますよ」

「ああ、そういうこともあるだろう。しかし、殺すなら罪のない子供ではなく、エヴリンを殺すはずだ。バーバラが何をしたというんだ？」

「バーバラの存在そのものが脅威だったとも考えられる。財産のいくらかを相続する権利があったのかもしれませんよ」

「ただの推論にしか聞こえないが、なんとも言えないね。とりあえずは、ひとつの見方だと言っておくしかないだろう。もっと掘り下げてみる必要がある」

ウィルクスは煙草をかじりとった。「このことをすべてマスコミに話すんですか？」

フェローズは首を振った。「警察の捜査で何も出てこないものだから、このあたりに記者はもうたいしていない。この話を発表すれば連中は戻ってくるだろうね。しかし、それだけだ。バーバラにとっても、エヴリンにとっても、他の誰にとっても、なんの助けにもならない。眠っている犬どもは、このまま寝かせておこう」

「賛成ですね。それで、どうします？　ジェリー・バトソンとの対決は、あなたが？　それとも、ぼくが行きますか？」

「きみに任せる。問題はアリバイだ、シド。しっかりとしたアリバイがあるかどうか調べてくれ。土曜日の朝以降のアリバイだけじゃだめだ。金曜の夜の十一時半以降、やつが何をしていたか聞きだすんだ」

「金曜の夜?」ウィルクスは皮肉な笑みを浮かべた。「バーバラは金曜の夜に殺害されたと考えているなんて、言いだすつもりじゃないでしょうね?」

「家から死体を運びだすのは夜のほうが簡単だ。そう思わないか?」

「思いますよ。しかし、叫びまくる女の子の頭を斧《おの》で強打するとなると、夜のほうがずっと難しい。隣の部屋で母親が眠っていたんですからね」

「金曜の夜だ、シド。その可能性が少しでもあるなら、調べておきたい。アリバイはすべて裏づけをとってほしい。新たな何かがわかった時に、あと戻りをしなくてすむようにね」

「わかりましたよ、フレッド。あなたと口論する気はありません。フィンチ青年はどうします? 彼のアリバイも調べてみましょうか?」

「ああ、向こうにいるあいだに、ジム・フィンチの口から何を聞きだせるかやってみてくれ。そのあいだに、あの青年についてできるだけルイスに探らせる。生い立ち、女性関係、前科があるかどうか、そうしたことをすべて探りだしてやる。バーバラの知り合いの中で、ただの顔見知りという以上の男はやつだけだ。だから、徹底的に調べたい。そして、エドに丸一日かけて——いや、二日かかるかもしれないが——向こうで、近所と仕事仲間の可能なかぎり全員に話を聞いてこさせよう」

「それで、あなたは?」

「わたしが何をするかって？　ここに坐って、苛々しながら報告を待つ。そして、報告が入ったら、そこに重要な手掛かりが含まれていないか検討する」

第二十四章

土曜日、バーバラ・マークルの目撃情報が三件入った。二件はこの数日内に州外で見たというものだった。署長は調べてみるよう、その地域の警察に要請したものの、深刻には受けとめていなかった。もちろんまだ立証されてはいないが、バーバラは死んでいると考えられている。

しかし、もう一件の情報は、もう少し有力に思えた。警察本部にやってきたトーマス・ランドラムという男が差しだしたその情報は、バーバラが〈センター・カフェテリア〉で灰色の髪の男と食事をしていたという話に関わりのあるものだった。

ランドラムは、まず通報が遅れた言い訳をした。〈ケイナーズ百貨店〉で仕入れ係《バイヤー》をしているため、出張で町にいなかったというのだ。「〈ケイナーズ百貨店〉？」フェローズは署長室にとおしたランドラムに椅子をすすめながら、そう言った。「バーバラ・マークルを知っているんですね？」

「いや、知りませんよ。なぜ、わたしがバーバラ・マークルを知ってるなんて思うんです？　わたしはバーナード通り三四番地に住んでいるんです。ケンパー通りからは、ずいぶん離れています」

「しかし、バーバラの母親は〈ケイナーズ百貨店〉で働いている。彼女からバーバラを紹介された可能性があるのではないかと思ったんです」

ランドラムは笑みを浮かべた。「その人とは面識がありません。わたしが店内で働くことはありませんからね」

フェローズは失望を隠して言った。「しかし、カフェテリアでバーバラを見たんでしょう？」

「はい。しかし、それがマークル家の娘さんだとは知りませんでした」ランドラムは説明を始めた。「店が空きはじめた頃で、そのふたり連れは、わたしの席からふたつ離れたテーブルに坐っていました。目を引かれたんです」彼は言った。「女の子がものすごく魅力的だったものでね。ただかわいらしいだけでなく、魅力的だったんです。それに、ちょうど視界に入る位置に坐っていましたからね」

「ランドラムさん、その女の子がどんなふうだったか話していただけますか？」

「金髪で、背は高くもなく低くもなくというところ。ブラウスの上にジャケットを着ていて、かなり黒っぽいスカートをはいていました。ほとんど黒と言ってもいいが、赤い色が混じっていたんです。ジャケットはよくあるシンプルな紺色の安物でしたが、スカートは素材も上等で格好もよかった。だから、ちぐはぐに見えました。その感じが、おわかりいただけるといいんですがね」

フェローズは、わかったと思うと答えてメモをとった。「彼女について他に何かおぼえていませんか？　中背で金髪の女の子は、十三歳に絞っても百万人くらいいるでしょうからね」

ランドラムは、その女の子を他にどう表現したらいいかわからないと言った。頭に浮かぶのは漠然とした印象だけで、細かいことは把握していなかったのだ。

フェローズは振り向いて抽斗《ひきだし》をかきまわし、プロムの写真が入った封筒を引っ張りだした。

「ランドラムさん、これを見てください。ここに写真が何枚か入っています。カフェテリアにいた女の子が写っているかどうか、さがしてみてください」

ランドラムは封筒から写真を取りだし、考え深げに一枚ずつ丁寧に見ていった。「この中に、マークル家の娘さんが写っているんですか？」

「ランドラムさん、それをあなたに教えてほしいんです」

ランドラムは眉をひそめてさらに写真を見つめ、その中の一枚を署長の前に掲げて指さした。

「自信はないが――」彼は言った。「この子だと思います」

フェローズは礼を言って、彼の手から写真を受けとった。

「その子なんですか？」

「あなたはたしかにバーバラを指さした。しかし、自信があるようには見えませんね」

「一週間も前のことですよ、署長。なんと言ってもね」

「そのとおり。もっと早く来ていただきたかった」

「買いつけで町を出ていたんですから、仕方ないでしょう。余所《よそ》では、このニュースは詳しく報じられていません。大筋を追うのがやっとでした」

「男の特徴は？」

「痩せた年配の男でした。白髪まじりの髪は縮れていて、眼鏡をかけていました。専門職に就いている人間ではなく、実業家という感じでしたね。おわかりいただけますか?」

フェローズは片方の眉を吊りあげてみせた。「遠くから、そこまで見抜けるものですかね?」

ランドラムはうなずいた。「顔と態度にその人物のすべてがあらわれるというのが、わたしの持論です。見る目さえ持っていれば、すべてわかります」

「それで、その男は……ええと、弁護士や医者ではなく実業家だと、あなたはおっしゃるんですね?」

「そうです。かなり裕福な実業家に見えました。淡い灰色のスーツに赤いネクタイを締めていて、その態度からは成功者らしい安定感というか、余裕のようなものが感じられました。裕福だということは、服装からだけでなく、物腰からもわかりました」

「ふたりはどんな関係に見えましたか?」

「わたしの持論が気に入っていただけたようですね。ええ、あのふたりは、どこかに行く途中、昼食をとりに寄った叔父と姪というふうに見えました。とても仲がよさそうで、どちらも楽しそうでしたからね。父親と娘では、あんな感じにはなりませんよ」

フェローズはメモをとり、むっつりと言った。「あなたの持論とやらに基づいて、職業だけでなく名前もわかったらよかったんですがね」署長は立ちあがった。「いずれにしても、お越しいただいて感謝しています。いくらかは助けになるかもしれません」

フェローズは、満足顔で帰っていくランドラムを見送った。そして、戻ってくるとT・C・アンガーに言った。「よし、T・C、『バーナード通り三四番地のトーマス・ランドラムについて調べること』と記録簿に書いておけ。先週の土曜日に、ランドラムが何をしていたか知りたい」

「カフェテリアで、その娘を目撃したという理由で？」

「〈ケイナーズ百貨店〉で働いているという理由でだ。バーバラを知っていた可能性がある」

アンガーは肩をすくめて住所を書きとめた。

フェローズはそれを見ながら言った。「誰であろうと、バーバラを知っていた可能性のある者がいたら、全員、どんなに見込みが薄くても——」

不意に無線機がパチパチと音をたて、ランバートの声が聞こえてきた。「二号車より本部へ。こちら二号車です。たった今、例のブルーのステーションワゴンを見つけました」

フェローズは驚くべき速さで無線機の前に移動し、マイクをつかんだ。「二号車、現在地は？」

サイレンの音をバックに、答えが返ってきた。「ステーションワゴンを追って、プレンティスを西に向かって走行中です」

「ワゴンはどこだ？　ツートンブルーなのか？」

「ツートンです。交差点を折れて、メドウ通りを北に向かっています」

「フォードのステーションワゴンなんだな？」

「わかりません。まだ距離がありすぎます」

「つかまえろ。一号車、どこにいる？」

一瞬の間を置いただけで、すぐにハリー・ウィルソンが応答した。「ロングフェロー道路を北に向かって走っています。もうすぐイースト通りです」

「ワゴンを追え、ハリー。メドウ通りに出て、行く手をふさぐんだ」

「了解。バンガロー道路の交差点に向かいます」

「いや、プレインファームス道路のほうが近い。急げ」

ウィルソンはサイレンを鳴らして「了解」というと、無線を切った。

フェローズは煙草を取りだし、大きな塊《かたまり》を荒っぽいやり方でかじりとった。それを見ていたアンガーが言った。「運転手が灰色の髪の男だといいですね」

「ああ」署長は答えた。「しかし、期待するな」フェローズはしばらく苛立たしげに煙草を噛んでいたが、ふたたびマイクを取りあげて言った。「二号車、様子はどうだ?」

ランバートが応答した。「メドウ通りを走っているんですが、ワゴンは見えません」

「飛ばせ。距離をちぢめるんだ」

沈黙が訪れ、署長は行ったり来たりを始めた。連絡をとりつづけていたかったが、時速九十キロでワゴンを追っている部下たちの負担になってはいけない。彼はデスクのうしろの壁に掛かったストックフォードの地図の前に戻り、うなり声で言った。「ウィルソンは、バンガロー道路を行かせるべきだったかもしれない」

ランバートからまた無線が入った。「いました。すぐ前のカーブに差しかかったところです。もうすぐ追いつきます」

フェローズは「よし」と言って、満足げにマイクを置いた。

三十秒ほど待った頃、またランバートの声が聞こえた。「見失いました。引き返します。スリートウッド道路に出たにちがいありません」

フェローズは悪態をつき、マイクをつかんで言った。「ウィルソン、聞いたか？　ワゴンはクレストウッド地区だ」署長は地図上に指を這わせてルートをたどった。「きみはどこを走っている？」

すぐにウィルソンの甲高い声が返ってきた。「プレインファームス道路をメドウに向かって走行中です」

「ノースメインに戻って、スリートウッド道路とハートフォード道路を見張ってくれ。ワゴンを挟み撃ちにするんだ。ランバート、どこにいる？」

「スリートウッド道路を走行中です。ワゴンは見えません」

「スリートウッドに曲がったというのはたしかなのか？」

「たしかです。そうでなかったら、メドウ通りで、つかまえていたはずです。ハートフォードに折れた可能性はありません」

「わかった。追跡をつづけてくれ。脇道や車寄せにも注意しろ」

ウィルソンが言った。「ノースメインに出ました。間もなくハートフォードです。曲がってみますか」

フェローズは地図に目を向けたまま言った。「そうしてくれ。曲がったところで待て。ワゴンはメドウからスリートウッドに入ったようだ。ノースメインまでは来ていない。そのあたりのどこかにいる。出口をふさぐんだ。ハートフォードからメドウに戻らせるんじゃないぞ」

「戻れませんよ」ウィルソンが答えた。「下水道工事をしていて、道路は通行止めになっています」

フェローズはマイクを置き、ステーションワゴンが消えたという、上位中流階級《アッパーミドルクラス》が住むそのあたりの地区を地図で調べた。

「おそらく、このあたりに住んでいるんだろう」彼は言った。「今頃はガレージに入っているかもしれない。くそっ、突きとめるには時間がかかりそうだな」

ランバートの声が聞こえてきた。「署長、速度を落としてスリートウッド道路を走行中です。影も形も見えません」

「誰かいたら訊いてみろ」フェローズは言った。

「わかりました」

不意にウィルソンが言った。「来ました」それきり無線は切れた。

フェローズはボタンを押した。「ランバート、ノースメインとハートフォードの交差点へいそげ」

「向かっています」

そのあと長い沈黙がつづいた。署長はアンガーに言った。「記録簿に記入したか、T・C?」

「記録しました。時刻は三時五分過ぎ」

フェローズはデスクのうしろから出て、勢いよく煙草を嚙みながら、メインルームを歩きまわりだした。「なぜ、ウィルソンは報告を入れないんだ？」署長はうなった。

「呼びだしてみましょうか？」

「いや、いい。わたしが呼びだす」フェローズは、デスクのうしろの無線機を備えたテーブルに戻った。「おい、ウィルソン。どうなっている？」

署長は何秒か待ち、また呼びかけた。「フェローズよりウィルソンへ。フェローズよりウィルソンへ」

アンガーが立ちあがり、鉛筆を削ってまたデスクに戻った。フェローズはそれを目で追いながら、またマイクを取りあげた。「フェローズよりランバートへ。今、どこにいる？」

ランバートが答えた。「ノースメインを走っています。もうすぐハートフォードとの交差点に着きます」

「ウィルソンはどうしたんだ？」

ランバートからの答えは返ってこなかった。署長は無線機をにらみつけた。「くそっ、なんとか言ったらどうなんだ」

さらに数秒の沈黙がつづき、そのあと無線機がパチパチと鳴りだした。ランバートが言った。

「ウィルソンがワゴンをつかまえました。今、運転手と話しています」

「どんな車だ？」

「例の車にまちがいありませんよ、署長。フォードです」

「運転手は?」

すぐに答えが返ってきた。「中年の男で、髪は灰色。トップコートを着ています」

それで充分だった。「そいつをつかまえておけ」署長は言った。「すぐに行く」

第二十五章

フェローズが自分のグレーの汚れたクーペで現場に到着すると、警察の黒いステーションワゴンが二台、ブルーのツートンカラーのステーションワゴンを挟むようにして路肩に駐まっていた。その脇の草地に、制服姿の警官ふたりともうひとりの男が立っている。クレストウッドの住宅地から数百メートル離れていることもあり、あたりには三台のステーションワゴンと三人の男たち以外、車も人も見あたらなかった。

フェローズがパトカーのうしろに車を駐めて通りに降りたつと、トップコートを着た長身の灰色の髪の男が、怒りと当惑が入り混じった表情を浮かべて大股に近づいてきた。「どういうことです?」署長のそばまで来るとすぐに、男は言った。「あなたの部下は何も話してくれない」

ランバートとウィルソンもやってきた。そして、ウィルソンが言った。「署長、これが免許証です」

フェローズはうなずき、小さなケースからそれを取りだした。男が言った。「制限速度を少し超えていたことは認めます。このふたりにも、そう言ったんです。それ以上、このわたしに何を望んでいるんです? ここを走っていた時は五十キロも出していなかったし、メドウ通りでも六十五キロ以上は出していなかった」

　フェローズは男の名前を読んだ。「セオドア・ジャロルド？　まちがいありませんね？」

「ええ、それがわたしの名前です。それに、車もわたしのものです。盗んだりはしていない。あなたの部下が車両登録書を持っています。このふたりに、いっしょにうちに来たらどうかと話したんです。知りたいことがあるなら、家内に訊いてたしかめたらいい」

　ウィルソンが無言のまま、太い指で免許証の住所を示した。ローズツリー小径《こみち》。マークル家から一キロ半も離れていない。いや、おそらくもっと近いはずだ。フェローズがうなずくのを見て、ジャロルドが言った。「いったいどういうことなんです？」警官たちが質問を無視したまま、免許証にふつう以上の興味を抱いている様子を見たせいで、ジャロルドは不安になりだしたようだ。これはもう、スピード違反の取り締まりではあり得ない。「なんなんです？」彼は言った。「わたしが何をしたっていうんです？」

　フェローズは彼を見あげた。「あなたの住所ですね？　ローズツリー小径にお住まいなんですね？」

「ええ、もちろんそうです」

「一週間前の今日、どこにいたか話していただけますか？」

「一週間前の今日？　先週の土曜日？　いったいなぜ、そんなことが知りたいんですか？」

「とにかく、どこにいたか答えてください」

「土曜日……おぼえていませんね。わたしが日記をつけているとでも、思っているんですか？」

「何もおぼえていない？」

「おぼえていません」ジャロルドは苛立たしげに答えた。

「奥さんはお宅に？」

「たぶんね。ちょっと待ってください、なぜ家内のことなんか訊くんです？」

署長は肩をすくめた。「先週の土曜日にあなたが何をしていたか、奥さんならおぼえているんじゃないかと思いましてね」

「困りますよ。家内を煩《わずら》わせるのはやめてください。どんな疑いをかけられているのかは知らないが、人ちがいですよ。わたしは名誉ある市民です。逮捕歴もありません。悪事に手を染めたことなど一度もありません」

フェローズはため息をついた。「ジャロルドさん、きっとそうなんでしょう。われわれは、何かの罪であなたを逮捕しようとしているわけではありません。先週の土曜日にあなたが何をしていたか知りたいだけです。それがわかれば、警察がさがしている男はあなたではないことが立証できる」

「しかし、くそっ、何をしていたか思い出せないんです」

「もっとよく考えてください。今のあなたは、緊張のせいで頭が真っ白になっているにちがいない。奥さんを煩わせたくないというなら、お宅にうかがうのはやめましょう。少し時間を差しあげますから、考えてみてください。われわれは先週の土曜日にあなたが何をしていたか、ぜひとも知りたい。だいじなのは、それだけです。あなたが思い出せないようなら、それをおぼえている誰かをさがさなくてはならない。ジャロルドさん、それだけのことです」

ジャロルドは、片手で額《ひたい》を撫《な》でた。「くそっ、頭さえ働いてくれたらな。先週の土曜日」その顔には深刻な表情が浮かんでいた。「何も思い出せません。記憶がすっかり消えている」

「記憶は戻るかもしれない。あなたは結婚している。それで、お子さんは？」

「三人います」

「歳は？　男の子？　それとも女の子ですか？」

「十七歳の息子と、十六歳と十一歳の女の子です」

「ジャロルドさん、あなたの職業は？」

「販売の仕事をしています。医療用品を売っているんです」

「今日は何をしていたんですか？」

「ノーウォークで、何件か病院をまわっていました」

「車をとめられたときは、どこに向かっていたんですか？」

「家にきまってるでしょう」

「ノーウォークからの帰りは、いつもこの道を？」

ジャロルドはためらった。これが最短のルートでないことは、誤魔化しようのない事実だ。

「ガソリンを入れる必要があったんです」ようやく彼は言った。「〈スタイルス・アンド・ノリス〉を贔屓にしてるんですよ。あそこからは、いつもこの道をとおって帰るんです」

「クレストウッドを横切って？」

「いつもはメドウ通りからハートフォードに折れるんですが、今日は道の入口のところで工事をしているようだったから、スリートウッド道路に入ったんです。でも、そのまままっすぐには進まなかった。角を曲がってザチェリに出たんです。あの通りに、いつも買ってもらってる医者の家があるんでね。前まで行って先生の車が駐まっていたら、ちょっと寄ってみようかと思ったんです。でも、結局は寄らなかった。ほら、何も隠していないでしょう」

「土曜日にも販売の仕事をするんですね」

「日曜以外は、仕事に出ることになりがちです」

「先週の土曜日も仕事をしていたのですか？」

「終日ではないが、たぶん何時間かは。問題はそこなんですよ。どの日も同じ。何時間かゴルフをしたり、映画を見たりして、午後は家の用事を片づけたりする。先週の土曜日もそんなふうだったと思うんだが、はっきりとはおぼえていません」

「訪問の記録はつけているんでしょう？　それを見れば、思い出せるかもしれない」

「記録なら車の中にあります」それを取りにいくジャロルドに、ランバートがついていった。

ページをめくりながら戻ってきたジャロルドの顔は、真っ青になっていた。「ええと――」

彼は唇《な》を舐めた。「マクギニス氏に会いに病院に行ったようです。約束をしていたんです。病院で必要なものについて検討したいということでね」

「その人は土曜日に病院に出ているんですか？」

「いつもは出ていませんが、予定が詰まっていたようです。それで、あの日に病院で会うことにしたんです」

「時間は？」

「午前十時頃でした」

「病院にはどのくらいいましたか？」

「長くいました。かなりね」

「昼食の時間を過ぎてもまだ？」

「いや、そこまではかからなかったが、病院を出たときには正午頃になっていました」

「それから？」

「ああ、勘弁してくださいよ。ここには、その一件しか書いていない」

「その訪問のあと、何をしたかおぼえていないんですか？　どこかで昼食をとったんじゃないですか？　午後は映画を見たとか、自宅に戻って家の用事をしたとか？」

「わかりません。ほんとうにおぼえていないんです。たぶん、家の用事を片づけたりしていたんでしょう」

「昼食は誰と？」

「ひとりだったはずです」

「カフェテリアで昼食をとった可能性は？　それとも家に帰って食べた？」

ジャロルドは汗をかきはじめていた。「わかりません」彼は言った。「言ってるでしょう。ほんとうにおぼえていないんです」

フェローズは言った。「ジャロルドさん、あなたを信じたいが、そんな答えでは納得できません。奥さんに話を聞きにいきましょう」

ジャロルドは弱腰になって言った。「ほんとうにそれが必要なんですか?」

「申し訳ないが、必要です」

「しかし、何が知りたいのか、わたしが何をしたと思っているのか、話してもらえたら……」

「ジャロルドさん、われわれはあなたが何かをしたと思っているわけではありません。ただ、はっきりさせたいんです。さて、わたしが先頭を走るので、あなたはそのあとについてきてください。ランバート、きみはジャロルドさんの車のうしろを走ってくれ。ウィルソン、きみはパトロールに戻っていい」

ジャロルドは署長の言葉に力なく身振りで応え、「なんだか知らないが、こんなことに家内を巻き込みたくない」としきりに訴えたが、結局は諦めて自分の車に乗り込んだ。フェローズはクーペの運転席に着くとUターンして先頭を走りだし、ランバートがうしろを固めるべく二台につづいて車を出した。

一行はノースメインを抜けて、バンガロー道路に出た。そして、左に折れてローズツリー小径に入ると、フェローズはスピードを落として郵便受けを見ながら走った。ナイトシェード小径をとおりすぎても、ジャロルドの名前が記された郵便受けはなかなか見つからなかった。ようやくそれを見つけたときには、ケンパー通りにぶつかる手前まで来ていた。ジャロルド一家は、バーバラの家のすぐ近くに住んでいたのだ。警察が徹底的に調べた半径八百メートルからは外れていたが、ほんの少し外れていただけだ。

その家は位置同様、バンガロー道路に建ちならぶ洒落《しゃれ》た家と、ケンパー通りで見かける粗末な家の中間といった感じだった。そこは町からさほど遠くない場所にある中流階級《ミドルクラス》が住む地域で、ランドラム氏の持論を用いて、ジャロルドの顔と態度から予測できるような地域ではなかった。

ジャロルドは玄関の鍵を開けて、ふたりの警官を家にあげると、大声で妻を呼んだ。「ヘレン！」

それに応える声が聞こえてくると、ジャロルドは妻に出てくるよう頼み、サイドボードの前に進んで自分用に酒を注いだ。あらわれたヘレンは、背の低いずんぐりとした女性で、長身の痩せたセールスマンと驚くほど対照的だった。ジャロルドは驚いて目をしばたたいている妻に、「この警官たちは、先週の土曜日にわたしが何をしていたか知りたがっているんだ」と説明した。そして、フェローズが「ご主人は何もおぼえていないようなんです」とつけたした。

ヘレンは夫に目を向け、それからフェローズに視線を移した。「この人は何をしたんですか？」

ジャロルドは、グラスの酒をクイッとあおって言った。「知るもんか。うちに向かって車を走らせていたら、ハートフォードとノースメインの角にパトカーが駐まってるのが見えたんだ。それで、警官に車をとめられた。車を脇に寄せるように言われて、免許証を見せていたら、もう一台パトカーがやってきた。そして、十五分後に署長があらわれた。これじゃ、わたしが殺人か何か犯したと思われても仕方がない。サイレンを鳴らしたのになぜとまらなかったのかと、警官に言われた。サイレンは聞こえていたが、まさか自分が追われているとは思わなかったんだ。ふつうに車を走らせていただけだからね。それで、先週の土曜日に何をしていたのかと訊かれて、こんな騒ぎになってしまった。いったいなぜ警察に目をつけられたか、さっぱりわからない」

ヘレンが、はっと驚きの表情を見せた。「まあ、たいへん。もちろん車よ」

「車？　わたしの車の何がいけないんだ？」

「ツートンブルーのフォードよ。警察がツートンブルーのフォードをさがしてるって、あなた知らないの？」

「さがしている理由は？」

「お願い、やめて」彼女は半狂乱になっていた。「新聞を読んでないの？　マークル家の娘さんが姿を消した日、家の前に駐まってた車がツートンブルーのフォードだったのよ。先週の土曜日だわ！　先週の土曜日に何が起きたか、あなた知らないの？」

ジャロルドの口がぽかんと開いた。「つまり、この人たちはわたしが……。ちょっと待ってください！」

少し離れた場所に黙って立っていたフェローズは、ソファの肘掛《ひじか》けにそっと帽子を置いた。「ジャロルドさん、われわれはツートンブルーのフォード・ステーションワゴンを、すべて調べているんです。捜査の決まりの手順というやつで、特に意味はありません」

「しかし、これは……あまりにバカげている！　わたしは、その娘さんの顔さえ知らない。会ったこともない！」

「きっとそのとおりなんでしょう。しかし、新聞でフォードのワゴンのことを知った時に、そういう車を持っていると、なぜ警察に知らせてくださらなかったんですか？」

「たいして注意を払っていませんでした。ああ、冗談じゃない。もし、わたしがその娘さんの失踪に関わっていたとしたら、あの車で走りまわると思いますか？」

「そんなことはしないでしょうね」署長は同意した。「しかし、わたしがどう思うかなど、問題ではありません。われわれが突きとめるべきは真実です」

ジャロルドは何度か額を叩いた。「先週の土曜日。土曜日。ヘレン、先週の土曜日にわたしは何をしていた？」

ヘレンが答えた。「マクギニスさんに会いにいったんじゃなかった？」

「ああ。午前中にマクギニス氏に会いにいった。それで、家に戻って昼食をとったんじゃなかったかな？」

ヘレンは同意した。「そうよ、十二時頃に帰ってきた。それで、午後はボウリングに行ったんだわ」

「ああ、そうだ」彼は言った。「そのとおりだ。やっとわかった。今、思い出しましたよ。ボウリングに行ったんです」その顔は輝いていたが、ほっとしているようには見えなかった。

「どこのボウリング場ですか？」

「〈エンバシー・レーンズ〉です」

「誰とゲームを?」

「誰とも。ひとりで投げていました」

フェローズは訝《いぶか》しげに言った。「ひとりでただ投げていた?」

「もちろんです。もちろん、ひとりで投げていました。運動する必要があるんです。だから何ゲームか投げるんです」

「スコア表は捨ててしまったんでしょうね」

「スコアを気にするようなボウリングじゃありませんからね」

「知り合いにも会わなかった?」

「誰かにばったり会うなんてことはありませんでした。しかし、わたしはまちがいなくあそこにいたんです」

「マネージャーを知っていますか?」

「知っていますよ。あの日も見かけました。向こうがわたしの名前を知っているかどうかはわからないが、顔は何度も見ているはずです。あの人が証明してくれますよ」

「時間を教えてください」

「ヘレン、家を出たのは何時頃だった?昼食のあとすぐだったかな?」

「十二時半頃だと思うけど」

「そうだったな。その頃ですよ」

フェローズは尋ねた。「それで奥さん、ご主人は何時頃に戻られましたか?」

「五時。ええ、その頃だったと思います」

署長は皮肉っぽく言った。「何ゲームも投げつづけたにちがいない。四時間ですって?」

「いや、四時間もボウリングをしていたわけじゃありません。たしか二時頃まで投げて、そのあとちょっとダウンタウンをぶらつき、バーに入ってビールを一、二杯——」

「バーの名前は?」署長が素早く尋ねた。

「おぼえていません」

「しかし、場所くらいわかるでしょう?」

「行ってみればわかると思います」

フェローズは手帳を取りだし、すべてを書きとめた。「いいでしょう。それで、バーにはどのくらいいましたか?」

「さあ、一時間くらいだと思います」

「バーは混んでいましたか?」

「いいえ、客はそんなにいませんでした」

「それで、知り合いにはまったく会わなかった?」

ジャロルドは唾を呑んで答えた。「会いませんでした」

「ほとんど人気《ひとけ》のないバーに一時間もいたなら、バーテンダーがあなたをおぼえている可能性が充分ある。バーテンダーと話をしましたか?」

「いいえ、ボックス席に坐っていたんです」フェローズは、またも片方の眉を吊りあげた。「バーのボックス席に、一時間ずっとひとりで坐っていた?」

「新聞を買っていったんです。だから、それを読んでいました」

「なるほど」署長は考え深げに手帳の記載に目を走らせた。「だから、あなたの車がケンパー通りのマークル家付近に駐まっていたはずはないと、そうおっしゃるんですね?」

「マークル家の娘さんについては、顔さえ知らないと言ったはずです」

「わかっています。ただ、先週の土曜日——何時頃でもいい——あの通りに車を駐めなかったかと訊いているんです。ジャロルドさん、考えてみてください。病院からの帰り道に、手帳に書き込みをしたりするために、何分か路肩に車をとめたということはありませんか? 特別なことでもなんでもないから、ほとんど忘れているんじゃないですか?」

ジャロルドは罠にかからなかった。「いいえ。絶対にとめていません。それどころか、最近はケンパー通りなんてとおってもいない。最後にいつとおったか思い出せないくらいです」

フェローズはうなずいてメモをとった。「さて、ダウンタウンをぶらついたという話ですが、サンドイッチか何かつまみに、どこかのカフェテリアに入りはしませんでしたか?」

「いいえ、カフェテリアには入りませんでした」

フェローズはまたメモをとったが、ジャロルド夫人の顔に一瞬安堵の色がよぎったのを見逃さなかった。署長は目をあげた。「いいでしょう。こんなところで充分だと思います」彼はそう言って出口のほうを向きかけたが、途中で動きをとめた。「ああ、ジャロルドさん、ご迷惑にならないといいんですが、もちろん今うかがった話は、すべて裏づけをとる必要があります。ここにいるランバートといっしょにダウンタウンに行って、あなたが入ったというバーを教えてください。そして、実際にバーに入っていただいて、バーテンダーがあなたをおぼえているかどうか試してみましょう。バーテンダーがおぼえていてくれたら、ずいぶんと助かる」

「待ってください、わたしにはすることが――」

「わかっています。迷惑この上ない話です。しかしジャロルドさん、どうしても裏づけをとる必要があるんです。事件の捜査において、警察は確証のない話を受け入れるわけにはいかない。それは、ご理解いただけるはずです。裏づけをとることは、とても重要です」

ジャロルドは残りの酒を飲み干した。「いいでしょう。だったら、さっさと片づけてしまったほうがいい」

第二十六章

フェローズが戻ると、ウィルクス二級刑事が署長室に坐っていた。二級刑事はデスクの上の報告書から目をあげた。「こんなふうで、どうやって何かを見つけだせるのか不思議でたまらない」二級刑事はそう言いながら、けっして片づけられることがない、散らかった報告書の山を示した。「ここにある報告書に目をとおしてみましたが、この二メートル近くも積みあげられたゴミの山の中に、どれだけ未読の報告書が埋まっているか、神のみぞ知るというところですね」

フェローズはにやりとした。「いいか、シド。何もかも誰にでもわかるような場所に保管したら、何も秘密にできなくなってしまう。こうしておけば、わたしだけが必要なものを見つけられるというわけだ」

ウィルクスは言った。「減らず口を叩くのはやめてください、フレッド。自分でもここに何が埋もれているか、わからなくなってるんでしょう。ほら、さっきこれを見つけましたよ」ウィルクスは一枚の書類を掲げて言った。「一九五五年に弾薬を購入した際の請求書つきの領収書です」

「きみが潜り込ませたにちがいない」フェローズは言った。

「ぼくがそんなことをするわけないでしょう。これは書類の山の下にあったんです」ウィルクスがそれをわたすと、フェローズは見もしないでデスクの上に投げた。「やっぱりね」ウィルクスは言った。「あなたはここをゴミ箱代わりにしているにちがいないと、ひとりで賭けていたんだ」

「それは、わたしが過去の領収書よりも、現在の報告書をだいじにしている証拠だ」

「それと、ゴミ箱に投げ入れるよりも、七年間デスクの上に放置しておくほうが簡単だからじゃないんですか？」

フェローズはかぶりを振った。「きみにはフレッド・フェローズのデスクよりも、バーバラ・マークルの事件に興味を持ってほしいね」

「これぞ喜劇的息抜《コミックリリーフ》きってやつですよ、フレッド。ぼくは緊張状態の中で笑いが必要になると、ここに来てあなたのデスクを見るんです」

「ああ、わたしは笑いが必要になると、このデスクを目にしたときのきみの表情を見るんだ。つまり、おあいこだ。さて、わたしも報告書を読ませてもらってかまわないかね？」

「いくらでもどうぞ」ウィルクスは署長の椅子から立ちあがった。「しかし、重要なことは何も書かれていませんよ」

「何も書かれていない？」

「ここにあるのは、どれも近所の住人についての報告書です。そして、その全員に確固たるアリバイがある」

「確固たるとはどういう意味だ？　女房が亭主のアリバイを証明したとでもいうのか？」

「そんなところですね」

「きみは複数の人間が共謀して犯行に及んだという話を、聞いたことがないのか？」

「もちろんありますよ。しかし、亭主が他の女を殺すのに女房が手を貸したという話は、滅多に聞きませんね」

「それでも、そういうことは起こっている。この世は、おかしな人間たちでいっぱいだ」

「このあたりには、そこまでおかしな人間はいないと思いますがね。しかし、どうぞ自分で読んでみてください。ほとんどのアリバイは、子供や近所の住人や友人によって証明されています。そして、近所に住む男たちの中にバーバラに関心を持っていた者がいたと思わせるような報告は、まったくありません。ほとんどみんな、バーバラのことは知らなかったと言っている」

「バーバラの女友達の父親がいたはずだ。カレン氏はどうなんだ？」

「カレン氏は郵便配達人で、あの日は昼食時まで配達を――」

「どの地域だ？」

「工場地区です。たしかに郵便配達が来たら、バーバラはドアを開けるでしょうね。しかし、だからといってカレン氏と強姦殺人を結びつけるのは無理がある」

「訊いてみただけだ。ガソリンスタンド関係の報告書は、ここにあるのか？」

「ツートンブルーのフォード・ステーションワゴンに給油したというスタンドが、一店見つかっている。ワゴンの持ち主はジャニッキという男で、彼の住まいはベグリー通りです」

「またしても工場地区か。よし、調べる必要があるな」

ウィルクスは嚙み煙草を取りだした。「ところで、ぼくが何を見つけたかについては、聞きたくてたまらないというふうには見えませんね」

フェローズは肩をすくめて、回転椅子をくるりとまわした。「何かを見つけたなら、話したくてうずうずしているはずだ。そんなふうには見えなかったものでね。それで、何を見つけたんだ?」

ウィルクスは別の椅子を引き寄せると、煙草を嚙みちぎって箱をしまった。「まず、ジェリー・バトソンに電話をかけて、面会を申し込みました。こっちが何の話をするつもりか知らないものだから、彼は自宅で会いたがりました。それは、いくらなんでもまずい。だから工場で会うことにしたんです。しかし、中には入りませんでした。ぼくの車の中で話したんです」

フェローズはうなずいた。「すばらしい。いい場所を選んだな」

「ええ、ずいぶんしゃべらせることができたという点では、たしかにいい場所を選んだと思います。ただ、その話をどこまで信じていいのかは、わかりませんがね。とにかく、ぼくは時間を無駄にすることなく、われわれはバーバラの父親が誰だか知っていると言ってやったんです。初めは否定しようとしたんですが、すぐに諦めて〝ほら、わかるでしょう〟的な路線に切り替えてきました。若気の至りというやつだそうです。すべては、無知ゆえに起きたことだと言っていました。何も考えてなかったらしい。相手が妊娠するなんて、思ってもいなかったようです」

フェローズはため息をついた。「そうだろうとも」

「避妊はしたと言っています。少なくとも、人から教わったやり方でね。しかし、話を聞くかぎり、ほとんど迷信じみたものでしかありません」

「あの男がそこまで話したのか?」

ウィルクスはうなずいた。「男同士ですからね。実を言うと、フレッド、それに関してはバトソンの話を信じていいような気がしているんです。長年にわたって、そうしたことを胸に抑え込んできたんですからね。堰《せき》が切れて、うっかりしゃべってしまったという感じでした。バトソンは、エヴリンに結婚を仄《ほの》めかしたことは一度もないと言いきりました。ふたりの関係が真剣なものだと信じさせるようなことは、一切しなかったというんです。ふたりは楽しんでいただけだと、彼は言っています。それで、エヴリンから妊娠したと告げられた時のことを、詳しく訊いてみたんです。最初は嘘だと思ったらしい。エヴリンが何かを企んでいて、彼に無理やり何かをさせようとしているんだと思ったそうです。そんなことに関わりたくなかったし、彼女ともう関わりたくなくなったと言っています。それでもしつこくつきまとわれて、そのうちそれが嘘なのかほんとうなのかわからなくなってきた。気が狂いそうだったと言っていました。もしほんとうだったら、何もかもおしまいだと思ったらしい。何も手につかないまま毎日が過ぎていき、春休みが終わる直前には、エヴリンが言っていることは嘘ではないと確信するようになった。

それで、父親に打ち明けたんです。どうなるかはわからなかった。エヴリンと結婚させられるかもしれないし、相続権を剝奪されるかもしれないし、家から追いだされるかもしれない。とにかく、父親を死ぬほど恐れていたようです。案の定、父親はものすごく腹を立てたが、それは息子がメイドと過ちを犯したことよりも、息子のうかつさに対しての怒りだったような気がすると、ジェリー・バトソンは言っています。父親はジェリーに、二度とそんなことが起きないようにする方法を伝授した上で、あとのことはすべて任せるようにと言ったそうです。そのあとジェリーと父親から何が起きたか聞いた母親は、スキャンダルになりはしないかと、うろたえていたそうです。しかし、そんなことにはけっしてならないから心配するなと、父親は言いきった。スキャンダルにならないように手を打つと、請け合ったというんです。

翌日、ジェリーは荷造りをして親戚の家へと送られて、そのあとのことは何も知らないそうです。何も訊かず、どうなったのか知ろうともしなかった自分を、ずいぶん責めたらしい。しかし、怖かったんだと彼は言っています。それきり、エヴリンのことは耳にしなかったそうです。そして、彼自身もそれを望んでいたんだと認めています」

「なんとも立派な若造だ」フェローズは言った。

「典型的な金持ちのぼうやですよ。自分が何をするべきだったかを話すことで、ぼくの同情を買おうと必死でした。やりなおすことができるならこうするだろうとか、すべては自分が子供でひどく怯えていたせいだとか、そんなことを言ってね。しかし、この話が新聞に載らないよう伏せておいてはもらえないかと頼まれた瞬間、ぼくの同情心は吹っ飛んでしまった。これが公《おおやけ》になって得をする人間はいないと言いだしたんです。新聞に載ったからといってバーバラが見つかるわけでもないし、彼女が戻ってきた時につらい思いをするだけだ。母親の人生も台無しになってしまうだろうし、自分の妻や子供を傷つけることにもなると、延々と訴えていました。自分の評判にも自分の商売にも傷がつくと言うのは、なんとか抑えていましたがね。とにかくジェリー・バトソンは、すべては子供時代の無分別のせいで起きたことだと言いたいらしい。若気の至りというやつだとね。聞けば聞くほど、いやな気分になってしまいました」

　フェローズは言った。「あの男にとっては、若気の至りですむ。しかし、エヴリンは、一生それを引きずって生きなければならない」

「夜、ベッドの中で罪の意識に苛《さいな》まれて、つらい時を過ごしたこともあったそうです。子供に、自分の娘に、会いたいと切望したことさえあると言っています」

「つまり、自分の子供の性別くらいは知ろうとしたということか？」

「母親から聞きだしたようです。その時、娘に会わせてくれと頼んだそうですが、すべて人に任せておくのがいちばんだと、母親に言われたらしい。いくら頼んでも頑として聞き入れてもらえなかったというような言い方をしていましたが、簡単に引きさがったとしか思えませんね。それなりに騒いではみたが、なんの行動も起こさなかったということです」

「そして、その時におぼえたであろう心痛は、おそらく翌日には消えていた」

「そう、いずれにしても、エヴリンに会いにいこうとするほど長くはつづかなかった。自分は彼女のためを思って、過去を葬《ほうむ》ってやることにしたんだと言わんばかりの口ぶりでしたが、誰が過去を葬りたがっていたのかは明白です。あの人は、ケンパー通りの家のことも、月々百ドルの養育費のことも知らなかったようです。エヴリンがどんな暮らしをしているのか知らないまま、それを知ろうともしなかった。ストックフォードに住んでいることは聞いていたようです。ジム・フィンチが話したようだが、『フィンチくんは家のことも養育費のことも知らなかったはずだ』と、バトソンは言っています」

「そうなると、またフィンチ青年が気になってくるな。フィンチを雇ったことと、彼を職場主任に昇進させたことについて、バトソンはなんと言っているんだ?」

「フィンチを雇ったのも昇進させたのも、それだけの能力があったからだと言っています。フィンチが誰なのかはわかっていたから、仕事に応募してきたときに彼を優先したことは認めるが、取り引きのようなことは一切していないと力説していましたよ。フィンチの仕事ぶりは時時チェックしているようで、いろいろと力になってやっているらしい。エヴリンはどうしているかと尋ねたりもするが、フィンチからは——ほんのかすかでも——圧力などかけられたことはないと言っていました」

フェローズは椅子の背にもたれた。「どれもこれも興味深いが、バトソンを容疑者からはずす材料になるような話ばかりだ。今の話の中には、バーバラを傷つける動機は見あたらない。もちろん、意識的にそんなふうに話したという可能性もあるがね。それで、アリバイは?」

ウィルクスは手帳を取りだした。「アリバイは……。金曜日の夜、バトソンは妻を伴って、ホーラス・グレッグソン夫妻宅で開かれたパーティに出掛けている。住所なども控えてありますが、一時頃まで家には戻らなかったようです。翌朝十時に、メイドが夫婦のベッドに朝食を運んでいます。身支度をして家を出たのが十一時頃。車に乗って十一時半頃工場に着くと、遅れを取り戻すべく仕事に取りかかった。四時半まで働いて帰宅したようです。工場にいたことは、事務室の掃除の土曜日を受け持っているメアリー・ペテラ夫人が請け合ってくれるはずだと言っています。

その夜は、五時に夫婦でカクテルを飲み、六時半に夕食のテーブルに着いた。そして夕食後、着替えをして、また別のパーティに出掛けている」ウィルクスは手帳を閉じた。「もちろん、ペテラ夫人にはまだ確認していませんが、疑わしい点はないと言わざるを得ないような気がしますね」

「あの男は無実のようだ。少なくとも殺人においてはね。それで、フィンチは？」

ウィルクスは、ふたたび手帳を開いた。「アリバイは聞いてありますが、こちらもまだ裏づけはとれていません。金曜日の夜は、八時半から夜中の二時四十五分頃まで女の子と過ごしていたと、ジム・フィンチは言っています。しかし、その女の子に電話をかけてみたところ、たしかに彼に会ってはいたが、二時四十五分まではいっしょにいなかったという答えが返ってきました。二時ちょっと過ぎには、別れていたそうです。ふたりは〈ホーソーン・ハウス〉に踊りにいって、一時に店が閉まると終夜営業の食堂に入って軽食をとったらしい。その食堂の名前もわかっているから、彼らをおぼえている人間がいるかどうか、行って尋ねてみることもできます。

そして土曜日は十一時まで眠って、ひとりで食事をし、ダウンタウンに映画を見にいった。

どんな映画だったかは話すことができたが、彼が映画館にいたことを証明できる人間の名前は挙げることができませんでした。五時頃に帰宅して、そのあとは部屋でちょっと雑誌を読み、それから父親と夕食の支度をしたそうです。それから着替えをして、またデートに出掛けた。前日とはちがう女の子とね」

「父親の前でそう言ったのか？」

「いいえ。ふたりきりで話したんです。ジムが午後に出掛けた時間と夕食の支度の話については、あとで父親に確認しました。いずれにしても、土曜日の午後はストックフォードに行っていないと、本人は言っています。エヴリンは仕事に出ているし、バーバラはたいてい家にいないから、土曜日にストックフォードに行くことはないんだそうです」

「やつは、たいていの土曜日にバーバラが家にいないことを知っていたのか？」

「特に聞いていたわけではないようです。ただ、バーバラとの会話から、一日じゅう誰もいない家で過ごすような子供ではないという印象を受けたらしい。バーバラは土曜日になると、女友達と映画に行ったり遊びに出掛けたりしていたようだと、彼は言っています。つまり、バーバラは家にいるかもしれないが、おそらくいない。だから――そんなことは思ったこともないが――たとえバーバラとふたりきりで会いたかったとしても、ストックフォードまで行って時間を無駄にする気はなかったというんです」

「その話は、きみが持ちだしたのか？　それとも、やつが勝手にしゃべりだしたのか？」

「ぼくが尋ねたんです。なぜです？」

「ちょっと気になっただけだ、シド。訊かれもしないのにしゃべりだしたのだとしたら、妙だと思ってね」

「残念ながら、それはちがう」

フェローズは不機嫌そうに言った。「これといった容疑者が誰もいない。それがこの事件の問題だ。どれだけの確実性を求めるかにもよるが、アリバイが疑わしい人間ならいくらでもいる。しかし、これまでのところ、アリバイ工作をしてまでバーバラに会いに行く理由を持つ人間はひとりも浮かびあがっていない」

「そう、バーバラに危害をくわえる理由を持つ人間もね」

フェローズはうなずいた。「浮かびあがってくるのは、ジャロルドのような男ばかりだ。ああ、ツートンブルーのフォードの持ち主だ」署長はその出来事を、一級刑事に説明した。「それで、ジャロルドを調べている。おそらく彼はボウリングに行って、町をぶらついて、バーで新聞を読んでいたんだろう。しかし、何ひとつ確証はない。この事件では、そんなことばかりだ。われわれは自分たちが何を引きだそうとしているのか漠然とした考えもないまま、多くの人間を調べている」

ウィルクスは言った。「犯人はバーバラの友人か知り合いだというあなたの確信に基づいて、捜査を進めているんだとばかり思っていましたがね」

フェローズは疲れきった様子で、両手で顔をこすった。「そのとおりだ、シド。しかし、友人は友人を殺さない。もし友人が犯人ならば、その動機を示すなんらかの手掛かりが残されているはずだ。ことによると、これは戸口にあらわれた余所者《よそもの》が、かわいらしい娘がひとりで家にいるのを知って、やらかしてしまった事件かもしれない。そいつは、興奮して自分を抑えられなくなってしまったんだ」

「もしそうなら、その男は——」ウィルクスが言った。「死体を置いて、壁も床も血だらけのまま、裏手の森を抜けて逃げたでしょうね」

「わかった、わかったよ、シド。きみのおかげで、そのことを思い出した。われわれは調べる方向をまちがっていたのかもしれない。しかし、どの方向を調べればいいのか、まったく見当もつかない」

ドアを叩く音がして、ランバートが顔をのぞかせた。その表情は喜びに輝いていた。「何を見つけたと思いますか?」彼が訊いた。

第二十七章

フェローズもウィルクスも、ランバートのにやついた顔に訝《いぶか》しげな目を向けた。「きっと、容疑者でも見つけたんだろう」フェローズは言った。

ランバートはうなずいて署長室に入ってきた。「そのとおりですよ、署長。第一容疑者です」

「話の前に期待を煽《あお》るのはやめてくれ。さあ、聞かせてもらおうか」

「わかりました。署長の命令どおり、ジャロルドのやつを車に乗せてダウンタウンに行ってきました。それで、まず先週の土曜日にやつが行ったというバーをさがしたんです。ウォーレン通りにある〈ピート・アンド・ディック〉という小さな店の前で、やつは『ここだ』と言いました。だから、何をするか説明してやったんです。前回したようにビールを注文し、前回と同じボックス席に坐るようにとね。店は空いていて、ボックス席は全部空いていた。実際、バーにいたのは四人きりだったんです。

ぼくはジャロルドのあとから店に入って、やつが指示どおりに動いているか見える位置に陣取りました。そして、『あの男を見たことがあるか?』とバーテンダーに尋ねたんです。見おぼえがないという答えが返ってきました。念のために『先週の土曜日の午後、ひとりであのボックス席に坐って、一時間ほど新聞を読んでいた男がいたのをおぼえているか?』と訊いてみましたが、やはりおぼえていないと言われました。それで、怪しいと思ったんです。

そのあと、ジャロルドを連れて店を出たんですが、バーテンダーから何を聞いたかは話しませんでした。そして、せっかくダウンタウンにいるんだから、ボウリング場に寄ってマネージャーに会っていこうと言ってやったんです。ぼくたちは、そのとおりにしました。ジャロルドが『やあ』とかなんとか挨拶をすると、マネージャーが——ジャロルドの名前は知らないが顔は知っているようで——『このところお見かけしませんでしたね』と言うじゃないですか。ジャロルドは『そんなことはない。先週の土曜日の午後に来ていたのをおぼえていないのか？挨拶したじゃないか』と言ったんです。それに対するマネージャーの答えは、ジャロルドにとって痛烈な一撃となりました。『先週の土曜日ですか？　そんなはずはありませんよ。わたしは病気で休んでいましたからね』マネージャーは、そう言ったんです」ランバートは誇らしげに笑みを浮かべた。この話はフェローズをもうならせた。

「ほう、驚いたね」署長は言った。「なんとも興味深い話だ。それで、ジャロルドはなんと言ったんだ？」

「真っ青になってましたよ。それで、『ボウリング場での記憶がごっちゃになっている。先週の土曜日だと思っていたが、マネージャーと挨拶を交わしたのは、その前に来たときだったようだ』とか言いだしたんです。そのあとも、先週の土曜日は絶対にここにいたと言い張りつづけていました。そして、家まで送りとどけたぼくに、車代だと言って十ドルわたそうとしたんです」

フェローズは怒りもあらわに訊き返した。「あの男が何をしたって？」

「ほんとうなんです。車を降りるとき、やつは十ドル札を持っていたんです。大変な勘ちがいをしていたようだと、帰りの車中ひっきりなしにしゃべりつづけていました。先週の土曜日にマネージャーがボウリング場にいなかったことを、今思い出したとか言ってね。いかに人が勘ちがいをしやすいものか理解してほしいと、しきりに訴えるんです。そういうのを完全なる筋のとおった勘ちがいというんだそうです。それで車を降りるとき、何かをぼくに押しつけて、『時間を費やして、あちこちまわってもらってすまなかった』と言ったんです。ひと目見て十ドル札だとわかったので、押し返しました。それでも『面倒をかけたんだから、受けとってほしい』としつこく押しつけてきましたが、きっぱり突き返してやりました。『警官を買収する気か？』と迫ると、『そんなつもりはない。わたしがきみに何かを頼んだか？』と開きなおって、『わたしが金を払おうとしたのは、ただの車代であって、他に意図はない』と言うじゃありませんか。『警官は警察から給料をもらっているから、心付けは受けとらない。あなたはすでに充分厄介な問題を起こしているのに、この上ぼくに十ドルつかませようとしたら、もっと厄介なことになりますよ』と言ってやりました」

「すでにもっと厄介なことになっている」フェローズは、ぴしゃりと言って立ちあがった。「よし、ランバート。よくやってくれた。もう帰っていいぞ」

ランバートはにやりとした。「はい、署長。ところで、やつを引っぱってきて汗をかかせてやるつもりなら、ぼくも同席しましょうか？」

「いや、それはいい。きみの仕事は終わった」署長はランバートを部屋の外に送りだして、ドアを閉めた。「どう思う、シド?」

「ジャロルドには、アリバイづくりをする必要があったようだ」

「そのようだ。警察本部の人間全員が十ドル札を突き返すかどうかは疑問だが、ランバートを買収しようとしたのはまちがいだったな。ジャロルド氏は、望む以上に警察と深く関わることになるだろうね」

受付デスクのゴーマン巡査部長がドアを開けて、顔をのぞかせた。「署長に電話が入っています」

フェローズは受話器を取りあげ、無愛想な声で言った。「もしもし?」

電話の向こうから、まわりに聞こえるのを恐れているかのような、おどおどとした小さな声が聞こえてきた。「ジャロルドです。あなたに会いに、そちらにうかがってもいいでしょうか?　十五分ほどで着くと思います」

「ぜひ、お越しいただきたい」フェローズはそう言って、乱暴に受話器を置いた。

ジャロルドは十五分と言っていたが、十二分で警察本部にあらわれた。かなり動揺しているようで、その顔は真っ青になっていた。そんな彼を迎えたのは、けっして救いにはならないフェローズとウィルクスの冷たい視線だった。トップコートを脱いで、ジャロルドが尋ねた。

「どこで話しますか?」フェローズは彼を署長室に案内した。

「ええと……あの警官から……報告を受けたんでしょうね?」椅子に坐るなり、ジャロルドが訊いた。

フェローズはデスクにもたれていて、ウィルクスはジャロルドのうしろのテーブルに腰掛けて、脚をぶらぶらさせている。署長は言った。「ええ、ジャロルドさん。すっかり聞いています」

「ボウリング場のことも？」

「何もかも聞いています」

「あなたに対して正直でなかったということは、認めなくてはなりません」

「もうわかっています」

いかなる救いも得られない今、ジャロルドはひとりでもがきつづける以外なかった。「あんなことを言ったのは……ええと……家内がいたからです」

「何が言いたいんですか？」

「嘘なんかつきたくなかった。肝心なのはそこです。あの時、家内がいなかったら、ほんとうのことを話していました」

「なるほど。今ここに奥さんはいない」

「はい」ジャロルドは小さな声で言った。「実は、ええと……女がいるんです」

「バーバラ・マークルですか？」冷たい声で署長は訊いた。

ジャロルドは、さらに青ざめた。「ちがいますよ。絶対にちがう。その娘さんには会ったこともないと言ったでしょう。どこに住んでいたのかさえ知りません」

「しかし、事件当日、彼女の家の前にあなたの車が駐まっていた」

「わたしの車じゃありません。同じような別の車ですよ」

「ストックフォードじゅう調べたが、あなたの車に似た車は一台しか見つかりませんでした。その持ち主は、町の反対側にある工場で働いている。あの日、バーバラ・マークルの家の前に駐まっていたのがあなたの車ではなく、その人の車だと、われわれが信じると思いますか？」

「誰の車かなんて知りません。しかし、わたしの車でないことだけはたしかです。わたしの車であるはずがない。その車が目撃された時間、ぼくは自宅の前に車を駐めて、家で昼食をとっていたんですからね。家内がそう言ったでしょう」

「車が目撃された時間を知っているんですか？　この事件については、何も知らないものとばかり思っていましたがね」

「家に帰ってから、家内に訊いたんです。家内は、あの事件のニュースをよく読んでいたようです」

「それなのに、警察がさがしている車の特徴にあなたの車が当てはまるということに、気づかなかったと？」

「そんなことは思ってもみなかったと言っています。記事は読んでいたが、それをうちの車と結びつけはしなかった。それが事実です」

「とにかく、奥さんはあなたにそう言っている。それだけのことです」

「家内を巻き込まないでください。わたしも家内も、その娘さんのことは知らないんです。わかっていただけないんですか?」

「あなたの車に似た車がバーバラ・マークルの家の前で目撃されているとなれば、それは難しい」

「いいですか、わたしはその女のことを話そうとしているんです。お聞きになりたいんでしょう?」

「ジャロルドさん、あなたから聞きたいことは山ほどある。その中で、あなたが巻き込みたがっている女性の話を聞くことは、最も重要というわけではありません」

「しかし、彼女こそがわたしのアリバイなんです。わたしがバーバラ・マークルの失踪に関わっていないことを、これで証明できるはずです」

「その女性にも十ドル払うつもりですか? それとも、アリバイの口裏合わせを頼む彼女には、もっと払うつもりですか?」

「まさか……。ちょっと待ってください、そんなことをするはずがないでしょう。これはほんとうのことなんです」

「面白い気分転換になりそうだ」

ジャロルドの額《ひたい》に汗の玉が浮かびはじめていた。「勘弁してくださいよ、署長。あなたは、わたしに濡れ衣を着せようとしている」

フェローズはしかめっ面をして、ゆっくり三回呼吸した。「わたしがあなたのことをどう思っているかは、言わないでおきましょう」ようやく彼は言った。「まず、あなたはわたしの部下を買収しようとした。そして今度は、わたしの名誉を傷つけるような発言をした。そのあいだにも、口を開くたびに真っ赤な嘘をついている。この制服を着ていなかったら、あなたの頭を叩きわっていたでしょうね」

ジャロルドは後ずさった。「そんなつもりで言ったんじゃありません、署長。ほんとうです。あなたに真実を聞いていただきたかっただけなんです」

フェローズは、しゃがれ声で言った。「いいでしょう、ジャロルドさん。あなたの言う、真実とやらをうかがいましょう。しかし、率直に簡潔にきちんと話していただきたい！」

「ええ、女がいるんです。知り合って一年ほどになります。機会があると会うというふうで、たいていは土曜日の午後、家内にボウリングに行くと言って家を出るんです」

「ジャロルドさん、あなたは男というものの、いい見本だ。あなたは警察を欺《あざむ》き、奥さんと子供に嘘をつきとおしている。一度でも真実を語ったことがあるんですか？」

「今、真実を語ろうとしているんです。真実でもない話をしに、わたしがここに来ると思いますか？　女がいることを打ち明けたんですよ。わたしが嘘をついたのは、それを知られたくなかったからです。しかし、今夜うちに帰って、自分がまちがっていたと気づきました。それで、何もかも話すことに決めたんです」

「つづけてください。残りの話をうかがいましょう」

「残りの話？　これで全部です。あの日、わたしは昼食後に家を出てから帰宅する直前まで、彼女と過ごしていました」

「その女性の名前は？　彼女はどこに住んでいるんですか？」

「駅の近くのパーク通り沿いのアパートに住んでいます」

「まだ名前を聞いていない」

「ベティ・ウィルコックス。〈プレンティス・アンド・フット〉という法律事務所で働いています」

「今、部屋にいますか？」

「いるはずです。今日の午後も、いっしょに過ごしたんです」

「ノーウォークに行っていたんじゃないんですか？」

「あの状況で、ほんとうのことを言えると思いますか？」

フェローズは署長室のドアを開けた。「いいでしょう。その女性がなんと言うか、たしかめてみましょう。パーク通りでしたね？」

三人はジャロルドの道案内で短い距離を車で行き、三階建てのこぢんまりとした煉瓦づくりのアパートの前で車を降りた。高い位置にならぶ明かり取りの窓と、両開きの玄関ドア。そのドアを抜けると、ホールに郵便受けがならんでいた。ジャロルドはブザーを鳴らそうともせずに、いくつかのドアを抜け、急な長い階段をのぼって、ふたりの警官を二階へと導いた。奥の部屋の前まで来ると、彼はブザーを押した。フェローズとウィルクスは、その両脇に立って待った。

ドアが開いて、抜け目のなさそうな青い目をした、魅力的なブルネットの女性があらわれた。

彼女は一瞬のうちに、視線をジャロルドからフェローズへ、そしてフェローズからウィルクスへと移し、そのあとで言った。「なんのご用ですか?」

ジャロルドはまだ真っ青で、声はかすれていた。「ベティ」彼は言った。「面倒に巻き込まれてしまったんだ。警察が……いいか、聞いてくれ。先週の土曜の午後、わたしがどこにいたか、この人たちに話してくれ」

ベティは冷たい目で彼を見た。「ジャロルドさんですよね? あなた、何をおっしゃってるの?」

「ベティ。言っただろう。わたしが先週の土曜日の午後どこにいたか、警察が知りたがってるんだ。重要なことだ。この人たちに、わたしがどこにいたか言ってくれ」

彼女はまばたきをした。「いったいなぜ、わたしがそんなことを知ってるなんて、お思いになるの?」

ジャロルドは少しがっくりしたように見えた。しかし、気を取りなおして言った。「わからないのか? これは冗談なんかじゃない。ほんとうに重要なことなんだ。警察は、わたしがどこにいたかを知りたがっている。「言ったでしょう。先週の土曜日の午後のことだ。先週の土曜日の午後だ」

彼女の声が鋭くなった。「いったいなぜ、わたしがそんなことを知ってるなんて、お思いになるの?」

「いっしょにいたじゃないか」彼は必死になっていた。「隠す必要はないんだ。わたしたちのことは、もう話してあるんだからね」

ベティはフェローズに目を向けた。「この人、頭がおかしいんだわ。先週の土曜日の午後、わたしは部屋にいました。髪を洗ったり、アイロンがけをしたりしていたんです。この人が何を言ってるのか、さっぱりわかりません」

「嘘をつくな」彼は金切り声をあげた。「わたしは殺人事件に巻き込まれているんだ！　この首が救われるかどうかは、きみにかかっている。ほんとうのことを話してくれ！」

「悪いけど、先週の土曜日の午後、わたしは部屋にいました」

「わたしもいっしょだった！」

彼女は、声に怒りを滲《にじ》ませてフェローズに言った。「さっきも言いましたけど、この人、頭がおかしいんだわ。こんな人と出掛けたことはないし、この部屋に入れたことなんて絶対にありません！　この人、わたしをどういう女に仕立てるつもりなのかしら？」

ジャロルドが彼女のほうに飛びだした。「この汚らわしい尻軽女め！」

ウィルクスに引き戻されてもなお、彼は叫びながら手を振りまわしつづけた。

ベティが落ち着きを取り戻して言った。「アパートの人たちが出てくる前に、この人を連れて帰ってください。わめきたてる頭のおかしな男と警官が部屋の前にいるところなんて、見られたくありません」

依然としてもがいているジャロルドに、ウィルクスが言った。「手荒に扱われたいのか？」

その言葉がジャロルドを挫《くじ》けさせた。彼はウィルクスの腕の中でぐったりとなり、階段の手すりにもたれて、半分泣きながら言った。「この女は嘘をついている。嘘をついてるんだ」

フェローズは彼女に尋ねた。「ジャロルドさんと面識は？」

「一度、パーティで会ったことがあります。この人は奥さんを連れていたし、わたしは病院に勤めている研修医といっしょでした」彼女は、肩を震わせているジャロルドに哀れみの目を向けた。「お気の毒ね。この人、いったい何をしたんですか？」

「女の子を殺した罪に問われようとしているんだ」突然ジャロルドが怒鳴った。「きみのせいで、わたしは電気椅子行きになるんだぞ。簡単なことなのに、きみはわたしを助けようともしない」

彼女は、半分は警官に、そして半分はジャロルドに向かって言った。「できるものなら助けてあげたいわ。でも、この人には一度しか会ったことがないんです。どうしてわたしをおぼえていたのか、不思議なくらいです。それに、わたしがアリバイ工作に手を貸すなんて、どうして思ったのかしら？　ほんとうに、さっぱりわかりません」

フェローズは言った。「いいでしょう、ご協力に感謝します。さあ、こっちに来るんだ、ジャロルド。帰るぞ」

第二十八章

ジャロルドは、しばらく口もきけないほど呆然としていたが、車に戻るとつぶやくようにしゃべりだした。「なぜ、わたしにこんな仕打ちができるんだ？　なぜ、彼女はこんなことができるんだ？」

警察本部に戻る車中、ジャロルドの泣き言はとまらず、これまでどんなに彼女に尽くしてきたか、彼女のことをどんな女性だと思っていたかボソボソと話し、今回の裏切りを嘆きつづけた。そして、ウィルクスが町役場の建物の横手の庭に車を駐めると、突然言った。「そうだ、彼女といっしょにいたことを証明できる」

前の座席のフェローズが振り向き、たいして興味もなさそうに言った。「どうやって？」

「いいですか。わたしを部屋に入れたことなんて絶対にないと、彼女は言いましたよね？　だったら、寝室の窓の下ぎりぎりのところに、窓に足を向けるようにしてダブルベッドを置いているのを、なぜわたしが知ってるんです？　鏡のついた簞笥《たんす》の上に両親の写真が飾ってあるのを、なぜわたしが知ってるんです？　その写真の中の白いワンピース姿の母親は大きな白い帽子を被っていて、父親は黒っぽいスーツを着ている。背景には、白い家と椰子《やし》の木が写っています。あの部屋のことなら、それ以外の場所についてもみんな知っている。酒やコーヒーやリネンの置き場所だって、わかっています。寝室にはボロ布でつくったラグが敷いてあって、ベッドカバーは緑色。さあ、引き返しましょう。あのアパートにわたしを連れて戻って、今言ったことがほんとうかどうかたしかめてください」

フェローズは車のドアを開けた。「ああ」彼はそう言って、足を地面におろした。

「もう一度、わたしをあのアパートに連れていってください。ねえ、引き返さないんですか？」

「今夜はね」

ジャロルドは半狂乱になっていた。「引き返せば証明できるんです。それが、確固たる証拠になる！　アリバイが真実だという証拠を示す機会を、あなたはわたしに与えてくれなくてはいけない」

うんざりした様子で署長は言った。「あなたが彼女の部屋に入ったことがあるという点については、それで証明できるかもしれない。しかし、先週の土曜日の午後にそこにいた証拠にはならない」

「しかし……しかし……彼女が嘘をついていることは証明できる」

「それでも、あなたのアリバイの証明にはならない」フェローズは車から降り、後部座席のドアを開けた。

ジャロルドは声をたてずに泣きながら、よろよろと車を降りた。真っ青な顔をしてまっすぐに立った彼は、両手を固くにぎりしめていた。「弁護士を呼んでいいですか？」宙を見つめながら、彼は訊いた。

「なんでも好きにしたらいい」そう答えたフェローズの声に、同情の色は感じられなかった。「ただし、町を出るな」

ジャロルドは目をしばたたいて振り向いた。「わたしを……逮捕しないんですか？」

「今のところはしない。帰れ、ジャロルド。しかし、町を出るなと言ったことは忘れるんじゃないぞ」

ジャロルドはうなずいた。「はい、署長。ありがとうございます」彼は半ば茫然自失の態《てい》で、よろめきながら自分の車へと歩きだした。

フェローズとウィルクスは、階段をおりて地下の警察本部に戻った。そして署長室に入ると、フェローズが乱暴にドアを閉めた。「なんとも皮肉な話じゃないか」署長は帽子をテーブルの上に投げながら言った。「自分は女房を裏切っておいて、女に裏切られたといって取り乱すとはな」彼は腰をおろして鼻を鳴らした。「やれやれ、あの男には女というものがまるでわかっていない。ふたりがいっしょにいたことを、彼女が警官に話すと思っていたとはな」

「先週の土曜日、やつは彼女といっしょにいたと思いますか？　わたしには、そのように見えましたがね」

「おそらくそのとおりだ。少なくとも、あの男をバーバラ・マークルに繋げる何かが見つからないかぎり、そう考えるしかないだろう」

「しかし、車のことはどうなんです？」噛み煙草を取りだしながら、ウィルクスは訊いた。

「ああ、車のことがあるな」

「なぜ、ジャロルドの車がマークル家の前に駐まっていたんでしょう？　自分の車ではないと主張しているが、あの男は正直者の代表とは言えませんからね」

「マークル家の前で、ブルーのステーションワゴンを見たと言ったのは誰だ？　あの車がマークル家の前に駐まっていたと言ったのは誰だ？　灯油の配達をしているトラック運転手だ。その証言が、なんの証拠になる？　姦通の罪を犯してはいるが、ジャロルドがそれ以外の罪を犯したという証拠は何もない。愛の巣の話もまったくのでっちあげとは思えないし、自分のアリバイ工作に一度しか会ったことのない女を――しかも同意さえ求めずに――使うなどあり得ない。きちんと頭がまわっていたら、事実を打ち明けることもなかっただろうし、女にたしかめもせずに、われわれをあのアパートに連れていくこともなかったはずだ。言わせてもらうなら、あの男はとんでもなく愚かな自惚《うぬぼ》れ屋だ。女がいっしょに地獄に落ちてくれると思っていたにちがいない」

ウィルクスはにやりとした。「このちょっとした騒ぎのあとじゃ、やつも女房とうちで過ごすようになるでしょうね」

「少なくとも、別の若い女があらわれるまではね」フェローズは、デスクに積まれた書類の山のてっぺんあたりをかきまわし、そのあと立ちあがってドアのほうに進んだ。「おい、ゴーマン、報告書はどこだ？」

ゴーマンが答えた。「あなたのデスクの上にあるはずですよ、署長」

「デスクの上になんの報告書があるというんだ？」

「ガソリンスタンドの聞き込みと、目撃情報に関する報告書です」

「わたしがさがしているのは、灯油の配達をしているディマルティーノに関する報告書だ」

「そんな報告書は見ませんでしたよ」

「くそっ、それが読みたいんだ。よし、ディマルティーノに電話をかけてくれ。あの男と話がしたい」


ゴーマンが言った。「わかりました、署長」フェローズは、また乱暴にドアを閉めた。


署長が椅子に戻ると、ウィルクスは首をかしげてみせた。「何に腹を立てているんです？」

「あれもこれも腹が立つ。ジャロルドのような人間に会うとムカムカする。それに報告書の件もある。この署の警官たちは何をしているんだ？　そんな報告書は、とっくの昔に出されているべきなんだ。そして、記者ども。この数日、失踪事件の記事は新聞に載っていない」

「記事にするような進展がなかったからでしょう」

「警察が殺人事件と断定したと知ったら、連中は大いそぎで戻ってくるにちがいない」

「そんなに記者にまわりにいてほしいなら、そう発表したらどうなんです？」

「そういうことではない。連中にとって、これは十三歳の子供が姿を消したというだけの事件だ。失踪したのは、賢くて真面目なかわいらしいふつうの女の子。どこにでもいるような娘だ。しかし、ここにひとつ不都合がある。そう、失踪した女の子は、しかるべき家庭の娘ではなかった。それでマスコミは、あっという間にこの事件を忘れた。衝撃的な大事件なら、大喜び。しかし、ただの悲劇には興味を示さない」

「みんなが読みたがることを書いているだけですよ」

「そのとおりだ。連中は、大衆を映しだす鏡のようなものだ。何者でもない女の子のことなど、誰も気にかけない」

「気にかけている人間も何人かはいる。フレッド。あなたはまちがいなく気にかけている」

「もちろんだ。しかし、わたしも何者でもない人間でしかない」

ウィルクスは言った。「フレッド、あなたはこの事件に没頭しすぎている。事件はすでに起きてしまった。そして何を思おうと何をしようと、それは人の勝手だ。そのことを忘れてはいけない」

フェローズの肩がわずかに落ち、声にどっと疲労が滲《にじ》みだした。「わかっている、シド。ほんとうは、そんなことで腹を立てているわけじゃない。何もつかめないことに困惑し、苛立っているんだ。大嘘をつきまくっていたせいで、かぎりなく怪しく思えていたジャロルドのような容疑者でさえ、この事件とは関係のない理由で嘘をついていたことが判明した。もう、何が真実なのかわからない。真実がどこにあるのかもわからない。これまでに得た情報の中の、どれだけが真実なのかさえわからない」

電話が鳴り、署長は受話器を取った。「フェローズです。ああ、ディマルティーノさん」彼はわざとらしい口調で言った。「部下がうかがいませんでしたか？……誰も？……ああ、町を出ていらしたんですね？　なるほど……そう、あなたと話がしたい。あなたが見たというツートンカラーのフォード・ステーションワゴンに、とても興味がありましてね。それが重要な手掛かりになるんじゃないかと思うんです。こちらにいらして、もう少し詳しくお話しいただけますか？……そう、早ければ早いほどいい……けっこうです、感謝します」

署長は電話を切り、椅子の背にもたれた。「夕食の最中だそうだ。済みしだい、ここに来る。わたしは、もうしばらく残ることになるな。きみは帰って――」

「ぼくも残りますよ」ウィルクスは言った。

「わかった。何か食べるものを仕入れてきて、それぞれの女房に電話をかけよう。それから、エド・ルイスの言い訳を聞くとしようじゃないか」

第二十九章

エド・ルイスは、出していなければならないはずのディマルティーノに関する報告書を出していなかった。フェローズは電話ごしに、言葉を選ぶことなく、はっきりと不快感を示した。

ルイスは言った。「しかし、署長、きのうディマルティーノは町にいなかったんです。だから会えなかったんですよ」

「今日は町にいる」

「今日はフィンチについて徹底的に調べてこいと言ったのは、署長ですよ」

フェローズは不満げに言った。「いいだろう。それで、きのうはいったい何をしていたんだ？」

「ディマルティーノの隣人や友人に片っ端から話を聞いて――」

「なぜ、それを報告しない？」

「署長の命令で、フィンチについて調べに行っていたからです」

「しかし、今はフィンチについて調べているわけじゃなさそうだ」

「今は、それについての報告書を書いているところです。そのほうが重要だと思ったんです」

「くそっ」フェローズは言った。「それで、ディマルティーノについて、何がわかった？」

「よくある話ですよ。友好的ないいやつで――」

「性格などどうでもいい。性生活について知りたい」

「要点を言うと、彼は独身で相手かまわず寝ているらしい」

「たいていの独身男は、相手かまわず寝ているものだ」

「それですよ、署長。ディマルティーノは、典型的な独身男のようです」

フェローズは手帳を開いて言った。「やつの配達ルートは？ 先週の土曜日にやつがどの家に灯油をとどけたか確認したんだろうな？」

「しました」

「ああ、勘弁してくれ。わたしが知りたいのはそれだ。今すぐ、それを読みあげろ」

署長はルイスが手帳を取ってくるのを待ち、それから読みあげられた情報をすべて書きとめた。電話を切ると彼は言った。「ルイスにつらくあたりすぎたと思うか、シド？」

ウィルクスは肩をすくめた。「あなたは混乱してるんですよ、フレッド。だから、誰に何を調べさせているかさえ把握できなくなっている。それで、ルイスがきのうのうちに何もかもやり遂げていないといって、あなたは腹を立てているんです」

「そのどこがいけないんだ？」

「バーバラ・マークル事件においては、もはや捜査をいそぐ必要はないということです」

フェローズは顎を撫《な》で、苦々しげに言った。「ああ、いそぐ必要はない。どこかのくそ野郎のせいだ。そいつをつかまえたら――」彼は立ちあがると、ルイスとの電話で書きとめた配達リストを手に、メインルームのデスクのうしろの壁に掛かった地図の前に行き、ディマルティーノが灯油をとどけた家のだいたいの場所を確認した。「あいつめ」署長室に戻ってきた署長は、ひとことそう言った。

三十分後に颯爽《さっそう》とあらわれたディマルティーノは、いくぶんもったいぶった態度で受付デスクに向かって進み、そこにいたゴーマンに言った。「署長がおれに会いたがってるんだ」

フェローズは、署長室のドアを開けて手招きをした。「こちらへどうぞ、ディマルティーノさん」

「いいとも」ディマルティーノはウィルクスに目を向けながらその横をとおりすぎ、狭い署長室を見まわした。「すごい量の写真だ」彼はヌード写真のコレクションを顎で示して、フェローズに言った。「どこで手に入れたんです?」

「あなたに教える気はない」署長はディマルティーノに椅子を示してから、デスクの前に腰をおろした。ウィルクスもテーブルのこちら側にまわってきて、狭い空間に無理やり坐った。椅子に腰掛けたディマルティーノは、またもうっとりと写真を眺めている。「どの女もすごいね。ほんとにすごいよ。処分しようって気になったら、売ってほしいな」

フェローズは言った。「そんなことよりも、気懸《きが》かりなのはマークル家の娘のことです」署長は手帳を取りだし、ウィルクスもそれに倣《なら》った。「マークル夫人の家の前に駐まっていたという車について、わたしの記憶が正しいかどうかたしかめたいと思いましてね。それに、あなたが他に何か思い出していないか、うかがいたかったんです」

「いいよ」ディマルティーノは、寛《くつろ》いだ様子で答えた。「喜んで手伝うよ」

「もう一度、その車について説明していただけますか?」

ラルフ・ディマルティーノは、コーデュロイのズボンのポケットに両手を突っ込んだまま身を乗りだした。ジッパーの開いたスタジアムジャンパーの前が、だらしなくぶらさがっている。署長の頭上の写真に視線を向けたまま、彼は言った。「ツートンブルーのフォード・ステーションワゴン。上のほうが薄いブルーで、下が濃いブルーだった」

「何年モデルでした?」

「それはわからない。昔は車に詳しかったんだけど、もう興味がないんだ」

「どこに駐まっていたか、正確な位置を教えてください」

「あのうちの真ん前だよ」

「あなたは、その横を車で通り過ぎたんですね? マークル家には灯油をとどけなかったんですか?」

「とどけなかった。とおりすぎただけだよ」

「そのときあなたは、どこに向かっていたんですか?」

「ノーザンポンド道路」

「どこに行くつもりで?」

ディマルティーノは笑みを浮かべた。「そんなこと、関係ないだろう」

「全体像をつかんでおきたいんです。あなたはどこに向かっていたんですか?」

ディマルティーノの笑みが、かすかに薄れた。今、彼の目は写真ではなく署長に向けられていた。「もちろん、配達だよ」

「どの家に？」

「嘘だろう。そんなことおぼえてないよ」

「最後に灯油をとどけたのは、どの家でした？」

ディマルティーノは片方の手をポケットから出して、その腕を振りまわしてみせた。「いいかい、おれは毎日配達をしてるんだ。いつ誰にとどけたかなんて、おぼえてるわけないだろう。誰が灯油を欲しがってるか把握してるのは、おれじゃなくて会社だ。おれはただリストを受けとって、配達先のタンクに灯油を入れてくるだけだよ。車をとめては同じことの繰り返し。おれを何だと思ってるんだ？　行った先の家をすべておぼえてる天才だとでも思ってるのかい？」

「あなたは、あのあたりの配達を受け持っているんでしょう？」

「そうだよ。あのあたりが、おれの受け持ちだ。イースト通りから北の全区域がね」

「なぜ、その車に気づいたんです？」

「そこに駐まってたんだ。だから目に入ったんだよ」

「車のことはおぼえているのに、配達ルートはおぼえていない？」

「車のことをおぼえてたのは——」彼は横柄な態度で答えた。「客でも来てるのかなって、ちょっと思ったからだ。あのうちの人間は、あんな車は持ってないって知ってたからね」

「日にちと時間はたしかなんですか？」

「まちがいないよ」

「車を目撃したときに時計を見たんですか？」

「そんなこと、するわけないだろう。正確な時間だなんて、言ったおぼえはないよ。十二時半頃って言っただけだ！」

「配達した家もルートもおぼえていないのに、どうやってだいたいの時間がわかったんです？」

「おれは感覚的に時間がわかるんだ。それにしても、これはいったいなんなんだ？　過酷な取り調べってやつかい？」

「他の家の前ではなく、マークル夫人の家の前に車が駐まっているのを見たというのは、ほんとうにたしかなんですね？」

「そう言っただろう」

「バーバラ・マークルを知っていましたか？」

「あのうちの娘だってことは知ってたよ」

「口をきいたことは？」

「ないね」

「しかし、名前は知っていた？」

「ああ。おれは配達をしてるんだ。もう六年になる。だから、配達してる家に誰が住んでるかは、全部わかってる。全員の名前を知ってるんだ。一年に十回から十五回、灯油をとどける家もある。しゃべったりはしなくても、人の姿は目に入るからね。話なんかしなくたって、何人家族かとか、なんていう名前かとか、わかるんだ。なんでおれが誰かとしゃべるなんて思うんだ？　おれはホースでタンクに灯油を入れて、伝票に書き込みをして、それをドアの下に滑り込ませる。おれのことなんか誰も気にもとめやしない。外で芝刈りでもしてれば挨拶くらいはするかもしれないけど、手を休めてしゃべろうなんて誰も思わないよ。おれは黙々と自分の仕事をする。それだけだ」

「バーバラ・マークルがあなたに挨拶をしたことは？」

「さあね。あったかもしれない」

「もしかしたら何度も？」

ディマルティーノは背筋を伸ばし、片手でテーブルを叩いた。「いいかい。おれは親切心から、この事件のことであんたの役に立てればと思ってここに来たんだ。あの家の前で見かけたワゴンのことを話しに来たんだ。こんな無茶苦茶な尋問に答えるためにやって来たんじゃない。あの車のことを知りたいなら話してやるよ。だけど、おれのことを根掘り葉掘り訊くなんて、見当ちがいもいいところだ。こんな仕打ちを受ける謂《い》われはないね」

フェローズは、自分をねめつけているディマルティーノをじっと見つめ返した。先に目を逸らしたのはディマルティーノのほうで、その視線は壁のヌード写真へと向けられた。魅惑的な女たちはそのままだったにもかかわらず、もう彼は写真に魅了されてはいないようだった。フェローズは手帳をめくり、少し前のページを開いた。「ここに、配達先のリストがある」署長は言った。「一軒目はスミス通りのサンティーニ家で、最後はオーデュボン高台通りのピカリング家。この二軒は、あなたの担当ですか?」

「サンティーニ家とピカリング家? ああ、配達してる」

「五月十九日に、サンティーニ家とピカリング家に灯油をとどけましたか?」

「だから、おぼえてないって言ってるだろ」

「〈ブシュカ・オイル・カンパニィ〉によれば、あの朝あなたにわたしたリストの中に、この二軒の名前が入っていた。その事実を頼りに記憶をたどってみたら、何か思い出せるんじゃありませんか?」

「おぼえてないって言ったはずだ。それに、そんなことあんたに関係ないだろう!」

フェローズは、その言葉を無視した。「この配達ルートを調べてみました」署長はつづけた。「運転手がこのリストの順番どおりに配達していけば、来た道を無駄に戻らずにすむよう、会社は効率的にルートを組んでいる」

「だからなんだっていうんだ? そんなことなら、訊いてくれればおれが答えてやったのにな」

「十二番目の配達先は、ローズツリー小径《こみち》のジャロルド家。おぼえていますか?」

「何度言ったらわかるんだ? おぼえてないよ。あの家に灯油をとどけてることはたしかだけど、何日にとどけたかなんて知るもんか」

「位置で言うと、まずあなたはインディアンリバー地区で五軒に配達している。それからメドウ通りで二軒。そのあとプレインファームス道路の二軒に寄り、またメドウ通りに戻って北に向かいながら二軒に配達した。そして北側からローズツリー小径にまわって灯油をとどけたのが、十二軒目のジャロルド家。そこから南に走って、次の配達先があるバンガロー道路に出た。そのあとはノースメイン通りを南に進んで一軒。そしてクレストウッド地区で六軒まわり、最後にオーデュボン高台通りの一軒にとどけ、スリートウッド道路を抜けてメドウ通りに戻り、南に車を走らせて会社の給油所に帰った。まちがいないですか？」

「そんなこと、なんでおれにわかるんだ？」ディマルティーノは腰をあげはじめていた。「おれは、こんな無茶苦茶な尋問に答えるために、ここに来たんじゃない」

ディマルティーノが立ちあがるのを待って、フェローズは鋭い声で言った。「待て！」

ドアのほうに行きかけていたディマルティーノが、動きをとめた。

「いいか、よく聞け」フェローズはぴしゃりと言った。「今きみは、苦しい立場にある。きみは警察に嘘をついた。われわれは、その理由を突きとめるつもりだ」

ディマルティーノの口が、ぽかんと開いた。「嘘なんかついてない」そうつぶやいた彼の声はうわずっていた。「あんた、何を言ってるんだ？」

「いいか、ディマルティーノ。きみは、これ以上質問に答えたくないようだ。だったら、答える必要はない。しかし、忠告しておく。自分にどういう権利があるか知るために、弁護士を雇うことだ」

ディマルティーノが立ったままテーブルに身を乗りだすと、椅子がうしろに動いた。聡明な男ではなかったが、警戒心を抱くくらいの賢さは備えていたらしい。「何を言ってるんだ？弁護士を雇う金なんて、あるわけないだろう。なんで弁護士が必要なんだ？」

「きみはバーバラ・マークルの失踪について何か知っている」

「嘘だ！」ほとんど叫び声になっていた。「おれは何も知らない！」

「もう一度忠告する――」フェローズはつづけた。「弁護士がきみの利益を護ってくれる。有罪にならないためには、どんな質問には答えるべきで、どんな質問には答えずにいるべきか、教えてくれる」

ディマルティーノは、さらに身を乗りだした。「何を言ってるんだ？　罪に問われるおぼえなんてないよ。おれは何もしていない！」

「われわれはきみを信じていない」

「信じてないって、どういう意味なんだ？」

「きみは嘘つきだと、われわれは思っている。きみは自分と事件との関わりを隠すために、車の話をでっちあげたのだと、われわれは思っている」

ディマルティーノの顔から血の気が引いた。「おれは事件に関わってなんかいない。あんた、狂ってるよ」彼はそう言うと、椅子にどさりと坐った。「いいかい、おれは関係ない。ちゃんと証明できる」

「それについて話したいのか？」

「ああ、話すとも」

「だったら、警告しておかなければならない。きみの供述は、きみに不利な証拠として用いられることがある。もうひとつ、きみ自身の利益を守るために、これ以上話す前に弁護士を雇うべきだ」

「弁護士？　おれのことをどういう人間だと思ってるんだ？　おれが金持ちに見えるかい？　弁護士を雇う金なんてあるわけないだろう。あんたは、おれに濡れ衣を着せようとしてるんだ。あんたがしてるのは、そういうことなんだ」

フェローズは振り向いた。「シド、ディマルティーノさんは弁護士をつけることを望まないし、質問には自らすすんで答える。それを文書にしてくれ。ディマルティーノ、その文書にサインしてもらえるだろうね？」

「サインなんかしないし、弁護士も雇わない。おれは捜査の役に立てばと思って、自分の意志でここに来たんだ。それなのに、あんたはおれを犯人扱いして――」

「犯人扱いされる原因をつくったのは、自分だ」

「あの子のことは何も知らないって言ってるだろう」

「車を見たと言った」

「車は見たよ」

「ケンパー通りで何をしていた？」

「だから、言ってるじゃないか。配達をしてたんだ」

「リストを見るかぎり、ケンパー通りに配達先はない」

「ただ、あの道をとおったんだ」

「ディマルティーノ、さっきも言ったが、きみはメドウ通りを北に向かいながら二軒に配達している。次の配達先はローズツリー小径のセオドア・ジャロルドの家だった。そこに行く途中、北側から南側にケンパー通りをわたることになる。そう、わたるだけで、あの道をとおることはない。ジャロルド家からは、ローズツリー小径を南に進み、バンガロー道路に出て西に向かう。どの時点でも、ケンパー通りをとおる理由はない。マークル夫人の家の前をとおるには、Uターンして引き返し、ケンパー通りを東に進んでノーザンポンド道路に折れて南に向かい、バンガロー道路に出なくてはならない。これは配達ルートを外れた、五キロ近くの遠回りだ。これを聞いてもまだ、ケンパー通りをとおったと言い張るつもりか？」

「おれはケンパー通りをとおったんだ。それに、配達ルートを外れてなんかいない！」

「どこに行こうとしていた？」

「次の配達先にきまってるだろう」

「リストに載っていない誰かの家に？」

「そんなリスト、当てになんないよ。あんたが持ってるのは、まちがったリストだ。別の日のやつだよ」

「これはまちがいなくあの日の配達リストだ。ディマルティーノ、われわれがどう考えているかわかるか？　きみは正午頃にジャロルド家に灯油をとどけたとき、家の前に、ちょうどきみが目撃したと主張しているような、ツートンブルーのフォード・ステーションワゴンが駐まっているのを見た。そして、ケンパー通りをわたるとき、バーバラ・マークルのことを思い出した。いや、ずっと思っていたのかもしれない。その日は土曜日だったから、母親は仕事に出ていて、かわいいバーバラがひとりで家にいることはわかっていた。せっかく近くにいるんだから、ケンパー通りの彼女の家の前をとおってみようと、きみは考えた。バーバラの姿を見て思いついたのかもしれないし、姿が見えなくて見たいと思ったのかもしれない。いずれにしてもディマルティーノ、きみはあの家の前にトラックを駐めた。あの家の前に駐まっていたのは、ステーションワゴンではなく、きみのトラックだったにちがいない。きみはバーバラに危害をくわえた。そして、別の人間に疑いが向くように、ステーションワゴンの話をでっちあげた。われわれは、そう考えている」

ディマルティーノの顔は灰色になっていた。彼は愕然とした様子でつぶやいた。「そんなの嘘だ」その声はかすれていた。「誓ってもいい。おれはそんなことはしていない」

「話す気分になったかね？　わかっているんだ。きみは、かわいらしいバーバラに目をつけていたんじゃないのか？」

「ちがう」喘《あえ》ぎながら彼は言った。そして、自分の身に起こっていることが信じられないのか、片方の手で顔を拭《ぬぐ》った。「あんた、おれをどんな男だと思ってるんだ？」

フェローズは片手でテーブルを叩いた。「話すんだ、ディマルティーノ。きみはケンパー通りに行った。用もないのにね。あの通りに配達する家はなかった。ルートからも外れている。ただ女の子の家の前を車でとおるために、遠回りをしたわけじゃない。きみはトラックを駐めたんだ。白状したらどうなんだ！」

「そんなことはしてないよ」彼は必死になっていた。「おれは、ケンパー通りになんか行ってないんだ」

「ケンパー通りをとおったと言い張っていたじゃないか。嘘をつくのはやめるんだ。きみは理由があってケンパー通りに行った。われわれには、その理由がわかっている。ディマルティーノ、彼女に何をした？」

彼の口調は、もう哀願するようなものに変わっていた。「おれはケンパー通りになんか行ってないんだ。信じてくれよ。なんでケンパー通りに行く必要があるんだ？　フォードのことも他のことも、みんな作り話なんだ。おれがでっちあげたんだ」

「バーバラ・マークルは姿を消した」フェローズは頑としてつづけた。「きみがトラックで連れ去ったんだ。それ以外に考えられない。トラックが駐まっていたら、向かいの家からは何も見えない。だからきみは誰にも見られずに、バーバラを連れ去ることができた。していることを隠すには大きなトラックが必要だ。そして、きみは大きなトラックに乗っている！」

「ちがうって言ってるだろう。あの家の前になんか、トラックを駐めていない。あそこでおれのトラックを見たやつなんて、いないはずだ」

「だったら、どこに駐めたんだ？」

「どこにも駐めてないよ。ケンパー通りには行かなかったんだ。誰にでも訊いてくれ。おれのトラックは、あんなところに駐まってはいなかった。みんなに訊いてくれよ。みんな、トラックなんて見なかったって言うからさ」

「すでに訊いた」

「それなら、おれの言うとおりだってわかってるわけだ。誰もあの通りでトラックなんか見かけていないって、あんたはわかってるんだ。あの日、おれはケンパー通りはとおらなかった」

「灯油の配達車は人の記憶に残らない。日常の風景の一部になっているからね。それをアリバイに使うのは無理だ。これまできみは、あの通りを走ったと言い張りつづけ、頑としてその主張を曲げなかった」

ディマルティーノは両手を振りまわした。「ただの作り話だ」半狂乱になって彼は言った。「新聞に自分の名前を載せたかったんだ。スターになって、ご婦人たちの関心を引きたかった。それだけだ」

「バーバラ・マークルの関心を？」

「その子のことは知らないって言ってるじゃないか。そんな子供に、おれが何をしたがるっていうんだ？　頼むよ、おれを変態かなんかだとでも思ってるのかい？　おれは新聞に自分の名前を載せたかったんだ。そのために話をでっちあげたんだ」

「そして、ジャロルドを困った立場に追い込んだ」

「そんなこと考えもしなかった。車のことは、思いついたまましゃべっただけだ。誰がそういう車を持ってるかなんて、知らなかったんだ！　みんな作り話だよ」彼は両手に顔をうずめた。「くそっ、なんてこった！」

フェローズが目を向けると、ウィルクスは訝《いぶか》しげに肩をすくめてみせた。容赦なくディマルティーノを責め立てる署長の目に、哀れみの色は見られなかった。「よし、ディマルティーノ、すっかり話してもらおう。あの日、何時に何をしたのか、どうやって話をでっちあげたのか、すべて聞かせてもらう。何ひとつ、省くんじゃないぞ」

ディマルティーノは、訥々《とつとつ》としゃべりだした。配達に出たのは午前八時で、ジャロルド家に着いたのは正午頃。配達先のタンクに灯油を入れているあいだに昼食をとり、リストどおりに配達をつづけて、午後三時頃に会社の給油所に戻った。ジャロルド家に向かう途中、ケンパー通りをわたりはしたが、あの日はそれ以上マークル家に近づくことはなかった。

後日、新聞を読んで、バーバラが姿を消したとみられている時刻に、自分が問題の家の近くにいたことを思い出したディマルティーノは、何も見てはいないのに、この事件に関わりたい一心で、車を目撃したという話をでっちあげた。配達時にジャロルド家の前に駐まっていた車の特徴をそのまま告げていたことには、気づいてもいなかった。誰かを陥《おとしい》れるつもりなどなかったし、嘘の手掛かりを与えることで警察の捜査を混乱させるつもりもなかった。彼が嘘をついたのは、そんなことのためではない。ただ、スター気分を味わいたかったのだ。

フェローズとウィルクスは、ディマルティーノに繰り返しその話をさせた。別の方向からしゃべらせ、説明を求め、しつこく質問を浴びせ、途中で遮《さえぎ》ったりもした。それでも、話は毎回同じで、ディマルティーノにボロを出させようという試みは成功しなかった。この失敗は、署長と二級刑事に挫折感を抱かせた。他になんの証拠もなく、ディマルティーノの主張に反駁《はんばく》することも、嘘を見破ることもできなかったのだ。

フェローズとウィルクスは、真夜中にディマルティーノを家に帰した。彼は不安に苛《さいな》まれて震えていたが、彼らもそれよりずっとましな状態にあったわけではない。「やつを調べるぞ」

フェローズはむっつりと言った。「まず、会社に問い合わせる。何時に出て、何時に戻ったかを確認し、その時間がふつうに運転した場合の時間と一致するかどうか試してみる。それから、リストにあった配達先のすべてに灯油をとどけたかどうかも調べる。一、二軒すっ飛ばして、バーバラを訪ねる時間をつくった可能性もあるからな」

ウィルクスは言った。「たしかにね。しかし、あまり期待はできない。あの男は真実を語っている気がします」

「同感だ」署長はうなるように言った。「そこが腹立たしいところだ」

第三十章

ウィルクス二級刑事は、日曜の午後五時に警察本部にあらわれ、署長室の椅子にどさりと坐った。ディマルティーノのアリバイの裏づけをとるという任務を課せられた彼は、徹底的に調べた。顔をあげようともしないフェローズに向かって、彼は言った。「報告を聞きたくないんですか？」

署長はようやくため息をつき、椅子をうしろにずらしてデスクから離れた。「聞かせてもらおう」

ウィルクスは手帳を開いた。「〈ブシュカ〉の事務所でリストなどの確認をしたことは、話しましたよね？」

フェローズは手を振った。「ああ、聞いた。ディマルティーノは、やつが言ったとおりの時刻に会社に戻っていて、リストにあった配達先のすべてに灯油をとどけているとね」

「そのとおりです。二十軒の配達先すべてをあたって、確認をとりました。一軒残らず連絡がとれたんです。それぞれの家に、どれだけの灯油をとどけたかも調べました。五百八十二リットルから六百九十二リットルのあいだです。それで、算数はけっして得意ではないが、ちょっと計算してみたんです。一分間に何リットルの灯油を配達先のタンクに移せるか調べ、ホースを取りあげてからトラックに収納するまでの時間と、伝票に書き込みをしてそれをドアの下に滑り込ませる時間と、車を走らせている時間を推測してね。実際にそれぞれの家の前でエンジンをかけ、次の配達先の前でエンジンを切るまでの時間を計ってもみた。もちろん、ディマルティーノがどのくらいのスピードで走っていたかを考慮する必要がありますが、配達先の何軒かで、彼が到着したおおよその時刻を聞きだすことができたので、それを基準にしました。ジャロルドも、そのひとりです。彼が家で昼食をとっているときに、配達が来たと言っている。そのすべてを踏まえて時間を割りだしてみたんですよ、フレッド。マークル家に押し入ってバーバラを襲い死体を家から運びだして、血を洗い流したりするには――手斧《ておの》を取りに地下室に行かなかったとしても――最低三十分はかかる。最低でもです。そこには、運びだした死体を始末する時間は含まれていない。その時間も足して考える必要があります。フレッド、あなたをがっかりさせたくはないが、ディマルティーノにはバーバラを殺害する時間はなかった」

フェローズは、がっかりしているようには見えなかった。「いずれにしても、あの男がこの事件に関わっているとは思っていない」彼は言った。

ウィルクスは背筋を伸ばして、目を細めた。「ぼくは時間を無駄に費やしたわけですか？あなたは一日じゅうここに坐って、報告書に読み耽《ふけ》っていた。それで何を見つけたんです？掃除係の女性が、バトソンのアリバイを崩してくれたとか？」

「いや、たしかに工場で彼を見たと言っている。しかし、バトソンが怪しいことに変わりはない。バトソンとジム・フィンチのあの日のスケジュールを調べてみたが、どちらも午後にストックフォードにやって来ることは可能だった」

ウィルクスは首をかしげた。「あなたは、どちらかが犯人だと考えているようだ。なぜです？　フィンチは何かを隠しているような不安げな態度をとっていたと、エド・ルイスが言っているからですか？」

「いや、もちろんちがう。そんなものにどれだけの意味があるか、きみもわかっているはずだ」

「あなたは何か隠している。さあフレッド、話してください」

フェローズは椅子の背にもたれ、両手で顔を撫《な》でた。「いいか、シド、この事件では、何ひとつ明らかになっていない。だから、かなり乱暴な仮説でさえ、それが事実なのではないかと思えてくる」

「先に言い訳をするのはやめてください。どんな話でも聞きますよ。なんだっていうんです？

バーバラが妊娠していて、叔父のフィンチが――」

「そうじゃない。もちろんそれも考えたが、今わたしの頭の中にあるのは別の考えだ」

「いいでしょう。それで、その考えというのは？」

フェローズは天井を見つめた。「こう思うんだ――」彼はゆっくりとしゃべりだした。「エヴリンは、誰が娘を殺したか知っている」

ウィルクスは、さっと身を起こした。「なんですって！」彼は言った。「乱暴な仮説とは聞いていたが、なるほど乱暴だ。それでエヴリンは、自分の娘を殺した犯人を庇《かば》っているというんですか？」

フェローズは片手を掲げた。「庇っているとは言っていない。ただ、あの人は誰が娘を殺したのか知っていると言ったんだ」

「知っていながらわれわれに話さずにいるのに、庇っているわけではないというんですか？」

「知っているが、それを知っているということに気づいていないんだ」

ウィルクスは、また背もたれに寄りかかった。「わかりましたよ、フレッド。その線で考えてみましょう。なんでも受け入れる準備はできているつもりだったが、その説についてはいくらか説明してもらう必要がありそうだ」

フェローズは報告書を示した。「これまで様々な角度から捜査を進め、怪しいものは手当たり次第すべて調べてきた。そのせいで、鍵となる重要な手掛かりを見逃していたような気がするんだ」

「重要な手掛かり？」

「バーバラの部屋だ」

「バーバラの部屋？」

「血を洗い流してあった」

「その事実から、エヴリンが犯人を知っていることを導きだしたんですか？」

「仮説だと言ったはずだ」

「わかってます、わかってますよ。しかし、少なくとも、なぜそう考えるに至ったのか聞かせてください。二と二を足して、なぜその答えが出たのか、ぜひとも知りたい」

フェローズは、たいして熱も込めずに言った。「バーバラの部屋で殺人が行われたことは、証拠を見れば明らかだ。われわれはその状況から、被害者はバーバラだと推断した。母親が仕事に出ているあいだに、殺害されたものと考えたわけだ。それが事実だとしたら、誰がバーバラを殺害したのか？　その動機はなんなのか？」

「若い娘が被害者ならば――」ウィルクスは言った。「動機はたいていセックスです」

「そのとおりだ。たしかに、これまでのところ、それ以外の動機は何も見あたらない。バーバラはみんなに好かれていて、敵はいなかった。われわれの知るかぎり、彼女の死によって利益を得る人間はいない。そうなると、残るはやはりセックスだ。バーバラは襲われ、抵抗し、殺された」

「そして、その誰かは、殺人の跡を洗い流していった」

「そのとおり。そんな話を聞いたことがあるか？」

「今思いつくかぎりでは、ありませんね。しかし、あなたが何を言おうとしているのか、まだわからない」

「いいか、こういうことだ。事が起きたのは昼間だ。犯人は、あの家の近くに車を駐めておいたにちがいない。隠しておいたのかもしれないが、見つかる可能性はある。一分毎にその危険が高まるにもかかわらず、そいつは時間を費やして殺人の跡を消そうとした。それだけではない、死体を家から運びだした。この上ない危険を冒してね。そして、その死体を昼日《ひるひ》中《なか》、誰にも見られずに自分の車に載せたか、埋める場所まで運んだ。服も血だらけになったにちがいない。なぜ、そいつはそんなことをしたんだ？」

「バーバラがあの部屋で殺されたことを誰にも知られたくなかったからというのが、それに対する明快な答えでしょうね」

「なぜ、事実を隠そうとしたんだ？」

「なるほど、なぜだろう？」

「そいつは——」フェローズは言った。「それを隠すことができれば、バーバラが殺されたという事実を隠せると思ったにちがいない。バーバラがただ姿を消したとなれば、家出か事故か誘拐が疑われる。殺害された可能性を疑う者がいても、まさか家で殺されたとは思わない。そんなふうに見せかけることが、犯人にとってなぜそれほど重要だったのか？」

「警察を呼ばせないためかもしれない」

「いや、何が起きたとしても警察は呼ばれる。犯人はバーバラがあの家で殺されたことを、警察にではなく、エヴリンに知られたくなかったんじゃないだろうか。それ以外に理由は見あたらない。しかし、彼女に知られないためにこれだけの危険を冒すということは、彼女に知られたら、もっと危険だということだ。娘が死んだことを知ったら、誰が殺したかエヴリンに気づかれてしまうと、犯人は考えたんじゃないだろうか。だから、犯人は殺人を隠そうとしたんじゃないだろうか」

ウィルクスはかぶりを振った。「肉欲に燃えてバーバラを追いまわしていた男がいたなら、エヴリンはわれわれにそれを話したはずです。バーバラが死んだことを知らなくても——つまり、ただ姿を消しただけでも——そいつを怪しんだはずです」

「その男が肉欲ゆえにバーバラを追いまわしていたなら、たしかにそのとおりだ。そして、それこそがわれわれが思いつく、唯一の殺人の動機だ。しかし、何か別の理由で——われわれには思いつきもしないが、エヴリンならば思い至る理由で——殺されたのだとしたらどうだろう？」

「つまり、セックス絡《がら》みではないと、あなたは考えているんですね？」

「そのとおりだ。犯人の動機は、われわれには思いつきもしないが、エヴリンならば思い至る何かにちがいない。だとすると、身近な人間の犯行だ。これで容疑者リストがずいぶん短くなる。そいつには、その動機が大火災なみにエヴリンの注意を引くことがわかっていた。そんなことになれば、手を洗う間もなく警察につかまってしまう。だから、たいへんな危険を冒して、殺人の跡を消そうとしたんだ」

ウィルクスは言った。「仮説としてはすばらしいと思いますよ、フレッド。しかし、あなたはひとつ忘れている。エヴリンは娘があの部屋で殺されたことを知っているのに、大火災なみに注意を引くはずの動機に気づいていない。犯人が誰かなんて、あの人はまったくわかっていませんよ」

「それは犯人の誤算だ。そいつは絶対にわかってしまうと思っていたが、そうではなかった。絶対にわかってしまうはずの動機がエヴリンにわからなかったのは、彼女が娘の死をその観点から見ていないからにちがいない」フェローズは振り向き、ウィルクスに指を突きつけた。

「少なくとも、エヴリンは意識の上ではわかっていない！　しかし、意識下の深いところでわかっているはずなんだ。おぼえているだろう？　あの人は初めから、バーバラはもう帰ってこない気がすると言っていた。われわれが何を言っても、その考えを変えなかった。シド、あの人は意識下で犯人の動機に気づいているんだ。そういうことなんだ。意識のレベルにはとどいていないが、われわれがそれを引きだせるかもしれない。家族に近い誰かが犯人だと、エヴリンに気づかせることができたら、彼女はきっとその誰かをさがしはじめる。そうしたら、われわれがいっしょになってそいつの正体を突きとめることができる」

背筋を伸ばしたウィルクスは、さっきまでよりもピリッとして見えた。「ついに何かをつかんだのかもしれませんよ、フレッド。試してみる価値はある」彼は立ちあがった。「ぜひともエヴリンと話してみましょう」

第三十一章

フェローズとウィルクスは、まだ日が高いうちにケンパー通りの家に着いた。樹々のはるか上から降り注ぐ日射しが、傷んだ羽目板や路地沿いの窓を、やさしく温かに照らしている。雲はほとんどなかったが、家はそれ自体がくもっているように見えた。どの窓も下枠までブラインドがおりていて、室内に日が入っている様子はない。あたりは暖かく輝きに満ちているにもかかわらず、その家の風景は、ほとんど吹きさらしを見るようで、孤立しているというだけでなく荒涼としていて、ガレージに車が駐まってなかったら空き家と言ってもとおりそうな感じだった。

人が住んでいる気配も感じられない、その陰気な佇《たたず》まいに、さすがのウィルクスも胸を衝かれたようだった。「老バトソンは孫娘に与える家に、たいして金を使わなかったと見える」

「そして今、その女子相続人が死んだ」フェローズは言った。「相続人の母親は、じきにここを追われることになるだろうね」

ふたりはいつもどおり裏口にまわり、呼び鈴を押してドアを叩いた。日を遮《さえぎ》った室内は薄暗く、明かりもつけていないようだった。ウィルクスは言った。「いるはずですよ。車がありますからね」

もう一度、呼び鈴を押してドアを叩いてみたが、やはり応答はなかった。しばらくしてフェローズが取っ手をまわしてみると、ドアが開いた。彼はドアを大きく押し開け、台所に足を踏み入れた。「ごめんください。誰かいますか?」

応答がないまま、署長はウィルクスをしたがえて薄暗い食堂へと入っていった。そして、居間の入口まで来たところで足をとめた。

エヴリン・ハーカーズ・マークルが、石像のようにじっとソファに坐っていた。髪に櫛《くし》も入れず、だらしなく部屋着をまとい、まっすぐ前の一点を見つめている。

フェローズはしばらく彼女を見つめていたが、そのあとそばに寄って肩を揺すった。「マークルさん」

彼女は身じろぎした。そして、頭をめぐらすと、フェローズを見あげた。「なんのご用ですか?」

「何をしているんですか?」

「坐ってるんです」彼女はため息をつき、また前を向いた。

「いつから、そうやってそこに坐っているんです?」

「さあ……」気だるそうに彼女は答えた。「今が何時なのかも知っちゃいません。そんなこと、どうだっていいじゃないですか」

「マークルさん、こんなことをしていてはいけない。立ちなおらなければだめです」

「なんのために?」

フェローズは、何を言ったら彼女の目を覚まさせることができるか考えた。「マークルさん、今日はすばらしくいい天気だ。さあ、外に出てみましょう」

彼女は動かなかった。「ここにいたいんです」

「庭を見せてください――」

「庭なんか手入れもしちゃいない。そんなことしたって意味なんかないし……」

「また言葉づかいが前のようになっている」

「当たり前です。あの子がそばにいないんだから……」彼女は、フェローズを見あげた。「あの子がこのあたりにいないのは、あなたにもわかるでしょう? あの子の気配なんて、感じないでしょう? それから、〝マークルさん〟なんて呼んでくれなくていいんです。あたしが〝マークル〟なんて名前じゃないことは、あなたも知ってるんだから」

「〝エヴリン〟と呼びましょう」フェローズはかすかに困惑の色を浮かべて、ウィルクスを見た。「聞いてください、エヴリン。このうちにコーヒーはありますか?」

「もちろん、あります。台所の戸棚に入ってます。飲みたきゃ、どうぞご自由に」

「シド、コーヒーを淹《い》れるのを手伝ってくれ。何か強いものを少し入れてもいいかもしれないな」

エヴリンは言った。「アルコールなんかありませんよ。あたしは酒を飲むような女じゃないんです」

「わかりました」署長は言った。「とにかくコーヒーを淹れて、三人で飲みましょう」フェローズはウィルクスを連れて台所に戻った。「あの人の世話をする人間が必要だ」彼は声を落としてうなるように言った。「ひとりにしてはおけない。このままでは悲嘆に暮れるばかりだ。いったいいつからあそこに坐って壁を見つめているのか、見当もつかないね」

コーヒーと砂糖はすぐに見つかったが、冷蔵庫にミルクは入っていなかった。それどころか、冷蔵庫はほとんど空っぽだった。「あの人は何を食べているんだ?」フェローズは言った。「いや、食べているのかどうかさえわからない」

「半分血の繫がった愛しい弟は、どこにいったんだ?」ウィルクスが言った。「以前は年中来ていたというあの弟は、どこにいるんだ?」

湯気のたつブラックコーヒーが三つのカップに注がれ、残りが入ったポットがガス台に置かれると、フェローズはエヴリンを迎えにいった。署長に連れられて、スリッパを履いた足を引きずりながら台所にやってきたエヴリンは、椅子に腰掛けた。ウィルクスは彼女の向かいに坐り、フェローズは居間の入口近くの椅子に腰をおろした。この重い雰囲気をやわらげるには、半分血の繫がった弟について尋ねるのが得策だと感じたフェローズは、ジムは今どこにいるのかと訊いてみた。

これまではものを口にすることなど忘れていたのではないかとも思えたが、今エヴリンはコーヒーをすすり、さらに何口か飲み、それでいくぶんしっかりしたように見えた。彼女はフェローズの質問に肩をすくめて答えた。「知るもんですか。きっと、どっかの女の子といっしょです。ボビーは死んでしまった。だからもうジミィは、あたしと関わりを持ちたくないんです」

フェローズは、まっすぐに身を起こした。「バーバラが死んでいるということを、なぜ彼が知っているんです?」

「あたしが話しました」

「なぜです?」

エヴリンは身がまえた様子で、フェローズを見つめた。「ジミィはあたしの弟です。なぜ話しちゃいけないんです?」

「その話をして以来、弟さんはここに来ていないということですね? いつ話したんですか?」

「あなたから聞いた翌日。訪ねてきた時に話しました。なぜ、ジミィのことをそんなに知りたがるんです?」

その質問をどうさばくか興味があったウィルクスは、署長のほうを向いた。フェローズは慎重に考え、それから言った。「ところでエヴリン、われわれはなぜこんなことが起きたのか、犯人の動機を突きとめようとしているんです。立ち入ったことをうかがうようで申し訳ないが、これは重要なことです。バーバラは妊娠していましたか?」

エヴリンは嚙みつかんばかりの勢いで、署長に向かって怒鳴った。「してません! 絶対にしてません。いったいこのあたしを、どんな母親だと思ってるんですか?」

「あなたがバーバラのために最善を尽くしていたことは承知しているが、これは重要なことです。そういうことは起こり得る。そうでしょう?」

「あり得ません」

「エヴリン、仕事を持っているあなたは、ほとんど家にいなかった。バーバラが誰と過ごしていたか、何をしていたか、本人の口から聞く以外のことは知らなかったんじゃないですか？それに、あなたも認めたように、バーバラはあなたにあまり話をしなかったようだ」

「あの子は、男の子たちと出掛けたりしてません。男の子たちと付き合ってなんかいなかった」

「しかし、ダンスに行った」

「あの時が初めてです。あれがあの子の初めてのデートだったんです」

「おそらく、あなたの知る範囲での初めてのデートだったということでしょう」

少なくとも、フェローズは彼女を目覚めさせた。今、エヴリンは署長をにらみつけていた。

「はっきり言っておきます」彼女は、ほとんど怒鳴るように言った。「ボビーにかぎって、そんなことは絶対にありません。証明することだってできます。あの子はダンスの前の週の金曜日、学校を休んでます。信じられないなら、学校に行って調べてください。そして、先月も、その前の月も、一日欠席してます。四週間ごとにね。学校に行って出席簿を調べたらいい。だから、そんなことはあり得ません。あの子の名誉を傷つけてまわるような真似はやめてください！」

「そんなことはしていませんよ、エヴリン」穏やかな声でフェローズは言った。「われわれは事実を探りだそうとしているだけです」

「だったら他を探ったらどうです？　あなたが訪ねてくると、いやなことばかり。なぜ放っといてくれないんです？」

「なぜなら――」ゆっくりとフェローズは言った。「誰がバーバラを殺害したか、あなたは知っていると思うからです」

驚いた様子で署長を見つめる彼女の顔から、血の気が引いていく。「何を言ってるの?」彼女は、かすれ声でささやくように言った。

「あなたはバーバラを殺した犯人の正体を知っている。わたしはそう思っています。エヴリン、自分では気づいていないかもしれないが、あなたはきっと知っている」

「嘘よ」彼女は目を大きく見開いたまま、息をついた。

「考えてみてください、エヴリン。よく考えてください。あなたの心の奥のどこかに、すべての謎を解きあかす手掛かりが埋もれているにちがいないと、わたしは思っているんです。些細《ささい》なことかもしれない。誰かが言ったこと、誰かがしたこと、この事件について誰かが知っていたこと。それは、あなたにはなんの意味もないように思えることかもしれない」

「いいえ」彼女はうめくように言った。「そんなことはありません。あたしは何も知らない。お願いだから、あたしを放っといて」

「エヴリン、弟さんのことを話してください。ジムのことを聞かせてください」

彼女は、わずかながらも気力を取り戻して、署長を見あげた。「ジミィのこと?」

「そう、彼のことが知りたい。ジムとバーバラは、どういう関係だったんですか?」

彼女の背筋がまっすぐに伸び、火花が散っているかのように目が光った。「ほら、またボビーの名を汚そうとする。あなたは、いやらしいことを考えてる。でもあの子はそんなことはしちゃいない。たとえしてたとしても、相手はジミィじゃありません。ジミィはあの子の叔父です。あのふたりをどういう人間だと思ってるんですか？」

「それが知りたいんです。エヴリン、何かを隠そうとするのはやめてください。わたしは真実が知りたい」

「あなたが思ってることは、真実なんかじゃありません。あなたは弟を貶《おとし》めたいのね。ジミィが自分の姪と親密な関係にあったなんて話をでっちあげて、それでもまだ足りないとでもいうように、ジミィがあの子を殺したなんて言うのね。出ていって。ふたりとも出ていって。その汚らわしい考えごと、ここから出ていって」

フェローズは出ていこうとはせずに、ただ椅子に坐ったまま身を乗りだした。「なぜ彼を庇《かば》うんです、エヴリン？　彼の何を隠そうとしているんです？」

「ジミィには、隠さなきゃならないことなんて何もない。あたしが庇ってやる必要なんてありません。警察は事実を曲げて、ジミィに濡れ衣を着せようとしてる。あなたは、そういうことをしてるんです」

「庇ってやる必要がないなら――」声を鋭くしてフェローズは言った。「庇うのはやめなさい。自立させることです。彼がバーバラを殺したのかもしれないという考えから、目を背けるのはやめるべきだ」

彼女はわずかに身を引いた。その唇の端が歪《ゆが》んでいる。「ずいぶんとおかしなことをおっしゃるんですね。いいわ、好きなようにしてください。あたしはジミィを庇ったりしてません」

「けっこう。それでは、率直に尋ねましょう。彼がバーバラを殺害した可能性は――あくまでも、ただの可能性ということでけっこうですが——あると思いますか？」

「あり得ません」

「なぜです？」

「そんなことをする理由がないからです。それに、ジミィとボビーが親密な関係にあったなんて、あたしに言うのはやめてください。そんなこと、絶対にあり得ない」

「弟さんには、あなたが知らない動機があったのかもしれない」

「そんなものはありません。第一、弟はそういう人間じゃないし、ボビーを殺す動機なんて——あたしが知ってるか知らないかなんて関係なく——あるはずがないんです。ジミィにとって、ボビーはほんの子供です。わかるでしょう。ジミィはあたしに会いに来てたんです。あたしたちは、いろんなことを話しました。日々のこと、ジミィの父親である、あの不愉快きわまりない老人のこと、それにジミィが知り合った女の子のこと、とにかくなんでも話しました。それで、ジミィはお金をくれるんです。あたしがボビーのためにお金をみんな使ってしまうもんだから、あたしの服やなんかを買うようにって。でも、やっぱりそのお金も、ほとんどボビーのものを買うのに使ってました。あたしが言いたいのは、ジミィがここへ来ていっしょに過ごしてたのは、あたしだったってことです。今あたしたちがしてるように、コーヒーを飲みながらふたりでしゃべってたんです。ただ、ジミィと話す時は、ボビーの服にアイロンをかけたり、食事の支度をしたり、洗濯をしたりしながらでしたけどね。あたしたちは、お互いが好きだった。それだけです。他に身内はいないも同然だから、うんと身近に感じてたんです。あたしにはボビーがいたけど、世代がちがいます。ボビーは、まだほんの子供で、女友達と電話で長話をしたり、お気に入りの歌手の写真を切り抜き帳に貼ったり、本を読んだり、勉強したりと、子供なりに忙しくてね。ジミィだって、あの年寄りはいるけど、あんな人はいたって何もならない。だからジミィとあたしだけだった。ジミィがボビーと顔を合わせるのは、あの子がたまたま部屋に入ってきた時くらいで、あの子はいつもすぐに出ていきました。ジミィが、あたしたちを車でどこかに連れていってくれることもあったけど、そのくらいです。わからないんですか？　ボビーは、ほんの子供だったんです」

フェローズはガス台にコーヒーのお代わりを取りにいき、その時間を利用して考えをまとめた。席に戻った彼の顔に表情はなかった。「フィンチ家のお年寄りと言えば――」何気ない口調で署長は言った。「あの人はどうなんです？」

「どうって？　あの人には、十六年のあいだに二度会っただけです。しかも、会ったと言えるような会い方じゃなかった」

「この家に来たことはなかったんですか？　お嬢さんに会いにきたことはなかったんですか？」

「どうやって？　あの人は車の運転をしないんです。うちに来るどころか、自宅から一歩も出ないっていう話です。おそらく、あたしがどこに住んでるかさえ知らないでしょうね」

「なるほど。それでは、ジェリー・バトソンのことを話してください」

彼女はわずかに身を引いた。「もう話したはずです」

「それはわかっていますが、今回はよく考えていただきたいんです。彼がバーバラを殺したのかもしれないし、誰かに殺させた可能性もある。仮に、そういうことだとして、動機に心当たりはありませんか？」

「頭がおかしくなったと考える以外ないでしょうね」

「バーバラが彼の娘だという事実を、新聞がすっぱ抜こうとしていたと仮定してみましょう。あるいは、彼が自分の父親だということを、何かのきっかけでバーバラが知ってしまったとしたら……。どんなことが起きると思いますか？」

エヴリンはかぶりを振った。「ああ、なんていう想像力。そんなこと、あたしには思いつきもしなかった。いったいどんなきっかけで、ボビーがあの人のことを知るっていうんです？」

「とにかく、そう仮定してみましょう。彼はバトソン家の主《あるじ》だ。子供もいるし、商売はうまくいっているし、名声もある。バーバラのことが新聞に載ったら、彼は多くを失うことになるんじゃないですか？」

彼女は両手でカップを包むようにしてコーヒーを飲み干すと、それをテーブルに置いた。「あなたも、ああいう類《たぐい》の男たちがどんなふうか、ああいう男たちがあたしみたいな娘をどう扱うか、理解するべきです。あたしが教えましょう。ええ、あたしにはいやってほどわかってますからね。ふつうの娘にとって、あの人たちは手がとどく相手じゃありません。だって、あの人たちは同類としか付き合わない。あの人たちは完璧な紳士です。そういう人種なんです。だいじな女の子の手を取るのは、まず手袋をはめてから。たぶんそういう女の子とは、結婚するまでキスさえしないんでしょうね。でも、他の娘たちのことは、そんなふうには扱わない。あの人たちは、とんでもない放蕩者《ほうとう》です。文字どおり、女の服を剝ぎとるような真似だってするんです。それで、あたしのような娘に、ありとあらゆる甘い言葉をささやいたりもする。甘い言葉だけでも充分なのに、ハンサムで、教養があって、粋《いき》で、お金持ち。いろんな店を知ってるし、給仕長に対する口の利き方も心得てるし、同類のお金持ちを相手にどう振る舞えばいいかもわかってる。そんな青年が娘の前にあらわれるんです。目をとめてもらえるなんて思ってもみなかった神様のような青年が、言い寄ってくるんです。それがあの人たちのやり口。娘は腕に抱かれて、奇跡が起きたんだと考える。

それから、あの人たちは娘を言葉巧みに口説きはじめるんです。ああ、娘がどんなに口説かれたがってることか！　愛してるなんて言われたら、娘はその言葉を信じてしまう。あんなふうに言われて、どうしたら信じずにいられます？　娘は自分がシンデレラとオーロラ姫と、とにかくお姫さまというお姫さまを全部集めてひとつにしたような、すごいお姫さまになった気になって舞いあがってしまう。眠りから覚めたくないし、王子さまを信じたい。そして、娘は無力ゆえに身を任せる。だって……だって、いやだなんて言えるわけがないでしょう。力もないし固い意志もない。だから、金持ちの息子たちの言うことは口先だけだって聞かされてたのに、そんな忠告は忘れて、青年を信じてしまう。口先だけじゃないと、この人にかぎって嘘なんかつくはずはないと、この人は他の人とはちがうと信じて、不安を押しやってしまうんです。娘はこれこそが愛だと思い込み、彼への愛をすべてに賭けて誓い、相手も同じ気持ちでないはずがないと考える。彼がこの手を取って彼の家族の元に連れていってくれると――そばに寄り添って、自分を迎え入れるよう家族と闘ってくれると、信じてしまうんです。そして、高価なウエディングドレスを身にまとって、町でいちばん大きな教会の花嫁の通路《バージンロード》を歩く自分の姿を夢見るようになる。そんな夢の中では、教会に集まった千人もの身分ある人たちが自分を見つめ、なんて美しい花嫁だろうとささやきあっている。夢は必ず実現すると、娘は信じ込む。信じることで、自分が青年に許したことを正当化できるし、自尊心を保っていられるから。それに、娘にはすがるものが必要です。夢は娘の支えであり、希望でもある。信じる以外ないから、信じるんです。

　そして、不意に結婚をいそがなければならないことに気づかされる。娘は恐れると同時に喜び、がっかりもする。喜びを感じるのは、手が疼《うず》くほど指輪がほしいから。がっかりするのは、大きな美しい教会で式を挙げるのを待つ時間はなさそうだから。でも、なぜかもうそんなことは、少しもすてきに思えない。そして恐れるのは、まだ指輪をもらっていないから。父親のない子を産むことになったらどうしよう？　いろんなことが遅れて、誤魔化しがきくうちに結婚できなかったらどうしよう？　結婚後、あまりに早く赤ん坊が生まれたら人はなんて言うだろう？　でも、これで彼をもっと引き寄せることができると思うと、やっぱり娘はうれしいんです。それで、夜ベッドに横たわって、自分の内に息づいている命に誇りのようなものを感じたりもする。彼に言いたくはないけど、彼はきっとそばにいてくれる。そして娘は、ふたり手を取り合って彼の両親に会いにいき、結婚の許しを求める場面を思い描くようになるんです。ここまで来たら、彼の両親も許さないとは言えないはず。だめだと言うには遅すぎる。もう少し待てなんて言えないし、ふたりを別れさせることもできないし、娘を一家から引き離しておくこともできない。だから娘はベッドに横たわって将来を思い、なんて幸せなのだろうと夢想に耽《ふけ》る。

でも、いよいよ彼に話さなければならない時が来ると、ひどく不安になって、いっそ気絶してしまいたいような気分になるんです。彼が腕に抱いて励ましてくれなかったらと思うと、急に怖くもなる。すべてうまくいくと言って彼が励ましてくれなかったら、きっと気が狂ってしまう。でも、娘の話を聞いた青年は、妙な表情を浮かべ、会ったこともない人間を見るような目で娘を見るんです。それで、娘の心は空っぽになってしまう。だって、もうふたりじゃない。ひとりぼっちになってしまった。唯一の救いであるはずの彼に拒絶されてしまったんです。他に救いなんかありません。娘はひとりぼっち。目の前にいるのは他人で、もう神様でもなんでもない。フェンスの支柱も同然の男です。そして、彼は姿を消し、娘が彼に会うことは二度とない。彼の両親に呼ばれた時、娘の傍《かたわ》らには誰もいない。彼は風と共に去っていき、娘は恥と共に残される。彼の両親は、娘を恥じ入らせる方法を知っている！　汚い言葉で罵《ののし》ったり、唾を吐きかけたりはしない。そんなあからさまなことはしないけど、あの人たちは巧妙なやり方で娘を恥じ入らせるんです。唾を吐きかけられたほうがましだと思えるようなやり方で。娘を貶め、見くびり、生まれてこなければよかったと思わずにいられないような目に遭わせたあと、あの人たちは犬にやるみたいに小さな骨を投げて寄こすんです。でも、それは親切心からなんかじゃない。親切心なんて微塵《みじん》もない。そう、娘を黙らせるため。娘ひとりに責任を負わせて、自分たちは知らん顔をしつづけるためです。それで息子は前に進める。家柄のいいお嬢さんと結婚することができる。あの人たちは、そのお嬢さんに高価なウエディングドレスを買ってやって、名のある人たちを大勢式に招待する。その人たちが見ることになるのは、身籠《みご》もった娘なんかじゃなく家柄のいいお嬢さんなんです。

屈辱に甘んじたくはないし、ゴミにでもなったような気分のまま生きるのは堪《た》えられない。だから、娘は自分の家に帰る。でも、もうそこは自分の家じゃないってことを思い知らされるだけ。子供の頃はいやでたまらなかったそのみすぼらしい家さえ、今の娘には上等すぎるってことです。母親と継父は、そろって娘に唾を吐きかける。ほんとうに唾を吐きかけるんです。それが、あたしの母親がしたことです。あの人は、あたしに唾を吐きかけたんです！

どうしろっていうんです？　弁護士を雇うだけの頭があったら、ちがってたかもしれない。だけど、娘はたったの十八歳で、高校も出てなくて、お金もなく、そんな場合にどうしたらいいかなんてわからなかった。そこにあったのは、彼の両親が投げて寄こした、ちっぽけな骨だけ。あの人たちと戦うなんて不可能です。だから、屈辱に甘んじるしかなかった。娘はひとりぼっちで、まわりは敵だらけ。だから、言われたとおりにするしかなかったんです。あの人たちは、娘に堕胎《だたい》することさえ許さなかった。堕胎は違法だから、そんなことをさせるわけにはいかないって。でも、そうじゃない。子供を堕ろさせるなんて簡単すぎると思ったにきまってる。きっと、そんなことじゃ娘を苦しめ足りないと思ったんです。そういうこと。だから、娘は赤ん坊を産むことになって、あの人たちは出産まで娘を人に見張らせた！　結局、娘は子供を産み、家柄のいいお嬢さんが、祭壇の前で待ってる――臆病者の腰抜け男でしかない――偽物の神様に向かってバージンロードを歩いてる時に、みすぼらしい家の中で泣き叫ぶ赤ん坊をあやしたり、洗濯物を取り込んだりしながら、あの人たちが自分に何をしてくれたか思い出していた。娘はその家に住んで、指輪までして既婚婦人のふりをする。でも、誰かに会うたびに、その人がほんとうのことを知ってるんじゃないかと不安になるんです。顔にあらわれてる真実を読まれてしまうんじゃないかと、近所の人たちを恐れるようにもなる。だって、事実を知られたら唾を吐きかけられるかもしれないでしょう。でも、だんだんと慣れてくる。人生の半分も恥辱に甘んじて生きていれば、慣れて当然です。でも、子供はそうじゃない。だから、子供に父親がいないことが人に知れて、子供が唾を吐きかけられるようになったらどうしようかと、いつも心配でたまらなかった。

でも、もうそんなことは起こりません。少なくとも、あの子はそれを免《まぬが》れた。あの子が、あたしのように傷つくことはないんです。お金持ちでなければ、この世でいいことなんてありはしない。あの子をダンスに連れていった、ノリス家の息子のようにね。あなただって気づいてるでしょう。ノリス家の息子は、自分と対等の身分の女の子は誘わなかった。金持ちはしたい放題して、しかもスキャンダルで傷つけられることなんてないんです。あのいやらしいフランスの王様たちを見てごらんなさい。何をしたって、うしろ指ひとつさされやしない。傷ついて苦しむのは、身分の低い娘だけです」彼女は顔をあげ、挑むように言った。「とにかく、あたしのボビーには、もうそんなことは起こらない」

エヴリンは、それきり黙り込んだ。両手で持ったコーヒーカップの中を、うつろな目で見つめている。

しばしウィルクスに目を向けたフェローズの顔には、深い悲しみの色が浮かんでいた。エヴリンに向きなおった署長は、呪縛が解けないよう声を落として言った。「お嬢さんの死体はどこです?」

第三十二章

エヴリンは驚いて顔をあげた。「なんですって？　なんておっしゃいました？」

「バーバラはどこです？」フェローズは低い声で尋ねた。「あなたは、お嬢さんに何をしたんです？」

「あたしが？」彼女は言った。「なんの話をしてるんです？」言葉では否定していても、顔には殴られたかのような表情があらわれていた。

「あなたは、ダンスパーティから帰ってきたお嬢さんを殺した。殺して、どこかに埋めたんです」

署長を見つめるエヴリンの顔に恐怖の色が浮かびあがったかと思うと、彼女は突然その顔を両手で覆った。「ああ、なんてこと……」彼女は、すすり泣きながら言った。「あまりにひどすぎる」

フェローズは椅子に沈み込みながらも、彼女から目を離さなかった。その顔からは表情が消えていたが、声は重くひびいた。「エヴリン、われわれはあまり賢くなかったようです。あなたの部屋の家具や寝具を調べなくてはなりません。洗われた血痕が見つかるかもしれない。犯行の跡を洗い流した際、あなたは自分の部屋にあったものと、バーバラの部屋にあったものを、いくらか入れ替えた。しかし、あの夜、あなたはベッドに入っていない。もっと早く気づくべきでした。バーバラが初めてのダンスパーティに出掛けた夜に、男の子に対してそんな考えを持っているあなたが、眠ろうとするはずがない。たとえ睡眠薬をひと瓶飲んでも、眠れなかったでしょうね」

「わかってます」エヴリンは両手に顔をうずめ、声を詰まらせて泣いた。「ええ、わかってます!」彼女は涙に濡れた顔からゆっくりと手をおろし、フェローズの足下の床をじっと見つめた。「部屋の中を歩きまわってたんです」うめくように彼女は言った。「今頃どんなことが起きてるだろうとか、あの子は――それにあの男の子は――何をしてるだろうとか、そんなことを考えながら、部屋の中を何キロ分も歩きました。ダンスパーティになんか、行かせたくなかったんです。男の子と出掛けさせるなんて、いやだったんです。そういうことは、できるだけ先延ばしにしたかった。あの子がプロムに誘われたとき、初めはことわるようにって言ったんです。でも、言い争いになって、あの子に泣かれ、結局あたしが折れました。あの子が相手だと、最後にはいつもあたしが折れるんです。あたしの生き甲斐はあの子だけだった。だから、幸せでいてほしかった。あたしみたいにには、なってほしくなかったんです。ダンスパーティに行くことは許したけど、あたしは怖かった。あの子を誘ったのが、貧しいうちの子だったらよかったのにと思いました。お金持ちの息子ではなく、うちと同じような家の子供だったらよかったのにって。でも、心配ないって、あたしは自分に言い聞かせたんです。ノリス家はバトソン家ほどのお金持ちじゃないし、あの子たちはまだほんの子供だから、あたしの身に起きたようなことは起きないってね。だけど、これが始まりなんだって、ずっとわかってました。そして、その終わりは、あたしには見えなかった。部屋の中を歩きまわって歩きまわって、そうしながらもパーティ会場では何も起きるはずはないって、自分に言い聞かせつづけてました。でも、十一時を過ぎてダンスが終わっても、あの子は帰ってこなかった。あたしは煙草を吸い、歩きまわり、真夜中になる頃には頭がおかしくなりそうになっていた。寝室で気をもみながら、あたしは起きて待ってたんです。そして、あの子が帰ってきた。あたしは何が起きたのかたしかめようと、部屋から出ていきました。そこにあの子がいた。口紅は擦《こす》れて滲《にじ》み、目は燃えるように輝いていました。何が起きたのかは一目瞭然です。あたしが怒鳴りはじめると、あの子は『彼におやすみのキスを許しただけよ』と言いました。あたしは『いちゃついてたにきまってる。あいつに何をさせたか知れたもんじゃない、なんてバカな娘なんだ』って言ってやりました。あの子は怒鳴り返してきた。『ママは、自分が何を言ってるかわかってないんじゃないの』ってね。だから『おまえよりも、ずっとわかってる』って答えてやったんです。あの子はひと言も返さずに、ただ『もう寝る』と言って自分の部屋に入ってしまった。あの子を諭《さと》すことはできないって、わかってました。あたしの言うことなんか聞いちゃくれないって、わかってたんです。これからも、きっと男の子たちと出掛けて、ダンスをして、キスを許すんです。今回は何もなかったかもしれないけど、じきにもっと先まで進むようになって、結局は困ったことが起きてしまう。そんなことは結婚できるような相手とじゃなく、あたしの時と同じように、お金持ちの息子とのあいだに起きるんです。あの子はものすごくかわいらしいから、きっとそんなことになってしまう。あの子をあたしと同じ目に遭わせるわけにはいきません。あの子の人生を台無しにするわけにはいきません。あたしは地下室に駆けおりました。自分が何をしようとしてるのかはわかっていた。でも、ほんとうはわかってなかったのかもしれない。あそこに手斧《ておの》があることはおぼえてたんです。あたしは考えもせずに手斧を取りに走り、それから階段を駆けのぼって、あの子の部屋に入りました。半分服を脱いで鏡の前に坐ってたあの子が『今夜はもう何も聞きたくない』って言ったんです。手斧はうしろに隠してたから、あたしが何をしようとしてるのか、あの子にはわかっていなかった。あたしだって、ほんとうはわかってなかったんです。それでも、あの子が鏡のほうを向くと、あたしはさっと手斧を振りあげた。鏡ごしにそれを見たあの子は、悲鳴をあげて身をかわそうとしたけど間に合わなかった。あたしは椅子から転げ落ちたあの子の身体に、手斧を振りおろしつづけた。泣きながら、繰り返し『おまえのためなんだ』って言って、あの子の息が絶えるまで手斧を振りおろしつづけたんです」

エヴリンは呆然とかぶりを振り、かすかに身を震わせた。「ものすごい血が流れてた。部屋じゅう血だらけでした。壁も床もベッドも、あの子も、あたしも」彼女は唇を嚙んで、泣くまいと闘っているようだった。「あたしは泣きました。それで、『愛してる』ってあの子に言ったんです。『おまえの面倒はママがみてあげるからね』って。それで、あの子をベッドカバーでくるんで家の外に運びだし、森に入ったんです。あの子をしっかり抱いて泣きました。だって、もう二度とあの子を抱くことはできないんですからね。『わかってくれなくちゃいけないよ』

と言ってあの子を横たえ、シャベルで穴を掘って埋めたんです。血だらけになったローブと寝間着を脱いで、手斧といっしょに埋めました。それから地面を均《なら》して土を振り掛け、松葉や他の葉っぱを敷いて、誰にもあの子を見つけられないようにしたんです。あたしは裸のまま跪《ひざまず》いて、あの子をお護りくださいって神様に祈りました。そして、あの子に赦《ゆる》しを請うと、家に戻って壁と床の血をすっかり洗い流し、シーツやなんかを替え、毛布に着いた血を洗い落とし、椅子を洗ってあたしの部屋の椅子と交換した。でも、ラグには目につくような血は着いてなかったから、取り替えませんでした。そして、それが終わると、あたしはお風呂に入ったんです」

彼女はそこで口をつぐみ、しばし思いに耽《ふけ》っているかのように見えたが、それからまたしゃべりだした。「眠るつもりはありませんでした。あの子が帰ってきて、あたしを赦すって言ってくれるのを待ってたんです。でも、何も感じなかった。それで、朝になると仕事に出掛けました。あの子のために正しいことをしたんだから、気持ちはしっかりしてました。でも、夜家に帰っても、あの子は家にいなかった。家に帰ったらあの子がいるのを感じられますようにって、一日じゅう祈ってたんです。それなのに、あの子はいなかった。あの時から、あの子は一度もあたしのそばに来ていない」

彼女は初めて顔をあげてフェローズを見た。「署長さん、この家で待つのは簡単じゃありません。あの子がいるって感じられる何かを求めてるのに、何も感じない。きっと、あの子があたしを赦してないせいです。でも、子供ってものがどんなふうか、わかってくださらなくちゃね。親が何をしたとしても、それは子供のためなんだってことが、子供にはわからないんです。

親は子供のためなら、どんなことでもしなくちゃならない。たとえ子供が『赦した』っていう合図を送ってくれなくても、しなくちゃならなかったんです。この家は空っぽです。こんなにひどいものだとは思ってませんでした。ほとんど前と同じように、あの子がまわりにいて、その存在を感じ、いっしょに笑ったり冗談を言い合ったりもできるんだとばかり思ってたんです。でも、あの子はここに帰っちゃこない。これ以上生きてても、たいして意味がないような気がします。もうここには誰も訪ねてきません。弟さえ訪ねてこない。ジミィは、あたしがボビーを殺したと思ってて、やっぱりあたしを赦したくないんです。それは、ボビーが死んでるってことを、署長さんから聞いたとおりに伝えた時の、ジミィの顔つきでわかりました。弟は何も言わなかったけど、考えてることは目にあらわれてた。あたしが犯人のような気がするって、すぐにあなたに話すんじゃないかと思ってました。ジミィはわかってないんです。ボビーだってわかってないし、たぶんあたし以外の誰にもわからない。愛してるから、愛する者を死よりも恐ろしい何かから護ってやりたいから、殺すことができるんです」

彼女は目を伏せ、声を落としてしゃべっていたが、また顔をあげてフェローズを見た。「あたしは死刑になると思いますか？」

フェローズは、ゆっくりと首を振った。「いいえ」彼は答えた。「死刑にはならないでしょう」

エヴリンは満足したかのようにうなずいた。「よかった」彼女は言った。「何が起きたのか、知らないふりをしつづける必要があったんです。だって、理解してもらえるとは思えなかった。でも、もしかしたら思ったより、わかってもらえるのかもしれない」

彼女はゆっくりと立ちあがり、背筋を伸ばした。その顔には静かな諦めの色がただよい、さっぱりとして、いくぶん若返ったようにも見えた。彼女は、これまで見せた中で最も好意に近いものを感じさせるやり方で署長を見おろし、やさしい声で言った。「お望みなら、今からあの子が眠ってる場所にご案内します」

解説

大矢博子

本書『生まれながらの犠牲者』は、ヒラリー・ウォーの〈フレッド・フェローズ署長〉シリーズ第五作である。といっても邦訳は巻も順序もとびとびなので、まずはシリーズのリストからご覧いただいた方がわかりやすいだろう。

1 *Sleep Long, My Love*（1959）
ながい眠り（1974　関口英男訳　早川書房→2006　法村里絵訳　創元推理文庫）

2 *Road Block*（1960）

3 *That Night It Rained*（1961）
事件当夜は雨（1963　吉田誠一訳　早川書房→2000　創元推理文庫）

4 *The Late Mrs.D*（1962）

5 *Born Victim*（1962）
生れながらの犠牲者（1964　川口正吉訳　早川書房）
→生まれながらの犠牲者（2019　法村里絵訳　創元推理文庫）本書

6 *Death and Circumstance*（1963）
死の周辺（1966　高橋豊訳　早川書房）
7 *Prisoner's Plea*（1963）
8 *The Missing Man*（1964）
失踪者（1965　小倉多加志訳　早川書房）
9 *End of A Party*（1965）
冷えきった週末（2000　法村里絵訳　創元推理文庫）
10 *Pure Poison*（1966）
11 *The Con Game*（1968）

早い段階で早川書房から五冊刊行されたものの、いずれも長い間入手不可能な状態が続いていた。だが二〇〇〇年に『事件当夜は雨』と『冷えきった週末』（初邦訳）が創元推理文庫入り。その前後にシリーズ外作品『この町の誰かが』『待ちうける影』『愚か者の祈り』が同文庫で相次いで紹介され、二〇〇六年に〈フェローズ署長〉シリーズ第一作の『ながい眠り』が新訳で登場するに至って、ファンは歓喜に沸いたわけである（が、これらの作品は二〇一九年現在、すでに入手が難しくなっている。再刊もしくは電子化を切に望む）。

刊行が順不同なのは、読む順番を問わないシリーズだからだろう。人間関係の変化や警察関係者のプライベートといったサブプロットが存在せず、ただ純粋に事件とその捜査に特化しているので、どこから手に取られても問題ない。縁《えん》があったものから、ぜひお試しいただきたい。

今回創元推理文庫入りした『生まれながらの犠牲者』の初訳は一九六四年。ポケミス発刊四十五周年記念復刊のアンケートで十位に入り、一九九八年に再登場したものの、それから二十年以上が経っている。こうして手に取りやすい文庫で、しかも法村里絵氏による現代の読者が馴染みやすい新訳での登場は実に喜ばしい。

だが、私が個人的に本書の再登場を喜んだのには、もうひとつ理由がある。

ヒラリー・ウォーの名前を世に知らしめた代表作『失踪当時の服装は』が、二〇一四年、法村氏の新訳で創元推理文庫に名を連ねた。そのとき私は「次はぜひ『生まれながらの犠牲者』を出して欲しい」と強く思ったのである。

なぜなら『生まれながらの犠牲者』（新訳では『生まれながらの犠牲者』）は、もうひとつの『失踪当時の服装は』だから。

この二作は表裏一体の関係にあり、読み比べると大事なことが見えてくるのである。


前置きが長くなったが、本書のアウトラインを紹介しておこう。

十三歳のバーバラ・マークルが行方不明、という通報があった。近所の住民も総出で捜したが見つからない。姿を消した前の晩に彼女は生まれて初めてのダンスパーティに出席したと聞き、フェローズ署長はそこで何かあったのではと考える。だがパートナーの男の子や学校関係者に当たってても手がかりはなし。バーバラは家出したのか誘拐されたのか、生きているのか死んでいるのか。まったくわからないまま警察は捜査を続ける……。

と、ここまでだけでも『失踪当時の服装は』との多くの共通点に気づくだろう。未読の方のためにごく簡単に説明しておくと、『失踪当時の服装は』は十八歳の女子大生ローウェルが寮から姿を消す、という話である。自発的な失踪なのか犯罪に巻き込まれたのか、生死さえまったくわからない中、フォード署長率いる警察が捜査を続ける。

両作とも、「なぜ彼女は姿を消したのか?」というただひとつのシンプルな謎だけを丹念に、地道に、追い続ける物語である。警察の経験則と組織捜査で可能性をひとつずつ潰していく。そこには鬼面《きめん》人を驚《おどろ》かす派手なトリックも、天才的な名探偵の閃きも存在しない。だが警察の捜査は、大部分が無駄に見えても、確実に、着実に、その網を少しずつ狭めていくのだ。その過程にわくわくすることも含め、この二作は極めてよく似た構造を持っている。

類似は細部にもある。たとえば、若い娘が消えたということで真っ先に男性の存在が疑われること。あやふやな情報に振り回されること。さらに……いや、あまり書いてしまっては二作まとめてのネタばらしになってしまうのでこの辺にしておくが、読み比べていただければ、この二作があらゆる面で極めて似たルートを辿《たど》ることがわかるはずだ。

それら多くの共通点の中で、最も注目すべきはホワイダニット、先述した「なぜ彼女は姿を消したのか」という点にある。

誤解のないように言っておくが、動機が同じという意味ではない。むしろ、同じような事件を同じような手法で捜査したにもかかわらず、まったく別の角度から真相が浮かび上がることに驚く。だが掘り下げていくと、事件の根の深いところには、実は同じものが横たわっていることに気づくだろう。

私がこの二作を表裏一体と書いた理由はここにある。

本書を最後まで読み、その衝撃的な結末を充分に味わった上で、『失踪当時の服装は』のローウェルを思い出していただきたい。なぜローウェルは、バーバラは、姿を消さねばならなかったのか。一九五二年に出た『失踪当時の服装は』と本書の間には十年の隔たりがあるが、ヒラリー・ウォーは『失踪当時の服装は』で描いた〈個の事件〉を、本書で〈社会の問題〉として描きなおしたように思えるのである。

生まれながらの犠牲者、とはいったい誰のことなのか。あるいはどのような種類の人のことなのか。この二作をお読みいただければ答えは明らかである。

本書の結末は実にショッキングだが、謎解きミステリとしても秀逸であることを忘れてはならない。丹念に読み返せば、かなり早い段階から伏線が張られていたことがわかるし、真相に直結するキーワードも随所に登場している。リアリズムに立脚した警察の捜査小説とフェアな本格ミステリを両立するヒラリー・ウォーならではの醍醐味《だいごみ》は充分。しかし、もしかしたら本格好きの読者の中には、謎解きの一部がとある人物の語りで説明されることに不満を覚える人がいるかもしれない。

だがこれはその人物が語るからこそ胸に響くのだ、と敢《あ》えて申し上げよう。たとえフェローズ署長であろうとも、他者には決して推理できない心情が当事者にはある、ということが本書の最大のポイントなのだから。犠牲者であることを運命付けられた立場の者の気持ちは、そうでない者には決して想像できない。その想像力の欠如が事件の発端なのだ。その人物の語りは、生まれながらの犠牲者たちの孤独の証明であり、呪いの発露なのである。

ウォーが本書を書いてから半世紀以上が経つ。しかし未だに、生まれながらの犠牲者たちの悲鳴は止まらない。いや、近年になって、特に日本では、その悲鳴は増しているようにすら感じられる。

今、この二〇一九年に本書が刊行されたのは、まさに時宜を得たものと言っていい。この悲鳴を、この慟哭《どうこく》を、私たちは今一度胸に刻まねばならないのだ。

ヒラリー・ウォー自身や作風の変化についても述べたかったが紙幅《しふく》が尽きた。既刊に収録された川出正樹・杉江松恋両氏を始めとする豪華解説陣の鋭い分析と丁寧な紹介をお読みいただければと思う。

一点だけ、ウォーが『失踪当時の服装は』を書くきっかけとなった書物として既刊解説で川出氏が触れている、チャールズ・ボズウェルの犯罪実話集『彼女たちはみな、若くして死んだ』が、二〇一七年に創元推理文庫から刊行されたことをお知らせしておこう。警察小説の潮流を作ったウォーの原点が、ようやく本邦でも読めるようになったわけだ。こちらもぜひ手に取っていただきたい。

訳者紹介　1957年、東京都に生まれる。女子美術短期大学卒。主な訳書にウォー「失踪当時の服装は」「この町の誰かが」、ガスパード「マジシャンは騙りを破る」「秘密だらけの危険なトリック」、ハワード「遭難信号」などがある。

検印
廃止

生まれながらの犠牲者

2019年9月27日　初版

著者　ヒラリー・ウォー

訳者　法《のり》村《むら》里《り》絵《え》

発行所　(株)東京創元社
代表者　長谷川晋一

162-0814/東京都新宿区新小川町1-5
電話　03·3268·8231-営業部
03·3268·8204-編集部
URL　http://www.tsogen.co.jp
工友会印刷・本間製本

乱丁・落丁本は、ご面倒ですが小社までご送付ください。送料小社負担にてお取替えいたします。

ISBN978-4-488-15209-3　C0197

世代を越えて愛される名探偵の珠玉の短編集

Miss Marple And The Thirteen Problems◆Agatha Christie

ミス・マープルと13の謎 新訳版

アガサ・クリスティ
深町眞理子 訳 創元推理文庫

◆

「未解決の謎か」
ある夜、ミス・マープルの家に集《つど》った
客が口にした言葉をきっかけにして、
〈火曜の夜〉クラブが結成された。
毎週火曜日の夜、ひとりが謎を提示し、
ほかの人々が推理を披露するのだ。
凶器なき不可解な殺人「アシュタルテの祠《ほこら》」など、
粒ぞろいの13編を収録。

収録作品＝〈火曜の夜〉クラブ，アシュタルテの祠《ほこら》，消えた金塊，舗道の血痕，動機対機会，聖ペテロの指の跡，青いゼラニウム，コンパニオンの女，四人の容疑者，クリスマスの悲劇，死のハーブ，バンガローの事件，水死した娘